Jan Kottisch & Tilo Richter

Blindgänger

eine Odyssee

Erstes Buch

»Blut und Tod soll mich vergessen lehren,
dass mir jemals etwas teuer war«

Friedrich Schiller, »Die Räuber«

Erwin

Kaum hatte ich das Zugabteil betreten, da flog mir seine launige Begrüßung entgegen: »Mein Name ist Erwin Schygulla – bei uns in Königsberg sagt man Prosit!«

Während ich die Schiebetür hinter mir schloss, wies mir der junge Mann, der sich gerade als Erwin vorgestellt hatte, einen Platz zu. Die Bahnschienen ratterten eintönig, draußen rauschte eine sattgrüne Landschaft vorbei. Ich schaute mich um: Wir waren allein. Mein Mitfahrer sprang auf, nahm mir den Rucksack ab und wuchtete ihn auf die Ablage: »Setz dich, Platz haben wir genug.« Dann kramte er eine Flasche hervor, in der eine klare Flüssigkeit schwappte: »Hier, nimm einen Schluck.«

Seufzend plumpste ich aufs Sitzpolster und betrachtete mein Gegenüber: Erwin war groß und schlaksig, sein wirrer Haarschopf reichte bis über beide Ohren. Auffordernd wackelte er mit dem Kopf und rieb mir die Flasche unter die Nase.

»Ich weiß nicht, eigentlich trinke ich nicht.«

»Papperlapapp.«

Mit dem Zeigefinger tippte er sich an die Schläfe, die Äderchen auf seinen Nasenflügeln leuchteten.

»Weißt du denn, wie lange wir noch leben?«

»Nein.«

»Wozu also die Zurückhaltung? Trink.«

Ich griff nach der Flasche, aus der es nach vergorenen

Pflaumen roch. »Den hat meine Großmutter gemacht«, plapperte Erwin. »Vertrau mir, er wird dir guttun.«

Ich schloss die Augen und trank –

»Und?«, fragte Erwin besorgt. Erst jetzt bemerkte ich, dass meine Hände in die Flasche krallten. Sanft strich mir Erwin über die Finger. »Entweder trinkst du noch einmal oder du reichst den Schnaps wieder rüber.«

Ich entschied mich fürs Trinken. Während ich einen tiefen Schluck nahm, hörte ich Erwins Stimme: »Und überhaupt, du hast dich noch gar nicht vorgestellt – wie heißt du denn?«

»Stahl«, keuchte ich. »Horst Stahl.«

Dann schlief ich ein.

*

Draußen war es dunkel geworden. Erwin lag zusammengerollt auf dem Polster, die Schnapsflasche stand halbvoll auf der Ablage vor seiner Bank. Mühsam schleppte ich mich zum Fenster und hielt meinen Kopf hinaus. Der Ausblick war überwältigend: Leuchtende Sternhaufen strahlten am Himmelszelt. Auf der tiefschwarzen Erde zog nur gelegentlich ein schwaches Licht vorbei. Ich fühlte mich klein und unbedeutend, mir schwindelte und mein Bauch rumorte. Seufzend drehte ich den Kopf und göbelte in die milde Nachtluft.

Völkerkunde

»Wach auf, wir sind da!«

Die Sonne schien hell ins Abteil. Erwin rüttelte an meiner Schulter.

»Und? Gut geschlafen?«

»Geht so«, grummelte ich.

Wortlos griffen wir unsere Rucksäcke und stiefelten nach draußen. Der Bahnhof, an dem die Dampflok gehalten hatte, bestand aus einem einzigen Gleis und einem Bahnwärterhaus, auf das ein Schild mit kyrillischen Schriftzeichen genagelt war. Um uns herum: Gräser, Blumen, Krautpflanzen. So weit das Auge reichte.

Die Luft war warm und trocken, der Himmel hellblau und wolkenlos. Über der Lok kräuselte Wasserdampf, gemächlich fuhr sie ab in Richtung Horizont. Eine Weile lang schaute ich ihr hinterher, bis mich Erwin auf einen Mann aufmerksam machte, der kerzengerade am Bahnsteig stand. Er trug eine Offiziersuniform und begutachtete das Dutzend Männer, das soeben aus dem Zug gestiegen war. Die Augen des Mannes blinzelten freundlich, seine Stimme klang streng, aber fürsorglich. »Männer, willkommen in der Ukraine. Ich bin Hauptmann Meyer – aus euch werde ich Soldaten machen.«

Der Hauptmann klackte die Stiefel aneinander und freute sich über unsere erschrockenen Gesichter. »Also los!«, rief er. »Rucksäcke aufbinden! Fußmarsch zum Lager!«

Eine halbe Stunde später liefen wir durch eine beschauliche Landschaft. Grashügel, Eichenhaine und Blumenwiesen wechselten sich ab, die Sonne knallte vom Himmel.

»Denken fängt an, wo Wissen aufhört«, sagte Erwin.

»Was soll das denn heißen?«, fragte ich und wischte mir den Schweiß von der Stirn.

»Meine Hochschule hat mich an die Front geschickt, damit ich meine Studien vorantreibe.«

»Und?«

»Als ich davon hörte, habe ich dumm aus der Wäsche geguckt und meinem Rektor gesagt, dass ich ganz anders darüber denke. Dann habe ich den Spruch kassiert.«

»Spruch?«

»Denken fängt an, wo Wissen aufhört.«

»Was hast du denn studiert?«

»Völkerkunde – ich stand zwei Wochen vor dem Examen.«

Weiter vorn tönte die Stimme des Hauptmanns: »Männer, hier machen wir Rast.« Meyer wartete am Rand einer mit Klatschmohn besprenkelten Ebene und zeigte auf ein schattiges Plätzchen zwischen drei Eichen. »Gleich kommt Hugo, er bringt Wegzehrung.«

Und tatsächlich: Gerade hatte ich mich neben Erwin ins Gras geworfen, da hörten wir Hufgeklapper. Auf dem Kutschbock eines Planwagens saß ein runder Mann mit weißer Schürze. Er grinste, sprang herab und schnappte sich zwei Leute, die ihm beim Abladen von Bänken und

Tischen helfen mussten. Dann bereitete er uns einen einfachen, aber wohlschmeckenden Imbiss: Roggenbrot, Süßrahmbutter, luftgetrockneter Schinken, Gewürzgurken und hartgekochte Eier. Dazu stellte er bauchige Flaschen mit Starkbier auf den Tisch. »Immer schön reingehauen«, sagte er und forderte mit Armschwüngen zum Hinsetzen auf. Wir gehorchten gern.

»Mensch, daran könnte ich mich gewöhnen«, sagte Erwin, während er verträumt vor sich hin kaute. Der Bügelverschluss seiner Bierflasche ploppte, er wollte mir zuprosten und bemerkte mein Zögern.

»Wegen gestern?«

»Hm. Aber nicht nur.«

Erwin musterte mich mit zusammengekniffenen Augen.

»Ein Mädchen?«

Loch

Eva – die Schönheit unserer Kleinstadt. Ihr Vater Physik-professor. Evas Beine formten ein gleichschenkliges Drei-eck, wenn sie in der Sportstunde über den ledernen Bock glitt. Täglich verrenkten wir Primaner der Kaiser-Wilhelm-Oberschule unsere Hälse, um einen Blick über den Latten-zaun zu erhaschen, der unseren Hof vom Sportplatz der an-grenzenden Mädchenschule trennte. Die Splitter, die wir uns beim Glotzen in die Hände jagten, waren uns egal – die Bewegungen im Nachbarhof belohnten mit schönen Erin-nerungen. Nur einem reichte das nicht: Ferdinand von Fal-kenstein. Von Falkenstein, dessen Vater das Eisenwerk der Stadt gehörte, hatte die zwei kräftigen Gaschler-Brüder be-auftragt, mit einer Fräse ein talergroßes Loch in den Holz-zaun zu bohren. Seitdem ließ er sich das Gucken bezahlen: von den Jüngeren unter den Pennälern, denen der Blick auf die Mädchen sonst verwehrt geblieben wäre. Zu Beginn je-der Pause liefen die Gaschlers zum Lattenzaun, um das Guckloch zu bewachen und Geld einzutreiben. Die kleine Machtposition, die ihnen diese Aufgabe bescherte, genos-sen sie sichtlich. Derweil saß von Falkenstein auf einer schattigen Bank, schaute dem Treiben am Zaun wohlwol-lend zu und ließ sich vom Klassenprimus Heinrich Bern-stein eine Lateinübersetzung ins Heft schreiben. Seine Nase, die er stets etwas höher trug als andere, war schon von weitem zu erkennen.

Doppelkopf

»Horst? Alles in Ordnung?«

»Ja, schon gut.«

Ich griff nach der Bierflasche, die mir Erwin immer noch entgegen reckte.

»Prost!«

»Prost.«

Bald darauf verabschiedete sich Hugo. »Männer, ich muss los, die anderen haben auch Hunger. Wir sehen uns später.«

Mit geschmeidigem Sprung erklomm er den Kutschbock und ließ eine Gerte durch die Luft sausen. Zufrieden schulterten wir unsere Rucksäcke und stapften los in die staubige Nachmittagshitze.

Auf unserer Wegstrecke durchquerten wir wilde Weizenfelder, die goldgelb in der Sonne leuchteten. Kornblumen wiegten im Lufthauch, Bienen sogen an Haselsträuchern. Vom Starkbier beduselt pfiff ich vor mich hin. Erwin, der meine aufgehellte Stimmung bemerkte, pikte mir in die Rippen: »Siehst du?«

Am frühen Abend erreichten wir die Stellung. Zelte umringten eine Feuerstelle, Landser liefen mit freiem Oberkörper umher, machten Liegestütze, Kniebeugen oder putzten ihre Gewehre. Auf einem Baumstamm saßen zwei Männer und spielten Schach. Als sie uns bemerkten, winkten sie freundlich. Die Fäuste in die Hüfte gestemmt durchmaß Hauptmann Meyer das Lager, augenblicklich liefen die Soldaten zusammen und standen stramm. »Nicht schlecht, Männer«, rief er ihnen entgegen. »Nicht schlecht, ihr seid bereit.« Jetzt wandte er sich an uns: »Noch vor vier Wochen waren diese Jungs ein ganz müder Haufen – und jetzt schaut sie euch an!«

Wir sahen drahtige, braun gebrannte Körper und Gesichter, die vor Vertrauen und Zuversicht strotzen. Hauptmann Meyer sprach zu seiner Truppe: »Männer, die Neuen sind da. Ihr werdet morgen euren ersten Einsatz haben – unter der Führung von Unterfeldwebel Grätsch.« Mit dem Arm deutete er auf ein Zelt, aus dem sich ein Mann schälte.

»Jau, jau, Herr Hauptmann«, rief der Angesprochene, während er über den Boden robbte. Eine Schnapsflasche, die mit ihm aus dem Zelt kullerte, pfefferte er achtlos hinter sich. Hauptmann Meyer knotete seine Worte: »Morgen ist morgen und heute ist heute. Ab jetzt ist Freizeit!«

Wir warfen unsere Rucksäcke ab und mischten uns unter die Landser, die jeden mit Handschlag begrüßten. Durch das Gewühl, das nun entstand, schlurfte Hugo, um dessen Schulter eine Kette aus Rauchwürstchen baumelte. Er watschelte zum Kochtopf, zückte ein Messer und zerhackte die Kette. Zwanzig Minuten später hieß es: »Essen fassen!«

Nach dem Mahl wurde es gemütlich. Erwin und ich saßen zwei Männern gegenüber, die sich als Fritz Schumann und

Hermann Schisslack vorgestellt hatten und zur Truppe gehörten, die am nächsten Tag zum Einsatz kommen würde.

Wir spielten Doppelkopf. Erwin fischte Bierflaschen aus der Kiste und knallte sie auf den Tisch. »Danke, Erwin«, sagten Fritz und Hermann und wollten anstoßen.

Diesmal zögerte ich nicht.

»Zum Wohl!«

Später kam Hugo vorbei, ein Tablett Schnapsgläser auf seinem mächtigen Unterarm balancierend.

»Und, Jungs? Schnaps?«

Erwins Augen leuchteten. »Hugo, dich schickt der Himmel.«

Mit der Handkante strich der Königsberger Völkerkundler ein paar Gläser auf unseren Tisch und zwinkerte Hugo zu.

»Och, ja«, sagte der und rieb sich den Bauch. »Einen kann ich ja mittrinken.«

Das war auch mein Gedanke gewesen.

Feldbett

Es war Nacht, neben mir schnarchte Erwin. Mein Schädel brummte. Ich krabbelte aus dem Zelt und richtete mich mühsam auf. Am Feuer saß Unteroffizier Grätsch.

Allein.

Ich torkelte zu ihm rüber.

»Und?«, fragte ich. »Schiss?«

»Schiss, was?«

»Na, Schiss wegen morgen. Erster Einsatz und so.«

»Mann, Stahl«, lallte er. »Was redest du für einen Mist?«

»Dachte ja bloß«, murmelte ich kleinlaut.

Unteroffizier Grätsch stocherte mit einem Ast in der Glut. In seiner Armbeuge klemmte eine Schnapsflasche.

»Schiss«, sagte er mit weicher Stimme. »Schiss ist nicht das richtige Wort – es ist …«

Er machte eine Pause und überlegte.

Dann flüsterte er: »Ach, keine Ahnung.«

»Hm«, brummte ich und bewunderte die Funken, die sein Stock aufstob.

»Willst du?«, fragte Grätsch und rammte mir die Flasche in die Rippen.

»Klar«, antwortete ich.

Als ich im Morgengrauen in meinem Feldbett lag, fiel mir ein, dass ich in den letzten Stunden kein einziges Mal an Eva gedacht hatte.

Gras

Ich wachte viel zu spät auf. Das Frühstück war abgeräumt und die von Unteroffizier Grätsch geführte Truppe hatte das Lager längst verlassen. Als ich meinen Brummschädel durch die Zeltlappen steckte, sah ich Erwin, auf einem Hocker sitzend und mit einem Kochtopf auf der Rübe. Um ihn herum schnaufte Hugo und schnippelte überstehende Haare ab. Die anderen Jungs zogen sich auf der Wiese an, streiften graue Uniformen über oder prüften den Sitz ihrer Lederkoppeln. Mit ihrem neuen Haarschnitt und der Landserkluft hatten sie nicht viel gemein mit den jungen Männern, mit denen wir am Tag zuvor durch die Landschaft gestreift waren. Auf einmal stand Hauptmann Meyer über mir. Seine gewichsten Stiefel glänzten. »Ah!«, sagte er. »Eine Schnapsleiche.«

»Stahl!«, kläffte er und ließ die Männer einen Halbkreis bilden. »Kommen Sie und machen Liegestütze – dreißig Stück!«

Ich schluckte. Dann robbte ich aus dem Zelt und begab mich in die Ausgangsposition. Meine Arme zitterten, ich legte los.

Nachdem ich meinen Körper dreißigmal nach oben gewuchtet hatte, hob Hauptmann Meyer die Augenbrauen.

»Gut«, sagte er. »Und nun zwanzig mit links!«

Gehorsam befolgte ich die Anweisung und ließ mich nach der zwanzigsten Wiederholung ins Gras krachen. Die Jungs um mich herum johlten, ich spie einen quittegelben Pfropf auf den Boden. Auf meiner Netzhaut tanzten Millionen Sterne.

Bettpfosten

Vor mir stand Eva, noch immer ganz in Weiß. Sie verbarg nicht, dass sie geweint hatte. »Horst«, hob sie an, wischte sich die Augen. Ihr Hochzeitskleid wallte. Ich umklammerte den Bettpfosten, um nicht das Gleichgewicht zu verlieren. Dann sagte Eva den schrecklichen Satz:

»Horst, ich werde nicht auf dich warten.«

Kiste

Ich gurgelte, denn Hugo hatte mir einen Eimer Wasser ins Gesicht geklatscht. Erwin half mir auf und führte mich zum Hocker. Benommen plumpste ich nieder und ergab mich Hugos Schere.

Der Rest des Vormittags wurde von Hauptmann Meyer mit Vorträgen über Waffenkunde und Militärtaktik gefüllt – schnell rauchte mir der Kopf. Ganz anders Erwin: Egal ob »Dicke Bertha«, »Schwerer Gustav«, »schiefe Schlachtordnung« oder »Linientaktik«: Ihm fiel zu allem etwas ein.

Meine Zeit kam am Nachmittag. Das Bumsen in meinem Schädel war verflogen, ein nahrhaftes Mittagessen von Hugo hatte neue Kräfte geweckt. Jetzt war Sport dran. Wir begannen mit Dehnen, Warmlaufen und Kurzsprints. Danach folgte ein strammes Zirkeltraining, das aus Kletter-, Wurf- und Kraftübungen bestand.

Ich baumelte am Ast einer Erle, als der Sammelbefehl kam. Die Abendsonne schien in unsere verschwitzten Gesichter, Hauptmann Meyer war zufrieden: »Gar nicht schlecht, Jungs, gar nicht schlecht.«

Seine Ferse zeichnete ein Spielfeld auf die Erde. »Bis zum Abendbrot haben wir noch etwas Zeit – und ihr sollt ja auch Spaß haben: Völkerball!«

Während wir spielten, tischte Hugo auf: Bauchige Pfannen mit Bratkartoffeln, Schüsseln mit sauer eingelegtem Gemüse, Körbe mit Brot. Dann tauchte Unterfeldwebel Grätsch auf.

Allein.

Sofort blies Hauptmann Meyer das Spiel ab. Mit besorgter Miene rannte er zu Grätsch, der gebeugt über die Wiese watete. Als ihn der Hauptmann erreichte, drehte Grätsch den Kopf, riss die Arme in die Luft und brüllte. Dies war das Zeichen für seine Mannschaft, aus ihrem Versteck zu kommen: Körper traten hinter Bäumen hervor, Köpfe erhoben sich, Feldmützen flogen durch die Luft. Ich sah, wie zwei Soldaten eine große Holzkiste hinter sich herzogen.

Beinschuss

Beim Abendessen war die Stimmung ausgelassen. Die Männer aus Grätschs Mannschaft erzählten von ihrem Einsatz, während dem lustige Dinge passiert sein mussten. Wir hingegen berichteten von den Erlebnissen unseres Tages, von Muskelbrennen oder Krämpfen, unter denen so mancher gelitten hatte. Man klopfte uns anerkennend auf die Schulter oder bemerkte neckisch unsere neuen Haarschnitte. Dann hob Unteroffizier Grätsch die Hand – wir verstummten. Im Hocksprung schnellte er auf eine Sitzbank und erklärte feierlich: »Männer, wir können sie jetzt aufmachen!«

Zwei seiner Leute liefen herbei und stemmten eine Kiste auf den Tisch. »Hugo«, rief Grätsch, »Komm her, das hier wird dich freuen!« Mit dem Fuß warf er den Deckel auf. Zum Vorschein kamen Dauerwürste, Speckschwarten, Pökelfleisch, luftgetrockneter Schinken und Kartoffelschnaps. Grätsch schnappte sich eine der milchigen Schnapsflaschen und stellte sie vor einen schüchternen Burschen, der sich am Vortag als Herbert Schüttpelz vorgestellt hatte. Herbert wurde bleich und schaute Grätsch unsicher an. Er zitterte.

»Trink, Herbert«, sagte Grätsch. »Du hast es dir verdient!« Auch Hugo war an die Kiste herangetreten. Er hielt sich eine Dauerwurst unter die Nase. Nickend sagte er: »Jungs, da habt ihr wirklich fette Beute gemacht!« Grätsch beugte sich vornüber, um Herbert Schüttpelz auf die Mütze zu klopfen. »Ohne Herbert wäre die Kiste jetzt leer.«

Überrascht richteten wir unsere Blicke auf Schüttpelz, der vorsichtig an der Schnapsflasche nuckelte. Die plötzliche Aufmerksamkeit war ihm sichtlich unangenehm. Grätsch erlöste ihn, indem er seinen Bericht fortsetzte: »Gerade hatten uns die Dorfleute weisgemacht, dass ihre Vorratskammern leer wären. Doch dann kam Herbert.«

Herbert schluckte, seine Augäpfel drohten aus ihrer Verankerung zu hüpfen. »Da nimmt doch der Teufelskerl sein Gewehr und verpasst einem der Bauern einen Beinschuss – ihr glaubt ja nicht, wie schnell sich die Kiste gefüllt hat!«

Neben mir sprangen die Männer auf. Schnaps wurde verteilt und jeder wollte mit Herbert anstoßen. Es wurde gelacht, gesungen, gesoffen. Im allgemeinen Trubel vergaß ich, dass mir die Sache mit dem Beinschuss komisch vorgekommen war.

Später krabbelte ich auf allen Vieren in mein Zelt. Im Mondschein bemerkte ich Herbert, wie er unter einem Baum kauerte und sich übergab. Dabei machte er würgende Klagelaute.

»O Gott, o Gott ...«

Maul

Die nächsten Tage verliefen ähnlich: Morgens Fachkunde, nachmittags Sport, abends Saufen. Jeden Abend brachte die Mannschaft von Unteroffizier Grätsch Fressalien und Geschichten mit, die am Lagerfeuer geteilt wurden. Schnell war Hugos Vorratszelt prall gefüllt mit Wurstwaren und Kartoffelschnaps, die Männer aus Grätschs Truppe liefen mit breiter Brust durchs Lager. Vor allem Herbert Schüttpelz. Aus dem schmächtigen Jungen war ein richtiger Maulheld geworden: Gern und gestenreich erzählte er, wie er wieder einmal ein Vorratslager aufgedeckt oder ein Bauernmädchen mit durchgeladenem Sturmgewehr erschreckt hatte.

Abwechslung kam Mitte der dritten Woche. Anstatt langweilige Vorträge zu halten, führte uns Hauptmann Meyer in ein Zelt, in dem dunkelgraue Metallkisten lagerten. »Seht her«, rief er und hatte ein Maschinengewehr in der Hand. Leise fügte er hinzu: »Darum seid ihr hier.« Während draußen die Vögel zwitscherten, wiegte Hauptmann Meyer den gebürsteten Stahl in seiner Hand.

Jetzt begann das große Ballern. Wir ballerten aus Revolvern, Sturmgewehren, Maschinenpistolen, Maschinengewehren. Wir ballerten auf Schnapsflaschen, Strohpuppen, Konservendosen, Maulwurfshügel. Wir ballerten am Vormittag, wir ballerten am Nachmittag. Abends konnten wir den Erzählungen der Grätsch-Truppe viel besser folgen, weil wir wussten, was sie mit Rechtsdrall, Rückstoß oder Patronenfraß meinten. Allerdings wurden ihre Berichte zunehmend hektisch und düster. Manche Jungs wollten gar nicht mehr erzählen. Deshalb lachten wir auch weniger und tranken umso mehr. Nur Herbert Schüttpelz quasselte ungebremst von seinen tollen Taten.

»Halt doch einfach das Maul«, raunte Erwin, als wir eines Nachts ums Lagerfeuer saßen. Er zog mich hoch und wir ließen Herbert allein.

Dienstag

An einem Dienstag wurden zwei Verletzte ins Lager getragen: Fritz Schumann und Hermann Schisslack, die Doppelkopfspieler. Während Hermann am Abend mit Schulterverband am Lagerfeuer saß, hatte es Fritz schlimmer erwischt. Er lag im Verbandszelt und wurde von Hugo versorgt. Sein Stöhnen hörten wir bis tief in die Nacht.

Mit einem Mal stand Hugo vor uns, die Ärmel bis zur Schulter hochgekrempelt. Im fahlen Mondlicht erkannten wir, dass seine Hände und Arme blutverschmiert waren. Er schüttelte den Kopf.

»Verdammt«, zischte Unteroffizier Grätsch. Hermann Schisslack begann zu wimmern und wir anderen starrten betreten ins Feuer. Eine Ewigkeit später war es Grätsch, der das Schweigen durchbrach: »Kopf hoch, Männer, Fritz hätte es so gewollt!«

Er zog den Korken aus einer Flasche Kartoffelschnaps.

Zigarette

Am nächsten Morgen fand die Beerdigung statt. Im Nieselregen. Hauptmann Meyer sprach ein paar unbeholfene Worte, dann schütteten wir das Loch über Fritz zu. Gegen Mittag klarte das Wetter auf und der Wind trieb Federwolken über den Himmel. Stumm packte die Mannschaft von Unteroffizier Grätsch ihre Sachen zusammen, keine halbe Stunde später stand sie abmarschbereit auf der Wiese. Als sich ihr Hermann anschloss, redete Grätsch heftig auf ihn ein. Mehrfach tippte er auf dessen Schulterverband, doch Hermann schüttelte bloß den Kopf und stierte auf die Erde. Grätsch gab auf. Er reichte Hermann ein Sturmgewehr, das sich der über die unverletzte Schulter warf. Dann setzte sich die Mannschaft in Bewegung. Grußlos. Lange sahen wir den Jungs hinterher und schauten zu, wie ihre Gewehrläufe beim Marschieren wackelten.

Sie kamen nicht zurück. Weder am Abend, noch in der Nacht. Auch am nächsten Morgen nicht. Nach dem Frühstück ließ uns Hauptmann Meyer strammstehen. Sein Gesicht verriet, dass er kaum geschlafen hatte. »Männer«, sagte er mit knittriger Stimme, »bislang noch kein Lebenszeichen.« Während sich am Himmel schwarze Gewitterwolken türmten, musterte er uns mit glasigen Augen. Ein mahlendes, grollendes Geräusch erklang in der Ferne. »Wenn sie bis morgen nicht da sind, gehen wir sie suchen.«

Ein leuchtender Blitz durchzuckte den Himmel, Meyers Kiefermuskeln arbeiteten. »Habt ihr verstanden?«

»Jawohl, Herr Hauptmann!«, raunte die Mannschaft. Danach wurden wir nass. Dicke Tropfen prasselten auf uns herab, durchweichten unsere Uniformen. Der Hauptmann schaute nach oben: »Nun gut, heute ist Ruhetag. Entspannt euch, lasst die Seele baumeln.«

Als der Regen vorbei war, saß ich mit Erwin unter einem Baum. Wir schlürften Muckefuck. Anschließend drehte sich Erwin aus schwarzem Knaster eine Zigarette. Er ließ ein Streichholz aufglimmen, führte es an die Zigarettenspitze und sog kräftig – dann entließ er Rauch aus seinem Mund. Es roch würzig und Erwin sah zufrieden aus.

»Lass mich auch mal«, hörte ich mich sagen.

»Was?«

Erwin zog eine Braue hoch.

»Du?«

Ich zuckte mit den Schultern: »Ja, warum nicht?«

»Da hast du natürlich Recht«, sagte Erwin und reichte mir die Zigarette.

Schnaps

Nach dem Abendessen saßen wir am Lagerfeuer. Es war komisch, weil so viele Männer fehlten. Außerdem traute sich niemand an den Schnapsvorrat, den der Trupp um Unteroffizier Grätsch eingefahren hatte. Stattdessen kauten wir wortlos auf den Bieren herum, die uns Hugo nach dem Abendessen auf den Tisch stellte.

Den Anfang machte Volker Gießberg. Er war stets gut gelaunt und blies auch jetzt keine Trübsal: »Wir wissen doch überhaupt nichts – und wir sitzen hier rum und tun so, als wären die Jungs tot.«

Wir nickten.

»Und«, fuhr Volker fort, »das gehört sich nicht.«

Erneut erntete er Zustimmung. Volker holte tief Luft, dabei schaute er prüfend in unsere Gesichter: » Männer, ich will Schnaps – wer noch?«

Der Bann war gebrochen. Der Durst und die nagende Ungewissheit, was am nächsten Tag passieren würde, drückten alle Hemmungen beiseite. Erwin und Volker liefen ins Vorratszelt, kurz darauf prosteten wir uns zu.

Den lauten Rummel musste Hugo mitbekommen haben, denn er reckte seinen Kopf aus dem Kochzelt.

»Hugo«, rief Volker. »Setz dich zu uns.«

Gewöhnlich hatte es Hugo vermieden, sich unter uns zu mischen. Doch nicht so an diesem Abend: Hugo seufzte und nahm Platz, wir klatschten und schenkten ihm ein.

Spät am Abend kam sogar Hauptmann Meyer vorbei. Als er in die Runde trat, nahmen wir Haltung an und salutierten. Meyer schwankte und roch streng, er hatte wohl in seinem Zelt getrunken. »Lasst gut sein, Männer, lasst gut sein«, nuschelte er und krachte auf eine Sitzbank.

Schnell schoben wir ihm ein Schnapsglas zu.

»Erwin«, fragte ich, »kannst du mir zeigen, wie man eine Zigarette dreht?«

Cognac

Die Morgensonne stach durchs Zeltdach, wir quälten uns nach draußen. Unteroffizier Grätsch war immer noch nicht da. Zusammen mit den anderen Landsern schlurften wir zum Frühstückstisch, auf dem Rührei und Malzkaffee dampften.

Anschließend hieß es: Waffen und Marschgepäck bereitmachen. Es ging los. Wir stapften über die Wiese, durch die auch Unteroffizier Grätsch mit seiner Mannschaft gestiefelt war. Ich hatte ein mulmiges Gefühl im Magen. Nach einer Weile schaute ich mich um: Am Rand des Lagers hüpfte Hugo und wedelte mit einem weißen Taschentuch.

Gegen Mittag wurde Volker Gießberg angeschossen. Mit weit aufgerissenen Augen hielt er sich den Oberschenkel. Dann gerieten wir unter Dauerfeuer. Ein Trupp russischer Infanteristen lag auf einem Grashügel und jagte uns Kugeln um die Ohren. Unter dem strengen Kommando von Hauptmann Meyer warfen wir uns auf den Boden und taten das, was wir geübt hatten: Wir ballerten unsere Magazine leer. Erwin bockte das Maschinengewehr auf, ich fütterte es mit Patronenstreifen. Nun legte Erwin los. In irrer Geschwindigkeit feuerten die Kugeln aus dem Lauf, der nach wenigen Minuten glühte. Ich tauschte ihn aus, Erwin nickte entschlossen. Er zielte und krümmte seinen Zeigefinger.

Als es vorbei war, wusste ich nicht, was ich sagen sollte.

»So, das war's dann wohl«, sagte Erwin.

»Mensch, ja ...«, stammelte ich und spuckte aus.

Wir verbanden den Oberschenkel von Volker, der zum Glück weiterlaufen konnte. Als einziger Verletzter unserer Mannschaft schäumte er vor Wut und Empörung. »Mindestens eins der Schweine habe ich erwischt.«

Überprüfen konnten wir seine Behauptung nicht, denn der Hügel, auf dem die Russen gelauert hatten, lag menschenleer in der sengenden Mittagssonne. Hauptmann Meyer gratulierte: »Glückwunsch, Männer, das war eure Feuertaufe. Ihr habt euch nicht übel geschlagen. Der Iwan ist getürmt.«

Feierlich zog er einen Flachmann aus der Tasche und reichte ihn herum. Jeder musste trinken.

»Das schmeckt aber komisch«, sagte ich heimlich zu Erwin.

»Tja«, antworte Erwin. »So schmeckt Cognac.«

Huhn

In der Ferne leuchtete ein bunter Zwiebelturm. Er gehörte zu einer Dorfkirche, die weiß im Sonnenlicht gleißte. Als wir näher kamen, sahen wir einstöckige Häuser, an deren Wänden Rosenstöcke und wilder Wein rankten.

»Könnte eine Falle sein«, sagte Hauptmann Meyer ernst. Er zückte seinen Feldstecher und blickte lange hindurch.

»Na gut«, brummte er. »Nichts zu sehen – also los!«

Während wir bäuchlings der Siedlung entgegen pirschten, fluchte Volker Gießberg. Er schien Schmerzen zu haben.

»Wenn ich die Schweine erwische, ich schwöre euch, ich ...«

»Mund halten, Gießberg«, herrschte der Hauptmann.

Im Schutze hoher Grasrispen machten wir Halt, denn Meyer dachte nach. Mit gerunzelter Stirn und zusammengekniffenem Mund knetete er sein Gesicht, dann gab er Anweisungen: Er schickte ein halbes Dutzend Männer los, damit sie das Dorf umliefen. Anschließend sollten sie einen Schuss abgeben, woraufhin wir die Siedlung von zwei Seiten in die Zange nehmen würden.

Wartend lag ich zwischen Erwin und Volker. Letzterer zitterte am ganzen Leib und schlug eine Faust auf den Boden. Wenig später hörten wir den Schuss. Wir erhoben uns und stratzten mit durchgeladenem Sturmgewehr die Dorfstraße entlang.

In der kleinen Ortschaft trafen wir alte Männer, die auf

Bänken Pfeife rauchten oder Kürbiskerne kauten; Bauersfrauen, die unter einem Joch schwere Wassereimer trugen; Mädchen und Jungen, die mit geschnitzten Puppen am Wegesrand spielten.

Mit der Uniform am Leib und dem Sturmgewehr in der Hand kam ich mir blöd vor, doch Zeit zum Grübeln blieb nicht, denn hinter mir humpelte Volker, fluchend und schimpfend: »Diese Schweine. Schaut sie euch an – sie wollen uns umbringen ...«

Eine Haustür flog auf, Volker verlor die Nerven: Er drehte sich und feuerte eine Salve in den verwilderten Vorgarten. Im Türrahmen stand eine junge Bauersfrau, die uns verstört ansah. Sie hatte ein gerupftes Huhn unterm Arm, Kopf und Hals des Vogels schaukelten im Sonnenlicht. Als ob er nicht merkte, was für ein trauriges Bild er abgab, fuchtelte Volker mit seinem Gewehr in der staubigen Luft.

»Lass den Mist«, raunte Erwin und klopfte ihm auf den Stahlhelm.

»Weiter, Männer, weiter!«, rief Hauptmann Meyer. Im Laufschritt beugte er sich nach vorn und machte Schöpfbewegungen, bis sich alle an seine Fersen hefteten. Hinter einer Wegbiegung erreichten wir den Kirchplatz, wo die anderen auf uns warteten.

»Und?«, fragte Hauptmann Meyer.

»Alles sauber, Herr Hauptmann!«

Für einen Moment sah Meyer so aus, als wüsste er nicht,

was er mit der Nachricht anfangen sollte. Während die Sonne vom Himmel knallte, nahm er den Helm ab und kratzte sich den Kopf.

»Kommt, dahinten ist Schatten«, sagte er schließlich und zeigte auf drei Bäume vor der Kirche. Wortlos setzten wir uns, Erwin reichte mir eine Zigarette.

Kirche

Volker wurde in die Schulter geschossen. Mit aufgerissenen Augen saß er da und hielt sich die Wunde. Speichelfäden trieften aus seinem Mund.

Hauptmann Meyer rief: »Ab in die Kirche!«

Obwohl er sich wehrte, packten wir Volker unter die Achseln und schleiften ihn durchs Kirchentor.

Nachdem sich unsere Augen an das schummerige Licht gewöhnt hatten, schauten wir uns verblüfft um: Zwischen dem Gestühl lagerten Strohballen, Schweine und Hühner liefen frei im Kirchenschiff herum. In Denkerpose rieb sich Erwin das Kinn, bis schweres Artilleriefeuer den Völkerkundler aus seinen Überlegungen riss und wir die Fenster besetzen mussten. »Das gibt's doch nicht«, murmelte Erwin, als ich mit dem Lauf unseres Maschinengewehrs ein blindes Fensterglas zerdrückte.

Wir ballerten zurück – der Krach unseres Gewehrfeuers hallte von den Wänden und scheuchte die Tiere auf. Kopflos liefen oder flatterten sie umher, quiekend und gackernd. Das war nur schwer auszuhalten. Hauptmann Meyer war der erste, der in einer Gefechtspause seine Pistole zückte und einem Schwein, das ihm zu sehr auf die Pelle gerückt war, in den Kopf schoss. Das war grausam. Auch andere Landser griffen sein Beispiel auf und sorgten dafür, dass bald das gesamte Feder- und Borstenvieh auf dem Boden lag.

Nun war Ruhe, wenn auch nur für kurze Zeit, denn aufs Neue gerieten wir unter Feuer. Die russischen Artilleriegeschütze lärmten, Kalk rieselte von der Decke und die Kirchenwände wackelten.

»Nur von unten kommen wir nicht weiter«, brüllte Hauptmann Meyer in den Raum. Er befahl mir und Erwin, auf den Turm zu steigen, um von oben die Angreifer unter Feuer zu nehmen. Wir packten unseren Krempel zusammen.

Auf dem Weg nach oben schepperte das Gebälk, wir dachten uns aber nichts dabei. Dann erreichten wir eine Plattform, die den Blick in alle Himmelsrichtungen gewährte. Über uns baumelte die Kirchenglocke, ich blickte in die Ferne: Wellige Weizenfelder rollten über den Horizont, Wildwiesen glänzten farbenfroh in der Nachmittagssonne. Unter uns lag das Dorf, seine wenigen Straßen wie leergefegt. Am Rand der Siedlung hatten sandbraun uniformierte Soldaten zwei Haubitzen in Stellung gebracht, die in unsere Richtung feuerten. Erwin legte den Lauf unseres Maschinengewehrs auf die Brüstung. Auf mein Zeichen hin krümmte er den Zeigefinger.

Mit einem Mal stieg Rauch aus der Dachluke. Erschrocken ließ ich Erwin allein und hastete die Leiter hinab, die zum Kirchenschiff führte. Qualm biss mir in die Augen, ich hustete. Wenig später wurde ich von einer mannshohen Feuerwand gestoppt. Hinter ihr erkannte ich Schweine- und

Hühnerkadaver, versengt auf dem Boden liegend. Unsere Männer sah ich nicht.

»Verdammt«, raunte Erwin, als ich ihm die Lage schilderte. Er sprang auf und lief im Kreis. Dabei reckte er seinen Hals über die Brüstung:

»Ich hab's gefunden!«

Erwin zeigte nach unten: Am Fuße des Turms lehnte ein Heukarren. Ich nickte. Waffen und Munitionsgürtel warfen wir hinab, dann sprangen wir – unten nahmen wir die Beine in die Hand und machten uns aus dem Staub.

Feldblusen

In der letzten Abenddämmerung erreichten wir unser Lager. Doch dort, wo am Morgen unsere Zelte gestanden hatten, fanden wir nur zerdrücktes Gras. Leider war Erwin viel zu müde, um zu reden. Er entrollte seine Felddecke, machte sich lang und schnarchte. Ich wollte es ihm gleichtun, doch ich lag wach und durchgrübelte die Geschehnisse des Tages. Noch Stunden später schaute ich in den klaren Nachthimmel.Irgendwann seufzte ich und schlief ein.

Am Morgen rüttelte mich Erwin wach. Wir durchkämmten die U mgebung, suchten nach Hinweisen über den Verbleib unseres Trupps. Hinter einer Eiche fand ich eine Kiste. Oben auf lag ein knitteriger Zettel:

> *Jungs,*
> *die eine Hälfte der Mannschaft ist tot, die andere in übler Verfassung. Meyer befiehlt Rückzug – euch hat er für tot erklärt. Seht zu, dass ihr Land gewinnt!*
> *Euer Hugo*

Grillen zirpten, die Blätter in den Baumkronen rauschten. Die Hälfte der Männer war gefallen. Ich wischte mir die Augen. Erwin fasste in seine Brusttasche, holte einen Beutel Tabak heraus.

Wir rauchten.

Stumm.

Nach einer Weile kratzte sich Erwin den Hinterkopf.

»Bockmist, wir sind tot.«

»Und nun?«

Ohne zu antworten, wühlte Erwin in der Kiste. Er zog Rauchwürstchen, gebackene Bohnen und Zwieback hervor. Dazu noch Schinkenspeck, Haferflocken, Tabak und Salz – und zwei Flaschen Kartoffelschnaps.

»Hugo ist der Beste!«, rief Erwin. Hastig entkorkte er eine Flasche und nahm einen tiefen Schluck. Anschließend schaute er verträumt in die Landschaft. Sein linkes Augenlid flatterte.

»Wie war das noch gleich? Was hat mein Rektor behauptet? Ein Semester an der Front würde mir guttun. Also bitte! Lass uns übers Land ziehen!«

Mein Bauch zwickte.

»Meinst du wirklich?«

»Klar doch, vertrau mir: Wird schon werden.«

Wir stopften den Proviant in unsere Feldrucksäcke, lösten die Knöpfe unserer Feldblusen und stiefelten los.

Zweites Buch

»Wem Gott will rechte Gunst erweisen,
Den schickt er in die weite Welt«

Joseph von Eichendorff, »Aus dem Leben eines Taugenichts«

Dimitrij

Der Himmel zeigte sich wolkenlos, wogende Roggenfelder standen golden zur Ernte bereit. Wir marschierten stramm und erreichten gegen Abend einen Waldsee. Ich streifte meine Uniform ab, sprang ins Wasser und kraulte ein paar Züge.

Später kletterte ich das schilfige Ufer hoch und fand Erwin: vor ihm ein prasselndes Lagerfeuer, neben ihm eine dampfende Pfanne. »Lass es dir schmecken«, sagte er und hielt mir einen Teller mit Bohnen und Speck vor die Nase. Erfrischt vom Seebad und hungrig vom Marschieren griff ich dankbar zu.

Nach dem Essen lagen wir satt im Gras. Für einen Moment vergaß ich, warum ich hier war. Dann zuckte es in meinem Bauch. Ich dachte an Eva.

Ein Wiehern weckte uns am nächsten Morgen. Vor uns stand ein alter Gaul, der schnaufend unsere Haferflocken verspeiste. Ich schreckte hoch, denn ein sonnengegerbtes Gesicht grinste uns an. Es war ein wenig aufgedunsen und gehörte einem Bauersmann von plumper Statur. Er schob ein paar Zweige beiseite und trat heran. Mit einer Geste, die sowohl Verzeihung als auch Einladung ausdrückte, stellte er eine milchige Flasche in unsere Mitte. Misstrauisch presste Erwin die Lider zusammen und beäugte den fremden Mann

– doch nicht allzu lang: Er schnappte sich die Pulle und nahm einen tiefen Schluck.

»Potz Blitz!«, rief er aus. »Wirklich guter Kartoffelschnaps!«

Voller Anerkennung nickte er dem Bauersmann zu und reichte die Flasche an mich weiter.

Die Morgensonne schien auf meinen Bauch.

Die Vögel zwitscherten.

Der Bauer lächelte.

Ich ließ den Branntwein in mich hineinfließen und war auf der Stelle beduselt.

Sein Name war Dimitrij. Dimitrij Sobolew. Wir staunten nicht schlecht, als er über die Nase seines Pferdes strich und mit hartem Akzent verkündete: »Meine Herren, darf ich vorstellen? Das ist Hans.«

Hans schnaubte uns fröhlich entgegen.

Dimitrij nahm sich die Filzkappe vom Kopf und füllte sie mit Schnaps. Wie selbstverständlich beugte sich Hans herab und schlappte die Kappe leer. Anschließend zog Dimitrij den alten Klepper an sich heran und tätschelte ihm den Hals. Er wurde ernst: »Sein schöner Name erinnert mich an meine Herkunft: Meine Eltern kamen aus dem Burgenland. Leider fanden sie hier kein Glück.«

Erwin runzelte die Stirn. Bedächtig zückte er seinen Knaster und drehte eine Zigarette. Auch Dimitrij schwieg und kratzte sich den Kugelbauch. Es schien, als würde ihn der

Gedanke an seine Familie betrüben. Hans, der gerade noch auf dem Waldboden gescharrt hatte, stupste seine Nüstern in Dimitrijs Gesicht, was den Bauersmann lächeln ließ. Er spuckte in die Luft und zückte aus seiner Tasche eine weitere Flasche Kartoffelschnaps.

In den Baumkronen raschelte das Laub, milde Luft durchstreifte unser Lager, vom Waldsee wehte gedämpftes Froschquaken herüber. Seufzend lehnten wir uns zurück und schlummerten ein.

*

Es war Abend geworden. Träge rieben wir uns die Augen, nur Hans ruhte noch still im Gras und atmete regelmäßig ein und aus. Er wurde von Dimitrij durch ein paar liebevolle Tritte zum Aufstehen bewegt. Der Bauer schaute uns an: »Ihr müsst hungrig sein. Meine Frau Tamara macht das beste Borschtsch, das ihr je gegessen habt. Ich lade euch ein!«

Wir nickten.

Borschtsch

Ihr Oberarm wackelte, als Tamara eine rote Pampe in unsere Holzschalen klatschte. Dampf stieg auf, ich probierte einen Löffel. Dimitrij hatte nicht zu viel versprochen: Tamaras Borschtsch schmeckte ausgezeichnet. Trotzdem blieb die Stimmung gedämpft. Wir redeten kaum, hielten unsere Köpfe gesenkt und schlürften verstohlen lauwarmen Kartoffelschnaps.

Der Grund hieß Tamara: Sie schien mit sich und ihrem Leben unzufrieden. Rastlos schob sie ihren fülligen Körper durch die Stube, keuchend und fauchend. Sie machte keinen Hehl daraus, dass ihr unser Besuch missfiel und sie Dimitrij für die Unannehmlichkeiten, die wir bereiteten, verantwortlich machte. Mehrfach kratzte sie ihn mit dem Reisigbesen über den Rücken oder schnippte gegen sein Ohrläppchen. Auch Hans litt unter Tamara. Während die Schweine und Hühner frei im Haus herumliefen, war er das einzige Tier, das draußen bleiben musste. Heimlich beugte sich Dimitrij vor und flüsterte: »Fährst du zur See, so bete einmal. Gehst du in den Krieg, so bete zweimal. Gehst du in die Ehe, so bete dreimal.« Kichernd lehnte er sich zurück und schüttelte den Kopf.

Er aß sein Borschtsch nicht auf.

Später am Abend krochen Erwin und ich in den hinteren Teil des Hauses. Wir kauerten im Stroh und versuchten, Schlaf zu finden. Nebenan in der Stube saß Dimitrij. Lange noch musste er das Gekeife seiner Frau anhören.

Als ich die Augen öffnete, stand die Sonne drückend auf dem Holzhaus. Ein heißer, beißender Schmerz sirrte durch meinen Schädel. Ich litt unter Schwindel und Übelkeit. Es gelang mir, meinen Kopf zu heben, bevor ich mich meines Mageninhalts entledigte – neben Erwin landete eine Fuhre Borschtsch. Der Königsberger Völkerkundler brummte missbilligend und weckte ein Schwein, das neben ihm das Nachtlager geteilt hatte. Nun waren wir wach. Dimitrij lachte und lud uns mit großer Geste zum Frühstück ein.
Wenig später saßen wir am Tisch, auf dem drei Näpfe Haferschleim blubberten. Lustlos rührten wir den zähen Brei, der träge in den Tag hineindampfte.
»Lebt wohl«, rief Dimitrij zum Abschied. »Alles ist gut, was endet!«
Mit kräftigem Handschlag dankte ich ihm für seine Gastfreundschaft. Dann fuhr ich Hans durch die Mähne, die er mir vertrauensvoll entgegenreckte. Erwin schulterte sein Sturmgewehr.
Er nickte und ging.

Holz

Ich war ein schüchterner Junge gewesen. Nie hätte ich mich getraut, ein Mädchen, das mir gefiel, anzusprechen.

Ich wartete lieber ab.

Das Angebot von Evas Vater, für ihn Holz zu schlagen, nahm ich daher freudig an, verschaffte es mir doch die Gelegenheit, in Evas Nähe zu sein. Meine Schläfen pochten, als ich an ihre Haustür klopfte. Eva öffnete. »Du musst Horst sein. Wir haben dich erwartet.«

Sie kniff die Augen zusammen und bat mich herein. Umständlich packte ich die Holzscheite zusammen und wäre fast über die Türschwelle gestolpert. Eva tat, als hätte sie mein Ungeschick gar nicht bemerkt, und zeigte mir den Weg in die gute Stube. Dort angekommen, stellte sie sich vor: »Ich bin Eva, die Tochter des Professors.«

Für die Antwort, die ich ihr gab, schämte ich mich, bevor ich sie zu Ende gestammelt hatte:

»Ich bin Horst, Horst Stahl, Stahl wie Eisen.«

Mein Gesicht glühte, Eva zog die linke Augenbraue hoch. Mit schwitzigen Händen umklammerte ich das Holz, das mir langsam aus den Armen rutschte: »Wohin damit?«

Stumm zeigte Eva auf einen Bastkorb neben dem Kamin. Dann verließ sie das Zimmer.

Von nun an sah ich Eva jede Woche und meine Schüchternheit legte sich.

Ich wurde übermütig.

An einem Nachmittag im Mai rief ich ihr entgegen: »Ich bin's, Holz, euer Stahlträger!«

Verdattert blickte mich Eva an.

Das hatte ich nun davon.

Sie würde mir die Tür vor der Nase zuschlagen und in der Schule erzählen, was für ein Lümmel ich sei, die Mädchen der Kleinstadt würden mit dem Finger auf mich zeigen.

Ich wollte fliehen.

Zurück in den Wald.

Sterben.

Da hielt mich Eva am Ärmel. Ihre Augen leuchteten: »Ich mag dich. Du bist witzig.«

Eine Zentnerlast fiel von mir ab.

Ich atmete aus und verliebte mich in Eva.

Hunger

Sieben Tage waren vergangen, seitdem wir uns von Dimitrij verabschiedet hatten. Der Proviant war aufgebraucht und die Beeren vom Wegesrand konnten unseren Kohldampf nicht stillen. Wir hatten Hunger. Wolfshunger.

Mit Gebrüll machte sich Erwin über eine Portion Bucheckern her, die er hastig aus ihrer Schale pulte. In seiner Ungeduld las er eine Menge Unrat vom Waldboden auf, der seine Mundhöhle verklebte. Erwin spuckte aus und kämmte sich mit den Fingernägeln die Zunge. Aus tiefen Augenhöhlen starrte er mich an, leckte seine Lippen und fletschte das Gebiss.

Eine Schar Buchfinken ließ sich in einer Baumkrone nieder. Die Vögel hüpften von Ast zu Ast und putzten ihr Gefieder, wobei sie ihre Köpfe schaukelnd bewegten. Ihr Gezwitscher zauberte eine fröhliche Stimmung ins Gehölz. Aus dem Augenwinkel sah ich, wie Erwin die Sicherungskappe einer Stielhandgranate aufschraubte.

Ruckartig zerrte er an der Abreißschnur.

Boot

Am Wochenende lud ich Eva zur ersten gemeinsamen Bootsfahrt. Ich legte mich gewaltig ins Zeug, denn ich wollte Eva mit meinem kräftigen Schlag imponieren. Verträumt ließ sie eine Hand durch das Wasser gleiten, während ihr der Fahrtwind durchs Haar fuhr. Seerosen verneigten sich vor unserem Kahn, Libellen sausten übers Wasser, die Ruder glänzten im Sonnenlicht. Bald perlte mir Schweiß auf der Stirn und ich musste gegen meine Ermattung ankämpfen.

Doch ich hielt durch.

An jenem Sonntag floss über die Uferpromenade ein unendlicher Strom an Spaziergängern.

Federn

Mit verbissener Miene stand Erwin vor mir. Er reckte den Stiel der abgezogenen Handgranate in die Luft und sah aus wie eine Parodie der amerikanischen Freiheitsstatue. Nach drei Sekunden senkte er den Arm und brüllte mich an: »Deckung!«

Dann schleuderte er den Sprengkörper in die Baumkrone und wir rotzten uns ins Unterholz.

Eine dumpfe Detonation erschütterte den Baum. Er zitterte und wackelte, von der Wurzel bis zur Krone. Aber das, was Erwin in seinem Hungerwahn bezweckt hatte, war nicht eingetreten: Kein einziger Fink lag essfertig auf dem Boden. Stattdessen war die Luft erfüllt mit Federn, die im Wind langsam nach unten segelten.

Enttäuscht, stumm und hungrig standen wir da.

Ich fühlte mich sehr alt.

Polka

Die Strahlen der Abendsonne trafen unsere Gesichter. Erwin kauerte vor dem zerborstenen Baum und starrte Löcher in den Boden, der von Splittern und Ästen übersät war. Er sah fertig aus: Nicht nur fehlte ihm Nahrung, ihm fehlte auch Schnaps. Ab und an gab er Grunzlaute von sich. Ratlos ließ ich mich auf den Boden fallen.

Der Wind wehte Polkamusik herüber. Überrascht sprang ich auf und lief zum Waldrand, von wo aus ich eine kleine Häusersiedlung entdeckte. Durch meinen Feldstecher erkannte ich Menschen, die hüpfend und tanzend über eine Wiese liefen. Offenbar feierten sie ein Fest. Ich eilte zurück und berichtete Erwin von der Entdeckung. Mit wässrigen Augen starrte er mich an, Speichel lief ihm das Kinn hinab.

»Polka?«, fragte er benommen.

»Ja, Polka«, rief ich. »Ich zeig's dir!«

Erwin rieb sich das Gesicht, dann stand er auf und trottete hinter mir her.

Am Waldrand legten wir uns auf den Boden. Es schien, als wäre Erwin wieder bei Sinnen, denn er zückte seinen Feldstecher und betrachtete die Bauernsiedlung. Dabei summte er vor sich hin und kaute auf einem Grashalm. Auf einmal hielt er inne.

»Was ist los?«, wollte ich wissen.

»Na«, sagte Erwin, »ich weiß nun, wie wir's machen.«

»Wie denn?«

»Wirst schon sehen.« Sein Blick streifte ein weiteres Mal die Siedlung.

»Vertrau mir: Das wird ein Spaß.«

Ausrüstung und Uniformen ließen wir am Waldrand zurück. In Hemd und Unterhose robbten wir durch ein Weizenfeld, das von Disteln durchwuchert war. Anschließend verharrten wir unter einem Holunderbusch, von wo aus wir gute Sicht auf den Dorfplatz hatten: Vier Musikanten mit langen Schnurrbärten spielten auf zum Rundtanz, peitschende Zweivierteltakte schossen aus ihren Instrumenten. Ein korpulenter Bauersmann, der die Pauke schlug, sang mit kräftigem Bass und setzte sich spielend gegen die anderen Klänge durch. Das ganze Dorf schien auf den Beinen zu sein: Man lachte, tanzte, aß und trank. Der Kartoffelschnaps wurde kistenweise herangetragen. Sprachlos schauten wir dem lauten Rummel zu.

Erwin wurde ungeduldig, nervös kratzte er über die Erde. Schließlich flüsterte er: »Kuck mal. Da ist es.«
Er zeigte auf einen Hof, wo zwischen zwei Bäumen eine Leine gespannt war. An ihr hing, träge im Wind schaukelnd, Wäsche.
»Alles klar«, sagte ich.
Im Schutze der Dämmerung pirschten wir uns heran und plünderten die Leine. Die Klamotten rochen streng, passten aber gut. Erwin schnappte sich eine weinrote Pluderhose,

ein grünes Hemd und eine braun bestickte Filzweste. Als Kopfbedeckung wählte er eine Lederkappe mit Hasenfellrand. Er sah wirklich schmissig aus und schien sich in seiner Tracht wohlzufühlen. Ich steckte in einer weiten Puffhose, einem kratzigen Leinenhemd und einer Wildlederweste. Hinzu kam eine unpraktische Ballonmütze aus Filz.

Bevor ich mit Erwin unser weiteres Vorgehen absprechen konnte, hatte er die Dorfstraße erreicht und marschierte auf die Menge los. Der Königsberger Völkerkundler war in seinem Element. Es blieb mir nichts anderes übrig, als mich an seine Fersen zu heften. Mir war mulmig zumute, doch Erwin strahlte Vertrauen und Folklore aus.

Nur noch wenige Meter trennten uns von der feiernden Dorfgemeinschaft. Augenpaare schauten uns überrascht an. Erwin drückte seinen Rücken durch, passierte neugierige Gäste und steuerte auf die gut besetzten Tische vor der Tanzfläche zu. Die Polkamusik verstummte – genau in dem Augenblick, als Erwin das erstbeste Glas schnappte und mit Kartoffelschnaps vollschüttete: Hand, Tisch und Ärmel wurden großzügig mitbewirtet. In der nächsten Sekunde schienen alle Blicke auf ihn geheftet. Mir wurde schlecht, doch Erwin blieb ruhig. Prüfend schwenkte er sein Glas. Dann hieb er es auf die Tischplatte. Mit strahlendem Grinsen, das von einem Ohr bis zum anderen reichte, brüllte er: »Nastrovje!«

Fassbrause

Mir kam alles wie ein Traum vor: Den Sommer über gingen Eva und ich gemeinsam ins Lichtspielhaus, fuhren mit dem Fahrrad zum See oder picknickten im Grünen. Einmal kratzte ich meinen ganzen Mut zusammen und lud Eva ins Tanzlokal ein. Als sie bei der Rumba in meinen Armen kreiste, wäre ich vor lauter Taumel beinahe zu Boden gegangen. Eva musste meine Schwäche bemerkt haben, denn sie führte mich an unseren Tisch und bestellte beim Kellner ein Glas Fassbrause. Während das Blut in meinen Kopf zurückkehrte, streichelten Evas Finger mein Haar. »Ach, Horst«, flüsterte sie. Ihre Zähne strahlten, ihr Mund öffnete sich.

Jeder andere Kerl hätte sie geküsst.

Ich nicht.

Samstags klopfte ich an die Haustür des Professors, um den wöchentlichen Bedarf an Holz vorbeizubringen. Fast immer war es Eva, die mir öffnete. Sie strich sich über ihre Schürze, wischte eine Haarsträhne aus dem Gesicht oder zog mit gespielter Überraschung ihre linke Augenbraue hoch. Manchmal betrachtete sie mich eine Weile von oben bis unten, bevor sie mich ins Haus ließ. Dann begleitete sie mich in die Stube, wo ihr Vater im Ohrensessel saß und eine Pfeife schmauchte. Meistens hatte er einen dicken Wälzer in der Hand. Während Eva den Raum verließ und die Tür hinter sich schloss, begrüßte mich der Professor: »Junge«, pflegte er zu sagen, »da hast du mal wieder eine ordentliche Ladung Brennmaterial gesammelt – tüchtig, tüchtig!«

Unter seinen wohlwollenden Blicken machte ich mich ans Werk, stapelte die Holzscheite und entrußte den Kamin.

Wenn ich mit der Arbeit fertig war, legte der Professor sein Buch beiseite und bot mir Platz auf einem Sessel an. Er nahm sich Zeit, um mir die Natur und ihre Gesetze zu erklären. Oft stundenlang. Staunend hörte ich zu. Lernte und fragte. Wie mir Eva später verriet, war ihr Vater früh zum Witwer geworden. Er hatte sich immer einen Sohn gewünscht.

Rausch

Stille. Schwalben zogen enge Kreise über unsere Köpfe –
wie Geier, die sich auf ihr Aas freuten. Der schnurrbärtige
Paukist kniff die Augen zusammen und taxierte Erwin. Eine
Ewigkeit lang. Irgendwann schlug er seine Handflächen zusammen und aus einhundert Kehlen schallte es: »Nastrovje!«

Die Musik setzte wieder ein, lauter und schneller als zuvor.
Wir wurden umarmt und auf Holzbänke gedrückt. Eine rotwangige Bauersfrau reichte mir einen Becher mit Schnaps,
den ich in einem Zug austrinken musste. Hastig klopfte sie
mir auf den Rücken, kreischte und schenkte nach. Aufs
Neue wurde ich genötigt, den Becherinhalt in einem Rutsch
herunter zu spülen. Schnell war ich besoffen und machte
mir Sorgen, wie ich die Feier überstehen sollte. Neben mir
saß Erwin, unbekümmert und hemmungslos: Mit weit auf-
gesperrtem Maul begrüßte er den Kartoffelschnaps und
konnte gar nicht genug vom lauwarmen Fusel bekommen.

Endlich stellte man auch Speisen vor uns hin: Krautwickel
in Specksoße, Teigtaschen mit Pilzfüllung, Buttergemüse
und gesalzenes Brot. Wir schlugen uns die Bäuche voll. Anschließend saßen wir zufrieden da und bemerkten, dass es
sich bei der Feier um eine Hochzeitsgesellschaft handelte.

Die hübsche Braut tanzte mit ihrem Bräutigam um die Wet-
te. Das sah lustig aus, doch der frisch Vermählte versuchte
eine Drehung zu viel. Geräuschvoll fiel er in einen Schwei-

netrog, der die Tanzfläche zur Linken begrenzte. Ein umherstehender Mann lachte, wofür er sich eine Maulschelle einfing, die ihm einen Schneidezahn kostete. Mit blutigem Mund stand der Getroffene da und schlug zurück. Allerdings verfehlte er den Bräutigam und traf stattdessen den langbärtigen Brautvater. Mit schmerzverzerrter Miene gab der das Zeichen zur Gruppenkeilerei, die Polkamusik gab den Takt vor.

Schemel wurden zu Wurfgeschossen und landeten auf den Rücken Unbeteiligter, die sogleich die Schar der Raufbolde erhöhten. Die Frauen des Dorfs ertrugen das laute Hauen mit Gelassenheit und widmeten sich Erwin und mir, da wir die einzigen Männer waren, die nicht am Faustkampf teilnahmen. Sogar die beschwipste Braut suchte Schutz in unseren Reihen und setzte sich ungeniert auf Erwins Schoß.

Als sie der Bräutigam entdeckte, raste er vor Wut. Rüde zog er die Braut beiseite und verpasste Erwin einen Hieb in die Magengrube. Erwin keuchte. Als Antwort schickte er den Bräutigam mit einem Leberhaken zu Boden. Augenblicklich waren drei dickwanstige Dorfbewohner zur Stelle, die auf Erwin losgingen. Ich sprang auf.

Den ersten wehrte ich mit einem Holzschemel ab, unterdessen wich Erwin dem Schlag eines zweiten aus und gab dem ins Leere Laufenden einen Pferdekuss. Der dritte Mann wankte verunsichert und wedelte mit den Fäusten. Wir stülpten ihm eine Suppenschüssel über den Kopf, so dass er orientierungslos über das Gras taumelte.

Mit einem Mal stoppte die Musik und der Kampf war vorbei. Ich sah, wie der Brautvater im Getümmel stand und die Hand hob. Sofort ließen die Männer voneinander ab. Sie klopften sich auf die Schulter, lachten über Blessuren und torkelten gemeinsam den Schnapsvorräten entgegen. Auch der Bräutigam rappelte sich vom Boden auf und griente uns an. Die Musikanten entlockten ihren Instrumenten leise, fast zärtliche Klänge.

Längst war die Sonne untergegangen, Mückenschwärme tanzten im Mondlicht. Während ich meinen kugelrunden Bauch befühlte, schmiegten sich zwei Mädchen an meine Schulter. Grillen zirpten. Ich sog die klare Nachtluft ein und staunte.

An Eva dachte ich nicht.

Reibung

Evas Vater schaute verträumt ins Kaminfeuer und ließ mich an seiner Theorie über den Wirkungsgrad von Verbrennungsmotoren teilhaben: »Das Perpetuum Mobile gibt es nicht.«

Der Professor war ein vortrefflicher Redner. Oft saß ich staunend da und lauschte, wie er schwierige Zusammenhänge mit einfachen Worten beschrieb. Auch jetzt war ich im Bann seiner Worte. Er fuhr fort und bezog mich in seine Überlegungen ein: »Junge, warum lasse ich dich Woche für Woche Brennscheite in mein Haus bringen?«

Weil ich begriffsstutzig schaute, unterwies er mich in mildem Ton: »Ich verbrenne Holz, um mein Haus zu erwärmen, und ich verbrenne Holz, um meine Stube zu erhellen.« Evas Vater machte eine Pause und zwirbelte nachdenklich die Barthaare unter seinem Kinn. Er wurde theoretisch: »Horst, ich will Wärme und ich will Licht. Um aber beides zu bekommen, muss die Kraft, die in deinen Scheiten steckt, gebrochen werden.«

Nach einem tiefen Sog an der Pfeife hielt er inne, seine Finger trommelten ungeduldig auf der Armlehne. »Horst, wer zweierlei will, verliert letztlich alles.« Als wollte das Feuer diesen Worten Nachdruck verleihen, knackte es im Kamin. Heiße Luft umspielte uns. »Das ist der Grund, warum du wieder und wieder in den Wald musst, um neuen Brennstoff zu besorgen.«

Ich schaute den Professor betreten an. Den nächsten Satz flüsterte er fast: »Doch ganz egal, wie viel du heimbringst: Es wird niemals reichen.«

Er war ein guter Lehrer und ich begann zu verstehen.

»Horst, man muss Kraft bündeln.«

Diese Worte hinterließen einen tiefen Eindruck in meinem noch knabenhaften Gemüt.

Schwarz

»Klappe halten!«, raunte Adolf Gaschler. Er hielt mich im Schwitzkasten, während sein jüngerer Bruder Giselher meinen Arm verdrehte. Die Gaschlers hatten mir auf dem Nachhauseweg aufgelauert und von hinten angegriffen.

»Hör gut zu: Du lässt deine Griffel von Eva, sonst brechen wir dir alle Knochen.« Zwiebeliger Schweißgeruch biss mir in die Nase, denn Adolf drückte mein Gesicht in seine Achselhöhle. Ich fragte mich, wie ich die Lage einzuschätzen hatte. Offensichtlich waren die Brüder aufgebracht. Doch was sie an meinen Treffen mit Eva störte, blieb ein Rätsel. Ich hörte mich sagen: »Na, macht doch!«

Adolf erhöhte den Druck auf meine Rübe, das Blut rauschte in meinen Ohren. Seine Antwort war von einer Hinterhältigkeit, die ich ihm nicht zugetraut hatte: »Wie du meinst. Dann vermöbeln wir eben Evas Vater.«

Ich röchelte.

»Seine Weisheit wird er in Zukunft aus der Schnabeltasse trinken müssen.«

Er stieß er mich in den Dreck, so dass ich seinen massigen Körper aus unwürdiger Froschperspektive betrachten musste. Genüsslich sagte er: »Falls das nicht reicht, nehmen wir uns Eva vor.«

Er öffnete seinen Gürtel, um ihn ein Loch weiter zu schnallen.

Sein Bruder gackerte wie blöd.

Adolf wischte sich über Zunge und Lippe.

Mir wurde schwarz vor Augen.

In den folgenden Monaten hatte ich keine Zeit mehr für Eva. Meine Arbeit als Holzbursche hängte ich an den Nagel.

Scheune

Plötzlich war Erwin weg. Auch die beiden Bauersfrauen, die sich bis eben noch um ihn gekümmert hatten, waren verschwunden. Ich sprang auf und bahnte mir einen Weg durch die feiernden Menschen, doch von Erwin war nichts zu sehen. Da fiel mein Blick auf eine kleine Scheune, die etwas abseits vom Festplatz lag. Als ich mich näherte, hörte ich aufgeregtes Kichern. Auf Zehenspitzen schlich ich heran und öffnete das Scheunentor – nur einen Spalt breit.

Was ich sah, war heikel: Erwin tänzelte mit wallender Pumphose vor einem Heuhaufen, den Rücken mir zugewandt. Neben ihm gackerten zwei junge Frauen mit entblößten Schultern und offenem Haar. Unter Geschrei ließen sich alle drei ins Heu fallen. Ich konnte nur noch ihre Füße sehen, weshalb ich das Tor ein Stückchen weiter öffnete. Das hätte ich besser unterlassen. Die Scharniere des Tores quietschten so gewaltig, dass die drei ihr Spiel unterbrachen und mich mit aufgerissenen Augen anstarrten.

»Heiliger Strohsack!«, raunte Erwin. »Horst, was machst du hier?«

Das Blut schoss mir ins Gesicht.

»Erwin, dasselbe könnte ich dich fragen.«

Ob es der Unterhaltung geschuldet war oder dem Umstand, dass sie entdeckt worden waren, vermochte ich nicht sagen. Jedenfalls begannen die Frauen zu kreischen. Sie riefen sich etwas zu, erhoben sich und hatten einen Augenaufschlag später ihre Kleider zugeschnürt. Im Laufschritt zogen sie an mir vorbei. »Du hättest sie aufhalten sollen«, sagte Erwin zerknirscht. Ich gab keine Antwort.

Es dauerte nicht lange, da war die Scheune von Bauern umstellt, die sich mit Forken und Mistgabeln bewaffnet hatten. Angeführt wurde die Meute vom schnurrbärtigen Paukisten, der besonders grimmig dreinschaute. Er reckte eine Faust in der Luft und brüllte. Neben ihm stand eine Frau, die sich eng an seinen Körper presste. Sie sah verheult aus und hatte ein blaues Auge.

Dann erkannte ich sie.

Sie war eine von Erwins flüchtigen Bekanntschaften.

Promenade

Ich war ein lausiger Lügner. Als mich Eva fragte, weshalb ich nicht mehr für ihren Vater arbeiten wollte, schob ich die bevorstehende Reifeprüfung vor. Auch Verabredungen lehnte ich ab: Mal musste ich für eine Lateinklausur pauken, mal dem Nachbarn bei der Apfelernte helfen, mal wegen einer Magenverstimmung das Bett hüten. Bei jeder Lüge litt ich wie ein geprügelter Hund. Zuerst war Eva verwundert, dann verärgert. Schließlich war sie gar nichts mehr.

An einem verregneten Sonntag schlenderte ich die Gassen unserer Kleinstadt entlang. Ich grübelte. Bereits seit Wochen hatte ich Eva nicht mehr getroffen. Als ich auf die Promenade einbog, sah ich sie zwischen Nebelschwaden und spärlich belaubten Pappeln. Mein Hals schnürte sich zu, in meiner Magengrube tanzte eine Hundertschaft Nadeln. Ich blieb stehen.

Eva war nicht allein.

Sie trug ihr bestes Kleid und war eingehakt bei Ferdinand von Falkenstein, dem piekfeinen Sohn des Großindustriellen Joseph von Falkenstein. Meine Eingeweide schmerzten, als wären sie in Säure eingelegt.

Stocksteif stand ich da.

Wie ein begossener Pudel.

Hanswurst im Nieselregen.

Mein einziger Trost war, dass sie mich nicht sehen konnte.

66

Ihr Gesicht war versteckt hinter einem englischen Schirm, mit dem von Falkenstein sie vor dem Regen schützte. Neben den beiden hüpften Adolf und Giselher Gaschler im Zickzack. Sie schmissen ihre Hüte in die Luft. Als sie mich erblickten, winkten sie und machten obszöne Gesten.

Wiedersehen

Das Loch war eng und dunkel. Fliegen sirrten um meinen Kopf. Beim Versuch, sie zu verscheuchen, berührte ich meine Wangen. Sie schmerzten. Neben mir, mehr sitzend als liegend, schnarchte Erwin. Erst jetzt bemerkte ich den Fäkalgestank. Ungestüm schlug ich um mich und boxte in eine matschige Pampe.

Erwin kam zu sich. Lautstark rieb er sich den Kopf. »Himmel, Arsch und Zwirn«, fluchte er. »Was stinkt denn hier so?«

Er wühlte in seinem Hemd. Ich hörte ein Klatschen.

»Wo sind wir?«, wollte er wissen.

»Tief im Dreck«, murmelte ich.

Eine halbe Stunde später erklomm die Morgensonne das Firmament, ihr Licht brachte Klarheit: Die Dorfmänner hatten uns in ein Erdloch geworfen, in dem sie ihre Ausscheidungen verklappten. Die glitschigen Wände ragten gut fünfzehn Fuß in die Höhe, an Entkommen war nicht zu denken. »Herr im Himmel!«, keuchte Erwin, da hörten wir schwerfälliges Hufgeklapper.

»Brrrrlrrrr«, lallte eine Stimme. Es wurde still. Zwei Gesichter beugten sich zu uns hinab. Das eine kreisrund, das andere länglich. »Hier seid ihr!«, rief Dimitrij. »Wir haben euch überall gesucht!«

Hans schnaubte erregt.

»Wartet, wir holen euch da raus!«

Ein Seil plumpste in die Grube. Hastig griffen wir es und kletterten nach oben, wo uns Dimitrij an seinen dicken Wanst drückte. »Männer«, sagte er, »wir sollten jetzt verschwinden.«

Das fand ich auch.

Die Dorfbewohner hatten noch ordentlich gefeiert: Der Platz war übersät mit umgestürzten Tischen, zersplitterten Bänken, zerrissen Filzkappen und zertrampeltem Blumenschmuck. Außerdem hatte nicht jeder den Weg ins Bett geschafft. Auf Anhieb zählte ich fünf Männer, die über den Platz verstreut lagen und ihren Rausch ausschliefen. Einer von ihnen steckte mit dem Kopf in der Pauke, deren Fell von beiden Seiten eingerissen war. Hastig lief ich zu Hans.

Vor einem Bauernkarren scharrte er ungeduldig mit den Hufen. Da zog mich Erwin an der Schulter.

»Warte mal«, sagte er. »Hier gibt's doch bestimmt was zu naschen.« Seelenruhig schlich er über den Dorfplatz und klaubte Essensreste und Kartoffelschnaps zusammen. Als er endlich zu uns kam, hatte er eine Handvoll Hähnchenschenkel und zwei Flaschen Schnaps ergattert.

»Und ab dafür.«

Erwin sprang auf den Karren, ich tat es ihm gleich. Wir krochen unter Kartoffelsäcke und kauerten auf der Ladefläche.

Durch einen kleinen Spalt sah ich, wie Dimitrij Hans am Nasenriemen packte und das Gespann zur Dorfstraße führte. Von da an waren es nur noch wenige Meter bis zur Freiheit.

Tümpel

»Tamara ist eine böse Frau«, behauptete Dimitrij, während wir Uniformen und Ausrüstung auf dem Karren verstauten. Es hatte eine Weile gedauert, bis wir unser Versteck am Waldrand wiedergefunden hatten. Nun war es Vormittag, Mücken tanzten um uns herum. »Sie lacht nie und schlägt viel.«

Dimitrijs Gesicht verdunkelte sich, er schaute Hans an. Der Gaul hatte den Kopf gesenkt und starrte auf den Waldboden. »Und wisst ihr was? Ich gehe nicht mehr zurück!«

Hans blähte seinen Brustkorb.

»Wir kommen mit euch.«

Die Luft flimmerte in der Nachmittagshitze, während der Karren eine Staubwolke hinter uns aufwirbelte. Erwin und ich lümmelten auf der Ladefläche und ließen uns von der Sonne rösten. Zuvor hatten wir noch überlegt, ob wir unsere Uniformen anziehen sollten. Doch schnell hatten wir uns für die Bauerntrachten entschieden. In der Zwischenzeit waren sie getrocknet, was ihren Geruch erträglich machte. Fröhlich ließ Erwin den Schnaps und die Hühnerbeine kreisen, abgenagten Knochen warfen wir lässig über die Schulter. In langsamer Schrittgeschwindigkeit zog uns Hans durch eine weite Landschaft, die von einem endlosen Meer aus Himmel umsäumt wurde. Am Horizont flackerte das Licht, auf der Erde sogen geschäftige Hummeln Nektar aus Kornblumen. Feldmäuse raschelten durch Rispengras, rotbraune Hasen hoppelten durch ihr Revier. Weinbergschnecken platzten unter den tellergroßen Hufen von Hans.

In einer Birkenschonung riss Dimitrij an den Zügeln und brachte das Fuhrwerk zum Stehen. Er deutete mit dem Zeigefinger auf einen Tümpel: »Männer, dort könnt ihr euch reinmachen. Vergesst eure Kleider nicht.«

Wir schleppten uns vom Karren und trotteten dem von Entenflott bedeckten Weiher entgegen. Das Gewässer roch moorig und wirkte wenig einladend. Hechtkraut und Rohrkolben wucherten am Ufer. Erwin streifte sein Kostüm ab und sprang als erster ins moderige Nass. Das dumpfe Geräusch, das dabei entstand, hätte mich stutzig machen sollen. Doch unbeirrt warf ich ihm die Kleider hinterher und hüpfte in voller Montur über die Uferpflanzen.

Obwohl es bloß ein Teich war, konnte ich keinen Grund unter meinen Füßen spüren. Geäst und Laub verfingen sich zwischen meinen Beinen, ohne mir Halt zu bieten. Mir wurde kalt. Die blassweißen Birken am Ufer beugten ihre Laubkronen über den Weiher und verdunkelten den Weiher. Ein kühler Windhauch fuhr mir in den Nacken. Ich erschrak, denn Erwin war nicht mehr zu sehen. Hektisch bewegte ich mich, kam aber nicht voran. Auch schien das Gewässer alle Geräusche zu schlucken. Meine Schläfen pochten, das Blut in meinen Ohren rauschte.

Irgendetwas stimmte nicht.

Neben mir platschte es. Erwin war aufgetaucht, prustend und röchelnd. Mit weit aufgerissenen Augen starrte er mich an. Dann brüllte er: »Los raus! Raus hier!«

Er warf sein Bündel Klamotten aufs Land und hechtete hinterher. Im selben Moment spürte ich es: Erst juckendes Prickeln, dann nadelstichartige Bisse. Überall. Ich tauchte unter.

Zeitgleich erreichten Erwin und ich das Ufer, zogen uns an Baumwurzeln hoch und blickten absichernd nach hinten.

Sport

Die schmucklose Anzeige hatte ich in der Eingangshalle unserer Schule gelesen:

Burschen für Sportgruppe gesucht
Jeden Montag um 19:30 Uhr im Blücherpark

Nun stand ich in kurzer Hose und Sporthemd auf dem Rasen des Blücherparks, meine neuen Laufschuhe glänzten, ich war ziemlich nervös. Aus einer Gruppe von etwa zwanzig Jugendlichen trat ein dickbäuchiger Mann in braunem Trainingsanzug. Er kam auf mich zu, musterte mich eine Weile und gab mir als Begrüßung einen überfesten Handschlag. Er roch scharf nach Tabak und altem Schweiß. »Mein Name ist Erich Gaschler. Ich bin der Trainer dieses müden Haufens.«

Er deutete auf die umherstehenden jungen Männer: »Wir können Verstärkung gut gebrauchen. Denn bis auf Wilhelm«, er zog einen Jungen in die Mitte des Kreises und kniff ihm flachsend in die Wange, »sind die meisten hier träge Flaschen.« Der drahtige Junge, der mir gerade als Wilhelm vorgestellt wurde, trippelte verlegen von einem Bein auf das andere. Er trug ein weißes Unterhemd, das den Blick auf seine Arm- und Schultermuskulatur freigab. Gaschler wandte sich mir zu: »Mal sehen, was du so drauf hast – ein wenig schmächtig siehst du ja aus.«

An jenem Abend kotzte ich vor Erschöpfung. Übungsleiter

Gaschler hatte uns zweieinhalb Stunden Hindernisläufe absolvieren lassen, seine Trillerpfeife hatte erbarmungslos die Luft durchschnitten. Nun lag ich auf dem Rücken, meine Beine brannten, meine Lungenflügel schmerzten und in meinem Bauch rumorte es kräftig. Ich rappelte mich auf, um quittegelben Schleim zwischen zwei Holunderbäume zu spucken. Während ich gebeugt dastand und meine Hände auf die Kniescheiben presste, machte ich eine Entdeckung: Die Gedanken an Eva, die mich seit dem Erlebnis auf der Promenade gequält hatten, waren plötzlich weg – wie ausradiert. Ich richtete mich auf, eingehüllt in einen Mantel aus wohliger Ermattung. Der Sport ließ mich vergessen – wenn auch nur für den Moment.

In den Monaten nach diesem Erlebnis trainierte ich hart. Sehr hart. Übungsleiter Gaschler staunte nicht schlecht über meinen eisernen Willen und freute sich über meine Entwicklung. Dennoch gab es Nächte, in denen ich verbissen durch die Parkanlage rannte, ohne Erlösung zu finden. »Junge, geh nach Hause«, sagte Gaschler dann und kräuselte die Stirn.

Ziehsäge

Erwins blasse Haut war von braunen Beulen entstellt. Sogar Stirn und Augenlider waren befallen. Er sah jämmerlich aus und tat mir leid. Ich beobachtete, wie er mit dem Daumen auf eine glitschige Schwellung im Gesicht presste. Unter dem Druck gab die Beule nach, verformte sich und platzte. Schleimiges Blut lief ihm bis zur Kinnlade, tropfte nach unten und versickerte im Waldboden. Ich begutachtete mich selbst: Der prickelnde Schmerz war verschwunden. Stattdessen war mir, als hätte man mich in ein warmes, dampfendes Tuch eingewickelt. Dann sah ich die Hubbel, die sich unter meinem Hemd abzeichneten und handtellergroße Blutflecken verursachten. Mein ganzer Körper vibrierte. Hastig zog ich mir die Klamotten vom Leib.

Dimitrij lachte. Er schaukelte vor und zurück wie eine Ziehsäge, schlug auf seine Schenkel und hielt sich den fülligen Wanst. Tränen kullerten ihm die Wangen hinab, seine Filzkappe hing schief. Unter ihm bebte der Karren, so dass Hans Schwierigkeiten hatte, das Fuhrwerk im Gleichgewicht zu halten. Als Dimitrij zu Atem gekommen war, rief er herüber: »Ihr seht aus wie zwei matschige Zupfkuchen. Wisst ihr denn nicht? Wer im Trüben fischt, darf sich nicht beschweren, wenn er einen rostigen Eimer angelt.«

Er trocknete sich das Gesicht. »Männer, jetzt kratzt euch die Blutegel ab und steigt auf. Wir wollen weiter!«

Hasentopf

Am grün gesäumten Horizont tauchten Telegrafenmasten
auf, die windschief in die Landschaft ragten. Neben ihnen
verlief eine eingleisige Bahnstrecke. Dimitrij freute sich und
verkündete: »Das ist die Schmalspurbahn nach Lubny.
Wenn wir den Schienen folgen, werden wir bald ein hüb-
sches Plätzchen zum Essen und Schlafen finden.« Gluck-
send fügte er hinzu: »In Lubny gibt es die schönsten Frauen
des Landes.«

Er machte noch eine ausladende Handbewegung, die wohl
die Körperform einer hiesigen Schönheit beschreiben sollte.
Dann nahm er die Zügel auf und schnalzte Hans aufmunternd zu, der gemächlich vor sich hin trottete. Wenig
später erreichten wir das Gleisbett und folgten ihm in Richtung Nordwesten. Die krummen Telegrafenmasten, zwischen denen der Draht mal straff, mal locker gespannt war,
warfen dürre Schatten über die trockenen Weizenfelder.

Dimitrijs Ruf riss mich aus einem Dämmerschlaf: »Freunde, steigt ab, hier werden wir unser Nachtlager auf-
schlagen.« Ich rieb mir die Augen und erblickte ein winzi-
ges Bahnwärterhäuschen, das auf einem Fundament aus
Feldsteinen errichtet war. Schwarz geteerte Planken zierten
seine Wände und ein Schornstein durchbrach das moosbe-
deckte Grasdach. Um das Gebäude reihten sich ein Kanin-
chenstall, ein Gemüsegarten, eine Zinkwanne, eine Hand-

pumpe, Johannisbeersträucher und knorpelige Pflaumen-
bäume. Auf einem Gerüst thronte ein riesiger Wassertank
mit gusseisernem Arm, der tröpfelnd über dem Gleisbett
hing. Neben dem Häuschen schlängelte sich ein kleines Ab-
stellgleis, verwachsen und verwaist. Wir stiegen vom Karren, befreiten Hans vom Zaumzeug und watschelten auf die
Station zu. Dimitrij klopfte brav an die Tür und wartete. Als
keiner öffnete, schwenkten wir zur Seite und linsten durch
ein trübes Fenster. Niemand war zu Hause, die Tür unver-
schlossen – wir traten einfach ein.

In der Station roch es nach feuchtem Holz, saurer Milch
und ungewaschener Kleidung. In ihrer Mitte stand ein
Tisch, links daneben ein Kasten, auf dem sich Bettzeug knö-
delte. Dimitrij schnappte einen halbvollen Topf vom Herd
und machte es sich auf einem Schemel gemütlich. Mit einla-
dender Geste zeigte er auf eine kleine Bank. Er reichte uns
zwei Löffel, dann tauchte er seinen eigenen in den Topf.
Schmatzend und schlürfend kostete er von der Pampe, in
deren Sud eine ausgekochte Hasenpfote schwamm. Erwin
setzte sich neben ihn und spachtelte ebenfalls von der kal-
ten Brühe. Er nickte mir zu: »Horst, probier mal. Sonst verpasst du was.« Gerade wollte ich meinen Löffel in die
Fettaugen drücken, da hörten wir von draußen ein wieder-
kehrendes, stetig anwachsendes Quietschen. Als es am lau-
testen war, brach es ab. Kurz darauf polterte es vor der Tür.
Erwin zückte seine Pistole.

Beichte

Evas Vater hatte mich auf dem Weg zum Blücherpark abgefangen. Stumm und nachdenklich stand er vor mir, im trüben Licht eines Spätherbsttages. Drei Monate waren vergangen, seitdem wir uns das letzte Mal gesehen hatten. Mehrfach glomm die Pfeife des Professors auf, bevor er zu reden begann.

»Junge, was ist mit dir?«

Verlegen tänzelte ich von links nach rechts, was das Laub unter meinen Füßen rascheln ließ. Der Turnbeutel baumelte zwischen meinen Beinen und ich starrte auf den Boden. Am liebsten wäre ich einfach weggelaufen. Evas Vater ließ nicht locker: »Was ist los? Warum kommst du nicht mehr in mein Haus?«

Während ich die bröckelige Rinde einer Birke betrachtete, leierte ich meine lasche Ausrede herunter: Ich hätte keine Zeit mehr, denn ich müsse mich auf die Reifeprüfung im Frühjahr vorbereiten. Beim Blick auf die abgewetzten Sohlen meiner Laufschuhe, die aus dem Turnbeutel lugten, zog der Professor eine Braue hoch und runzelte die Stirn. Er war kein Mann, der sich mit halbgaren Erklärungen zufrieden gab. »Junge, was ist der wahre Grund?«

Entschlossen packte er meine Schulter und zwang mich, ihm ins Gesicht zu schauen – da gab ich auf.

Unter Tränen erzählte ich ihm von meinem Treffen mit den Gaschlers. Und meiner beißenden Sorge um ihn und Eva.

Der Professor zwirbelte nachdenklich seinen Bart.

»Kein Wort zu niemand«, sagte er.

»Auch Eva soll nichts erfahren.«

Wortlos legte er seinen Arm um mich und ging fort in den Herbstabend.

Flaschen

Der rüstige Greis, der schwerfällig durch die Tür polterte, blinzelte in den Lauf von Erwins Pistole. Unter seiner Mütze faserte schlohweißes Haar, der Kragen des Mannes schimmerte speckig. Seine uniformartige Jacke war geöffnet und gab den Blick frei auf ein ölverschmiertes Unterhemd. Er störte sich nicht an der rüden Begrüßung, sondern trat fröhlich ein und stellte eine Kiste auf den Tisch. Dabei brabbelte er vor sich hin. Dimitrij lachte. Zu uns gewandt sagte er: »Ich muss mal eben raus – Hans frisst dem armen Mann die Mohrrüben vom Beet.«

Dann blickte er Erwin an und feixte: »Du kannst deine Pistole ruhig wegstecken. Der Alte hat uns gerade zu einer Weinverkostung eingeladen.«

Erwins Gesicht verfärbte sich rot. Verschämt stopfte er die Waffe in seinen Gürtel. »Na, ich wusste doch nicht ... tut mir leid. Ehrlich. Ich dachte ...«

»Ist nicht schlimm, Erwin«, beruhigte Dimitrij.

»Das konntest du nicht wissen.«

Dimitrij verließ die Hütte, von draußen schob er noch einmal seinen Kopf durch die Tür. »Sei einfach ein bisschen nett zu ihm.«

Der Bahnwärter öffnete die Kiste, fischte drei Flaschen hervor und stellte sie vor uns hin. Gläser hatte er keine. Als Zeichen des Danks verbeugte sich Erwin, der Greis boxte ihm feixend in die Seite. Nun sagte der Mann etwas, das ich nicht verstand, und kniff dem Königsberger Völkerkundler auch noch in die Wange. Um Wiedergutmachung bemüht hielt sich Erwin klaglos und nahm dem Mann eine Weinflasche ab. Beide entkorkten zugleich und prosteten sich zu: »Nastrovje!«

Gierig sog Erwin am Flaschenhals, ebenso der Bahnwärter. Es schien, als wollte keiner der beiden jemals wieder absetzen. Nicht einmal, als ihnen der Wein die Mundwinkel hinablief. Schließlich taten sie es doch. Schnaufend saßen sie da und grienten sich an. Als beide wieder Luft hatten, prosteten sie erneut.

Auch ich nahm eine Flasche, entkorkte und trank. Der Wein war süß wie Honig, dennoch schmeckte ich deutlich die Frucht heraus, aus der er gewonnen war: Holunderbeere. In diesem Moment traten Dimitrij und Hans durch die Tür. Wortlos nahmen sie Platz und leerten einträchtig die ihnen gereichte Flasche. Besonders Hans schien den Wein zu mögen. Er wieherte jedes Mal, wenn Dimitrij seine Filzkappe füllte.

Sprüche

Der Blücherpark war weiß und ebenmäßig wie Zuckerguss. Nur hier und da hatten Füße ein paar Furchen in die winterliche Bedeckung gestapft. Übungsleiter Erich Gaschler war zufrieden. Schwitzend und schnaufend lief er durchs Mondlicht, klopfte väterlich auf meinen Rücken. Sein Atem dampfte: »Horst«, dröhnte er, »ich werde dich für die Gauwettkämpfe im Frühjahr melden. Du hast gute Chancen, neben Wilhelm auf der Siegertreppe zu stehen.«

Wir wateten durch eine Schneewehe. Es knirschte unter unseren Schuhen. Mit einem Mal verdunkelte sich Gaschlers Gesicht. Mehr zu sich selbst als zu mir sprechend sagte er: »Ich wünschte, meine Söhne wären so wie ihr. Doch sie laufen bloß dem feinen Herrn von Falkenstein hinterher und interessieren sich nicht die Bohne für meinen Sport.«

Sein Sport. Das waren kilometerlange Hindernisläufe, bei denen man sich Hände und Knie blutig schürfte. Das waren Ziel- und Weitwürfe, Turnübungen mit Medizinbällen, endlose Liegestütz- und Klimmzugwiederholungen. Wer Gaschlers Programm nicht bewältigte, wurde wahlweise als Kanaille, Jammerlappen oder Blindgänger bezeichnet und durfte sich sein Lieblingsmotto anhören: Man müsse jeden Tag einen Feldzug gegen sich selbst führen. Erich Gaschler war ein Schleifer, der seinen Schützlingen das Letzte abverlangte, doch dafür mochte ich ihn. Er zeigte mir, wie ich Eva vergessen konnte.

Natürlich wusste er davon nichts. Er sah nur, wie ich von Woche zu Woche schneller, stärker und ausdauernder wurde. »Männlichkeit zieht die Weiber an«, lautete eine weitere Weisheit aus Gaschlers Erfahrungsschatz. Der Spruch stimmte: Während ich früher für meine Größe immer etwas zu dünn gewesen war, so spannte jetzt mein Hemd an Brustkorb und Oberarm – und die Mädchen der Kleinstadt lächelten mich neuerdings mit großen Augen an oder kicherten verlegen. Doch mir bedeutete das nichts.

Fräulein Holunderwein

Der alte Bahnwärter wankte auf seinem Weg in die Vorrats-kammer. Angekommen, ließ er sich gegen die Lattentür knallen. Unter seinem Gewicht gab sie knarrend nach und wir sahen ein kleines Mausoleum: Von der Decke des An-baus hingen Pelztiere, deren Köpfe nach unten baumelten: Marder, Graufüchse, Wiesel, Feldhasen. Sogar einen Maul-wurf konnte ich erspähen. Der wackere Greis scherte sich aber nicht um die Pelztierschar, sondern griff in eine Kiste, wo weiterer Holunderwein lagerte. Beschwingt taumelte er zurück.

Erwin rief: »Nastrovje!«

Ich tat dasselbe.

Der Bahnwärter bog sich vor Lachen.

Mit gekrümmtem Daumen zeigte er auf unsere Münder. Als er sich beruhigt hatte, sagte er etwas zu Dimitrij – Dimitrijs Augen weiteten sich: »Männer, zeigt eure Zungen.«

»Wieso das?«, wollte Erwin wissen.

»Nun macht schon.«

Zögerlich kamen wir der seltsamen Bitte nach, sehr zur Freude von Dimitrij. Er gackerte und schlug sich vor Freude auf die Schenkel. Mit anzüglichem Ton brachte er hervor:

»Männer, Fräulein Holunderwein hat ihr Höschen auf eure Zungen gelegt.«

Dann kippte er vom Stuhl.

Ich verstand nichts.

»Sie hat eure Zungen gefärbt!«

Während der Alte prustend auf den Tisch hämmerte, schaute ich Erwin zu, wie er mit Daumen und Zeigefinger an seiner Zunge zog.

»Weiß nicht, was die haben«, raunte ich.

»Komisch«, sagte Erwin.

Dann köpfte er eine neue Flasche Holunderwein.

Zirkus

Der Vollmond luscherte hell durch das milchige Fenster und schien auf den mit Flaschen gespickten Tisch des Bahnhäuschens. Eingelullt in Weinnebel saßen wir da und sprachen nur wenig. Bereits mehrfach waren dem alten Eisenbahner die Augen zugefallen und sein Kinn hatte auf seinem hervorstehenden Schlüsselbein geruht. Auch Dimitrij und Hans wurden hin und wieder vom Schlaf übermannt, der ihre Atmung tief und gleichmäßig werden ließ. Leise, fast unmerklich begannen die Flaschen auf dem Tisch zu vibrieren. Das Zittern nahm zu und steigerte sich zu einem Klirren, das von nervösem Klimpern abgelöst wurde. Davon aufgeschreckt machte ich eine Handbewegung, die Erwin die Luft anhalten ließ. Wir lauschten gebannt. Das Geräusch wurde dumpfer und schwoll unaufhörlich an. Sofort schossen mir Hauptmann Meyers grausige Geschichten in den Kopf: Stundenlang hatte er uns vom russischen T-34 erzählt, einem Panzer, dessen Ketten die Erde beben ließen. Mit schwungvollen Handbewegungen und hochrotem Kopf hatte uns Meyer eingebläut, dass der T-34 die Trumpfwaffe der Russen sei, gegen die unsere Maschinengewehre machtlos waren: eine pfeilschnelle und tonnenschwere Stahlwalze, deren Feuerkraft innerhalb von Minuten ganze Heerscharen von Landsern zerpflücken konnte. Außerdem, so Meyer, war der T-34 ein hässlicher Panzer: Er sah aus, als hätte ihn ein Kind aus einem Stück Käse geschnitten.

Der Boden zitterte. Die Planken des Stationshäuschens wackelten. Der alte Mann, der eben noch friedlich geschlummert hatte, sprang auf und wühlte in einer Truhe neben dem Bettkasten. Eilig waren Erwin, Hans und ich auf den Beinen. Das flackernde Licht einer Öllampe warf unsere Schatten an die Wände. Nur Dimitrij lümmelte sich noch auf dem Dielenfußboden und gähnte. Das Dröhnen nahm weiter zu, das Rappeln in der Bude auch. Der Alte hielt einen Gegenstand in die Luft, den er in der Truhe gefunden hatte. Es handelte sich um eine marineblaue Mütze mit goldener Krempe. Auch Dimitrij war jetzt aufgestanden. Belustigt blickte er den Greis an. Als der seine Mütze überstreifte, klatschte Dimitrij in die Hände. Beide gestikulierten wild und schoben uns ins Freie. Kaum standen wir in Reih und Glied, da fuhr eine Dampflok ein. Sie hielt vor unserer Nase.

Die Erde war in blaues Nachtlicht getaucht. Majestätisch wartete die mächtige Lok auf den Gleisen und blies Dampf aus ihrem Schornstein. Ungeduldig lehnte sich der Zugführer aus seinem Fenster und deutete auf den Kessel seiner Lok. Offensichtlich sollte er befüllt werden.
Prompt machte sich der Bahnwärter ans Werk und erklomm den Wasserspeicher neben dem Gleisbett. Man hätte meinen können, man beobachtete eine Katze, so flink und geschickt bewegte sich der Greis. Doch als er oben auf dem Holzgerüst ankam, schwankte er bedenklich. Einige

Fahrgäste reckten neugierig ihre Köpfe aus den Fenstern. Der Bahnwärter nahm ihre Aufmerksamkeit zur Kenntnis, hielt aber beschwichtigend einen Finger vor den Mund. Dann zeigte er auf die Spitze des gusseisernen Arms, aus dem bald Wasser fließen sollte. Die Beobachter raunten, denn nun war klar, was der Greis vorhatte: Er wollte auf dem schmalen Rohr balancieren.

Die Schar der Schaulustigen wuchs. Aus den Fenstern drängten sich immer mehr Menschen, die ihre Köpfe in die Luft schraubten, um dem Bahnwärter bei seinem halsbrecherischen Kunststück zuzugucken.

Der Greis spuckte in die Hände und spazierte los. Zuerst sehr sicher, dann eher wackelig, aber stets unter den besorgten Blicken der Zuschauer: Jedes Taumeln wurde von Rufen begleitet, jeder Fehltritt sorgte für mitfühlende Aufschreie. Ein junger Bursche, der sich besonders lautstark für das Wohl des Eisenbahners engagierte, schien sogar Ratschläge zu geben, wo er als Nächstes hintreten sollte.

Der Bahnwärter genoss die Anteilnahme. Er setzte zu Ausfallschritten an, die gar nicht nötig gewesen wären. Die Fahrgäste belohnten ihn mit Kreischen und Klatschen. Dann plumpste der Greis nieder. Er saß auf der Spitze des gusseisernen Arms und ließ seinen Kopf sinken.

Er begann zu schunkeln.

Hin und her.

Her und hin.

Durch seine Bewegungen veränderte er die Position des Wasserarms, bis er quietschend den Einfüllstutzen der Dampflok erreichte. Der Zugführer öffnete den Verschluss und schaute mahnend auf seine Taschenuhr. Der Bahnwärter zog die Reißleine, das Wasser lief. Zunächst plätschernd, dann kraftvoll.

Mit einem Mal sauste eine Windbö über die Gleise und verschob den Schwenkarm – anstatt in den Kessel, ergoss sich nun das Wasser auf die Erde. Der Zugführer schlug die Hände über seiner Mütze zusammen, er brüllte den Bahnwärter an. Der Alte zappelte und wirbelte nach Leibeskräften, um die Fehlstellung wettzumachen. Irgendwann vereinigten sich Rüssel und Stutzen aufs Neue und die Lok konnte ordnungsgemäß aufgetankt werden.

Ermattet stand der Greis am Gleisbett, griff in seine Uniformweste und kramte eine rostige Trillerpfeife hervor. Er keuchte in sie hinein. Das tonlose Zirpen, das er erzeugte, konnte der Zugführer unmöglich gehört haben. Trotzdem gab das Stahlross ein markerschütterndes Heulen von sich, das Hans senkrecht in die Luft springen ließ. Die Treibstangen ruckelten forsch in leerer Umdrehung, bevor sie die Lok nach vorn bugsierten. Ihr Schlot spie wütende Dampfballen aus. Nachdem sich die Schwaden aufgelöst hatten, schepperte der letzte Wagon vorbei.

Etwas klebte an mir.

Ein Blick.

Ein Mann presste sich ans Fenster.

Dick und schnurrbärtig.

Er starrte mich an.

Mit eisklaren Augen.

Neben ihm eine Pauke.

Vergessen

Ende Februar hatte ich das Abitur in der Tasche. Meine No-
ten waren durchwachsen. In Sport und Naturwissenschaf-
ten schnitt ich sehr gut ab, in Geschichte und Deutsch hatte
ich mich mit Ach und Krach über die Ziellinie gewurstelt.
Der Besinnungsaufsatz hätte mir fast das Genick gebrochen:

>»Wer vergessen will, vergisst nie« – belegen Sie diese Spruch-
>weisheit anhand von Beispielen aus Literatur oder Geschichte!

Doch das war Vergangenheit. Ich stand vor dem Tor unserer Schule und hielt mein Abschlusszeugnis in den Händen.
Um mich herum warfen Burschen, die bis eben noch meine
Mitschüler gewesen waren, ihre Pennälermützen in die
Winterluft. Bereits Minuten nach ihrer Entlassung war ihnen die Kopfbedeckung zum Symbol eines vergangenen Le-
bensabschnitts geworden. An ihre Schulzeit würden sie sich
zunächst gar nicht, später aber oft und zunehmend verklärt
erinnern.

Die Mützen schraubten sich in die Höhe, blieben einen Mo-
ment schwerelos in der Luft stehen – einen Augenaufschlag
später stürzten sie hinab und klatschten auf den harschigen
Bürgersteig, der das Sonnenlicht gleißend widerspiegelte.
Ich ging grußlos. In mir nagte die Frage, was aus meinem
Leben werden sollte.

Ohne Eva.

China

Am nächsten Morgen wurden Erwin und ich von einem Hahnenkrähen geweckt. Gähnend rappelten wir uns auf und inspizierten die Bahnstation: Dimitrij und Hans schliefen noch, der greise Bahnwärter war fort. Kurz darauf rumpelte er durch die Tür, ein Korb mit Eiern, Zwiebeln und Gartenkräutern baumelte in seiner Armbeuge. Er stellte die Speisen auf den Tisch, befeuerte den Ofen und machte sich an Töpfen und Pfannen zu schaffen.

Erwin und ich schritten hinaus in den kühlen Morgen, um im Unterhemd eine Zigarette zu paffen. Unsere Blicke schweiften ziellos durch die friedliche Szenerie. Die Gleise vor der Tür glänzten feucht, der Garten war von taubenetzten Spinnweben durchzogen, der Wasserturm warf einen langen, weichen Schatten in Richtung Westen. In einem Tautropfen löschte ich meinen Zigarettenstummel und lenkte Erwins Blick auf die Schwengelpumpe im Garten. Wir machten unsere Oberkörper frei und ließen das klare, kalte Brunnenwasser über unsere Leiber fließen. Ein Fensterladen öffnete sich, Dimitrij und Hans blickten uns fröhlich an: »Frühstück!«

Die Stube war von Wohlgerüchen durchflutet, der Tisch liebevoll gedeckt, in seiner Mitte eine Pfanne, randvoll gefüllt mit dampfendem Rührei. Daneben ein Laib Graubrot und eine Karaffe Rhabarbersaft. Ich zupfte ein Stück Brot ab, bestrich es mit Rührei und führte es an meinen Mund.

Während wir drinnen aßen, durfte sich Hans draußen mit Feldfrüchten versorgen. Er wartete bereits im Zaumzeug, als wir mit runden Bäuchen die Bahnerbutze verließen. Die Sonne schien hell und freundlich in unsere Gesichter.

Plötzlich fuchtelte der Greis mit den Händen und rannte in seine Vorratskammer. Als er wiederkam, hatte er ein paar Flaschen Holunderwein, einen Sack mit Gemüse sowie eine kleine Holzkiste unterm Arm. Holunderwein und Gemüse verstauten wir sofort, die Kiste schauten wir verdutzt an. Sie verströmte einen exotischen Duft, auf ihrem Deckel leuchteten chinesische Schriftzeichen. Während der Alte nun plapperte, klopfte er mehrmals auf das kleine Kistchen, machte blumige Gesten und blickte uns tief in die Augen. Dimitrij, der die Ausführungen des Eisenbahners zunächst amüsiert verfolgte, wurde von Satz zu Satz bleicher. Als die kleine Rede vorbei war, nahm er die Kiste und verstaute sie vorsichtig auf dem Karren.

Auf einmal hatte es Dimitrij sehr eilig. Er schnalzte mit der Zunge und setzte Hans in Bewegung. Erwin und mir blieb nichts anderes übrig, als auf den Karren aufzuspringen und dem Bahnwärter, der uns noch lange hinterherschaute, zu winken.

Porzellan

Tage später rumpelten wir durch eine karge Wiesenlandschaft, über die sich ein wolkenloser Himmel türmte. Obwohl es September war, brannte die Sonne heiß in den Nachmittagsstunden. In der Nacht hingegen konnte es kühl werden. Dann schützten Dimitrijs Kartoffelsäcke gegen Feuchtigkeit und Kälte. Dennoch brauchte es morgens einige Zeit im Sonnenlicht, bis wir das klamme Gefühl aus Kleidung und Knochen abschütteln konnten. Bis Lubny war es nicht mehr weit. Immer häufiger sahen wir in der Ferne Bauernhäuser, Vorboten der Zivilisation.

Dimitrij hatte geschwiegen. Eisern. Er wollte uns nicht erzählen, was ihm der Bahnwärter über die chinesische Kiste erzählt hatte. Wir fragten ihn Löcher in den Bauch, bis er schließlich einlenkte und mit ernstem Gesichtsausdruck antwortete: »Na, gut. Aber nur, damit eure blöde Fragerei aufhört – ihr glaubt mir ja sowieso nicht. In der Kiste ist Tee.«

Wir sahen ihn verblüfft an.

»Ist das alles?«

»Nein. Natürlich nicht.«

Dimitrijs Augenlid zuckte. Er schaute sich um, so als hätte er Angst, dass ihn jemand belauschte.

»Genaues hat mir der Alte nicht verraten. Nur so viel: Es ist kein gewöhnlicher Tee.«

Dunkel fügt er hinzu: »Glaubt mir, ich kann es spüren.«

Dann flüsterte er: »Jedenfalls soll ich gut auf den Tee achtgeben und nach Lubny bringen, wo ihn ein englischer Lord erwartet.«

Wir lachten Dimitrij aus.

Als er die Hände hob, um sich Gehör zu verschaffen, lachten wir lauter. Dimitrij kreuzte die Arme und starrte auf den Boden.

Am Abend lagen wir am Lagerfeuer, brieten Kartoffeln und Zwiebeln und köpften in Vorfreude auf das bevorstehende Stadtleben den Holunderwein. Erstaunlicherweise war der klebrige Tropfen bislang unbehelligt geblieben, umso schneller wurde er jetzt vernichtet. Die Zwiebeln in der Pfanne waren noch nicht glasig, da war auch schon die erste Flasche geleert.

In heiterer Stimmung machte Erwin Witze über den angekündigten Lord und seine Teekiste: »Nun sage mal, Dimitrij«, fragte er mit Unschuldsmiene, »wie vertreibt sich ein englischer Lord die Zeit, während er in Lubny auf Tee wartet?«

Dimitrij ahnte wohl, dass Erwin keine ernsthafte Antwort hören wollte. Deshalb nahm er wortlos seine Filzkappe ab, fuhr sich durchs struwwelige Haar und kratzte seinen Bart. Er öffnete den Mund – und rülpste. Erwin sah ihn feixend an: »Bemalt er Porzellantassen?«

Ich gluckste. Dimitrij fand die Angelegenheit gar nicht witzig und drehte sich schmollend von uns ab. Ausdruckslos stierte er ins Feuer und befühlte seinen fetten Wanst.

Später aß und trank er gierig, sprach aber kein Wort mit uns. Er schien in Grübeleien versunken. Schließlich bereitete er sein Nachtlager vor. Er griff einen Kartoffelsack, legte ihn als Schutz vor Nässe auf den Boden und deckte sich mit einem zweiten Sack zu. Doch bevor er die Augen schloss, nahm er behutsam die chinesische Teekiste, die er den ganzen Abend über neben sich postiert hatte, und schob sie als Kopfkissen in den ersten Kartoffelsack.

Der Alkohol ließ Dimitrij schnell einschlafen. Er ratzte felsenfest, als mir der Einfall kam. »Erwin, denkst du nicht auch, wir sollten einen Blick in die Kiste werfen?«

»Na, klar doch – los!«

Wir packten Dimitrij an Schultern und Beinen und hoben ihn zur Seite – er war gar nicht so schwer, wie ich befürchtet hatte. Hans schnupperte neugierig, während ich tief in den kratzigen Sack hineingriff, auf dem Dimitrij gelegen hatte.

Die Kiste war zimtbraun und mit kunstvollen Messingbeschlägen verziert. Noch bevor ich sie absetzte, umzüngelte uns eine betörende Würze: füllig, blumig, rauchig, herb. Rammdösig saßen wir da und beglotzen die exotische Kiste –

Hans schreckte uns auf. Er blies durch seine Nüstern und stupste uns an. »Ja, ja, ja«, murmelte Erwin benommen. »Ich mache ja schon.« Er öffnete die Kiste.

Vor uns lagen vierzig Beutel aus Seidenpapier, geschnürt mit golddurchwirkten Bindfäden. Sie waren prall gefüllt und lagerten auf einer Strohschicht. Durch das feine Papier erkannten wir getrocknete Blattröllchen, die beim Befühlen ein raschelndes Geräusch machten. Aus der Mitte der Kiste drang ein Leuchten, das unsere Gesichter erstrahlte. Woher es kam, konnte ich nicht bestimmen.

Lange noch saßen wir da, ohne uns vom Anblick der Teebeutel lösen zu können. Schließlich seufzte Erwin und klappte die Kiste einfach zu.

Am nächsten Tag machten wir keine Witze mehr über die Teekiste.

Krämerleben

Irgendeinem Broterwerb musste ich nachgehen. Deshalb stand ich eines Morgens im Laden von Franz Dornmüller. Ich fragte, ob er einen Lehrling gebrauchen könne. Herr Dornmüller war ein hagerer Mann von Mitte Fünfzig, dessen Familie das Geschäft seit drei Generationen führte. Er nahm seine runde Brille ab und stützte sich auf den Verkaufstresen: »Glaubst du, Junge, du bist für das Krämergeschäft geeignet? Ein Krämer braucht Sachverstand und Fingerspitzengefühl.«

Wie als Beweis griff er nach einer Erbsendose, um sie auf die Spitze einer Pyramide zu stellen. Dann beugte er sich hinab und prüfte das Etikett eine Packung Haferflocken. Als er damit fertig war, fuhren seine Finger über die Tasten des Kassenautomaten. Auf einen Knopfdruck hin öffnete sich die Geldlade. Dornmüller schaute zufrieden hinein und ließ sie zuschnellen. Es klingelte. »Und das Wichtigste ist«, sagte er lächelnd, »man muss gut rechnen können.«

Ich war verunsichert.

Trotzdem begann ich noch am selben Tag mit meiner neuen Arbeit.

Ich lernte schnell, dass Herr Dornmüller ein herzensguter Mensch war. Er nahm sich Zeit für mich und zeigte mir voller Hingabe, wie man Waren richtig lagerte, anordnete oder inventarisierte. Hin und wieder rügte er mich, etwa dafür, dass ich eine Fischkonserve im falschen Winkel aufgestellt hatte. Dann war es an seiner Frau, mich in Schutz zu nehmen. »Franz«, sagte sie in solchen Momenten, »du bist päpstlicher als der Papst. Der Junge leistet gute Arbeit und du solltest froh sein, ihn zu haben.«

Frau Dornmüller besaß ein ausgleichendes Gemüt. Sie dachte die Dinge praktisch und hatte ein ehrliches Interesse an den Sorgen und Nöten ihrer Kunden. Mehrfach beobachtete ich, wie sie nach Ladenschluss stirnrunzelnd die Bestellzettel ihres Mannes verbesserte, denn eigentlich war sie die Geschäftsführerin des Krämerladens, aber aus Rücksicht und Liebe ließ sie das ihren Ehemann niemals spüren.

»Verdammt und zugenäht«, hörte ich Lucie fluchen, als ich eines Morgens den Krämerladen betrat. Die Sonne schien freundlich in den Verkaufsraum und die Glöckchen der Türklingel klangen leise nach. Lucie war die Tochter der Dornmüllers. Sie war ein Jahr jünger als ich und arbeitete seit ihrem Schulabschluss im Laden der Eltern. Nun saß sie auf einem Schemel, hatte ihre Beine übereinander geschlagen und lutschte ihren linken Daumen. Sie schmollte.

»Schau dir das an!«

Sie streckte mir ihren Daumen entgegen – ein hübscher Daumen. Sie krümmte ihn und hielt ihn mir vors Gesicht. Ich sah einen kleinen Blutstropfen.

»Und das nur, weil Vater uralte Holzkisten benutzt, die man nicht anfassen kann, ohne sich einen Splitter zu holen!« Sie rollte mit den Augen. Eine Antwort erwartete sie nicht. Vorwurfsvoll schaute sie zu ihrem Vater, der am Fenster stand und von der ganzen Aufregung nichts mitbekam. Vergnügt polierte er mit einem Tuch Kartoffeln und sortierte sie der Größe nach in fünf unterschiedliche Körbe. Wenn er sich nicht sicher war, in welches Körbchen eine Kartoffel gehörte, hielt er sie prüfend ins Licht. Schließlich drehte er sich um. »Horst«, rief er aufgeregt, »gut, dass da bist!«

Lubny

Es regnete in Strömen, als wir am frühen Abend in Lubny ankamen. Mühsam stampfte Hans durch die verschlammte Hauptstraße, die von grob verputzten, zweistöckigen Häusern gesäumt war. Einwohner glitschten hastig von einer Straßenseite auf die nächste, der Geruch kohlebefeuerter Öfen waberte durch die Häuserschluchten. Wir steuerten auf den Bahnhof zu, dessen Vorplatz von Händlern bevölkert war, die unverkaufte Ware in Tüchern zusammenrafften. Im Hintergrund verließ eine Dampflok den Bahnhof. Unkraut wucherte an jeder Ecke. Am Bahnhofsvorplatz befand sich eine klobige Gaststube, aus deren Fenstern Licht und lautes Stimmenwirrwarr quollen. Wir hielten an. Dimitrij band Hans unter dem schützenden Vordach des Wirtshauses fest und bedeutete uns, vom Wagen abzusteigen. Dann kramte er die Teekiste hervor, die er unter mehreren Kartoffelsäcken gelagert hatte. Auf Zehenspitzen taperte er durch den Matsch in Richtung Wirtshaus. Dabei sah er aus wie eine Schwänin, die ihre Brut zum Ufer führt. Wir folgten ihm in die trockene Stube.

Hinter der Eichentür empfing uns reges Treiben: Bärtige Männer saßen an schiefen Tischen, spielten Karten, lachten, tranken oder sangen laut. Kellnerinnen hetzten leeren Gläsern hinterher, servierten Getränke oder ließen sich den Hintern begrapschen. Am donnernden Ofen kauerte ein Bär von Mann, der schaukelnd eine Quetschkommode bediente. Seine Finger flogen über die abgewetzten Tasten seines Instruments, während er scheel den Kellnerinnen hinterhergeierte. Sein Spiel war schwermütig und von Wollust durchtränkt. Über allem hing eine Wolke aus Tabakrauch und Küchendunst. An der Theke schnaufte ein griesgrämiger Wirt, im speckigen Unterhemd und mit fettiger Stirn. Seine Leibesfülle zwang ihn, den Gang zwischen Tresen und Getränkevorrat seitwärts zu bewältigen. Immer wieder wischte er sich mit einem Tuch den Nacken trocken, um es dann seinen Küchenhilfen ins Gesicht zu klatschen. Die Gehilfen liefen eifrig zwischen Küche und Gaststube und versorgten die Besucher mit einfachen Speisen. Auf ihren Brettern türmten sich fettiges Schweinefleisch, gebratener Weißkohl, gekochte Leber, gedünstete Zwiebeln und verlorene Eier.

Nachdem wir dem Betrieb eine Weile zugeschaut hatten, zog uns Dimitrij in die Mitte der Stube. Hier stand ein großer, runder Tisch, an dem nur ein einziger Mann saß. Dies war erstaunlich, denn rings herum drängten sich die Kerle dicht an dicht. Allerdings war der Mann am Tisch nicht ganz allein: Eine junge Frau in Netzstrümpfen räkelte sich auf seinem Schoß. Beharrlich bemühte sie sich um die Aufmerksamkeit des Mannes: Mal streichelte sie ihm das pomadige Haar, mal spielte sie mit seiner Taschenuhr. Mal nestelte sie an seinem Tweed-Anzug, mal fuhren ihre Finger über seinen Zwirbelbart. All das ließ er sich gefallen, blickte aber nicht von seinem Buch auf, das er aufmerksam studierte. Irgendwann schaute er uns an, versank aber wieder in seinem Wälzer. Ich erhaschte einen Blick auf den Umschlag: »Der Mann ohne Eigenschaften« von Robert Musil.

Ohne aufzuschauen, sprach der Mann zu uns, mit britischem Akzent: »Meine Herren, ich bin hocherfreut, Sie zu sehen. Bitte reden Sie leise, Sie wollen doch niemand gegen sich aufbringen?« Er senkte das Kinn, lächelte und machte mit der Hand eine bogenförmige Geste: »Nehmen Sie Platz.«

Wir folgten der Einladung. Auf Augenhöhe musterte er uns und spähte nach der Teekiste, die Dimitrij auf seinem Schoß umklammert hielt. Auf einen Spruch hin, den Erwin und ich nicht verstanden, erhob sich die Frau: Sie dehnte ihren Körper und stolzierte langsam dem Schanktisch entgegen. Der Mann spannte eine Augenbraue: »Ich bin Lord Pickleberry.«

»Ha!«, entfuhr es Dimitrij, er knuffte Erwin in die Rippen. Etwas zu laut rief er: »Seht ihr? Seht ihr? Habe ich es nicht gesagt? Ein Lord! Ein englischer Lord!«

Einige Gäste blickten zu uns herüber – schnell brüllte ihnen Dimitrij etwas zu, was die Männer laut lachen ließ. Dabei zeigten sie mit dem Finger auf Erwin und mich.

»Was hast du gesagt?«

»Ach, nicht so wichtig.«

Lord Pickleberry schaute uns mit heiterer Miene an. Er

schien sich über den kleinen Wortwechsel zu amüsieren. Er knickte ein Handgelenk und bettete sein Kinn darauf. Da weder ich noch Erwin etwas sagten, ergriff er das Wort.

»Ganz richtig, meine Herren. Vor ihnen sitzt ein englischer Lord. Und bestimmt fragen Sie sich, warum ich Ihre Sprache so gut beherrsche. Die Antwort ist einfach: Meine Tante ist eine holsteinische Gräfin.«

Ein Kichern tröpfelte aus seinem Mund: »Als Knirps habe ich sie oft besucht. Und da hat sie mich angesteckt.«

Pickleberry klopfte auf den Rücken seines Wälzers.

»Mit der Liebe zur deutschen Literatur.«

»Aha«, sagte Erwin.

Schoßraub

Nachdem wir uns vorgestellt hatten, gab der Lord dem Wirt einen Fingerzeig. Der tippelte seitwärts und brüllte seine Küchenhilfen an, die einen Augenaufschlag später mit Brettern voller Speisen und Getränken vor uns standen: brühend heiße Zwiebelsuppe, mit Speckwürfeln gespickte Kohlrouladen und Hefeteigtaschen, aus denen schwarz gebackene Rosinen herausbrachen. Während wir die Speisen verschlangen, schaute uns der Lord wohlwollend an. Dabei schwenkte er ein Glas dampfender Kuhmilch. Wir hingegen soffen trübes Bier, das lehmig roch und säuerlich schmeckte. Nach dem Mahl stellte uns eine Kellnerin eine Flasche Kartoffelschnaps auf den Tisch.

Bereits mehrfach hatte der Lord verstohlen zur Teekiste geschaut, die Dimitrij zwischen seinen Beinen verbarg. Nun machte er keinen Hehl mehr aus seiner Begierde: »Meine Herren, Sie haben etwas, das mir gehört.«

Dimitrij streichelte über die Schriftzeichen auf der Holzkiste. Er tat, als ginge ihn das Gesagte nichts an. Ohne lauter zu werden, bekam Pickleberrys Stimme einen schneidenden Klang: »Dimitrij, reichen Sie mir den Tee. Darum sind Sie doch gekommen.«

Dimitrij erstarrte. Seine Fingerkuppen krallten ins Holz. »Nun rück die Kiste rüber«, zischte ich, doch Dimitrij blieb regungslos. Der Lord trommelte mit den Fingern auf die Tischplatte.

»Dimitrij, lösen Sie sich.«

Der Angesprochene senkte den Kopf. Er sah aus wie ein bockiges Kind. Der Lord seufzte und machte ein Handzeichen.

Mit einem Mal war die Frau in Netzstrümpfen wieder da. Sie lehnte an Dimitrijs Rücken und kraulte ihm den Bart. Ihre Finger öffneten die obersten Knöpfe seines Hemdes, sie flüsterte ihm ins Ohr. Auf Dimitrijs Stirn sammelten sich Schweißperlen.

Während ihre Hüften rollten und sie sich unanständig an der Stuhllehne rieb, streichelte sie die Kiste auf Dimitrijs Schoß – mit der Spitze ihres Schuhs. Dimitrijs Mundwinkel zuckten, seine Ohren glühten. Die Frau fuhr herum und verharrte mit gespreizten Schenkeln vor Dimitrij.

Als würde ihn ihr Anblick blenden, wandte sich Dimitrij ab, doch es zog ihn wieder in den aufrechten Sitz und seine Augen blieben am Strumpfsaum der Frau hängen. Deshalb musste er mit ansehen, wie sie hinabglitt und ihn mit beiden Beinen umwickelte. Dimitrij fluchte leise, seine Hände drückten wie blöd gegen die Seitenwände der Kiste. Jetzt warf die Frau ihren Kopf in den Nacken, schob sich eine Zigarette zwischen die Lippen und führte dem Tabakstängel ein brennendes Streichholz entgegen.

Ganz langsam.

Aus Dimitrijs Tränensäcken spritzte das Wasser.

In der Schankstube waren Entsetzen und Mitleid mit Händen zu greifen. Jeder glotzte Dimitrij an. Selbst die Burschen von den entferntesten Tischen hatten ihre Kartenspiele beiseitegelegt und verfolgten das Treiben des ungleichen Paares. Der Musikant an der Quetschkommode presste seinem Instrument einen letzten Ton ab und verkrampfte in knirschender Druckstarre. Die Bediendamen des Hauses, die bis eben noch die Blicke der Gäste genossen hatten, schmollten. Mit verschränkten Armen lehnten sie am Tresen und versperrten dem dickleibigen Wirt die Sicht, weshalb der sie rüde auseinander scheuchte.

Die gaffende Meute wurde Zeuge, wie das Streichholz kurz vor der Zigarette abstoppte. Die Flamme lechzte dem Tabak entgegen, erreichte ihn aber nicht.

Dimitrij hielt es nicht mehr aus.

Er ließ die Teekiste los und raufte sich mit beiden Händen durchs Haar. Achtlos warf die Frau das Streichholz beiseite und entriss Dimitrij die Kiste. Sie würdigte ihn keines weiteren Blickes, sondern stellte grinsend die Beute vor den Lord.

Dumpfes Raunen durchzog den Saal.

Die Männer pressten Luft durch ihre Zahnlücken, die Bediendamen applaudierten gehässig. Doch weil es nun nichts mehr zu sehen gab, wandte sich das Publikum ab.

Dimitrij saß zusammengesunken da und betrachtete seinen beraubten Schoß. Der Lord war bester Dinge: Er lächelte und tätschelte seiner Begleitung das Gesäß. »Dimitrij, lassen Sie sich nicht so gehen! Knöpfen Sie lieber Ihr Hemd zu, die Leute gucken schon.«

Er winkte dem Wirt, der schnaufend heraneilte. In seinen fleischigen Händen hielt er ein Tablett aus poliertem Blech. Behutsam öffnete Pickleberry die Teekiste, zog einen Beutel heraus und legte ihn aufs Tablett. Im Krebsgang schob sich der dicke Hausherr in die Küche, aus der er fünf Minuten später mit einem Porzellangedeck heraustrat. Untertänig beugte er sich herab und platzierte das Service vor den Lord.

Das Gedeck bestand aus einer Tasse mit zwei gemalten Schwänen, einer Untertasse mit Blumenmuster und einem geschwungenen Silberlöffel. In der Tasse dampfte kaminroter Tee, der das dünnwandige Porzellan erleuchtete. Mit der linken Hand griff Pickleberry die Tasse beim Henkel, mit der rechten stützte er die Untertasse. Seine Zunge dippte ins Aufgussgetränk, er hielt inne. Dann – mit überraschender Hast – schnappte er zu und nahm einen ganzen Schluck. Sofort wurde seine Gesichtsfarbe satter, seine Pupillen tanzten. »Sicher fragen Sie sich, warum ein kultivierter Mann wie ich überhaupt hier ist, nicht wahr?« Er blickte zum Nachbartisch, wo zwei Kerle eine Meinungsverschiedenheit austrugen. Der eine hielt den anderen im Schwitzkasten und schrieb ihm mit der Faust Striemen auf die Stirn. »Nun, ich liebe die Lebensart der hiesigen Burschen.

Doch das ist nur die halbe Wahrheit.«

Der Lord lächelte uns zu.

»Die ganze Wahrheit ist: Ich liebe das erhabene Gefühl, inmitten dieses Gesindels zu sitzen und eine gute Tasse Tee zu trinken.«

Krummdolch

Je mehr Tee Lord Pickleberry trank, desto vergnügter wurde er: Seine Wangen glühten, sein Zwirbelbart wippte im Takt des Ziehharmonikaspielers. Mehrfach fuhr er sich mit den Händen durchs pomadige Haar oder richtete sein Halstuch. Auch griff er beizeiten der jungen Frau, die abermals auf seinem Schoß Platz genommen hatte, an den Rocksaum. Für uns bestellte er Bier und Kartoffelschnaps.

Plötzlich wurde die Tür zum Wirtshaus aufgestoßen. Geräuschvoll traten vier Männer in die Stube. Der erste Mann, von stattlicher Statur, trug eine Kosakenmütze aus Kaninchenfell, die ihn mehrmals in die Knie gehen ließ, als er unter den Querbalken der Wirtsstube entlanglief. Den zweiten Mann kleidete ein ockergelber Leinenrock, dessen Kragen bis zu seinen Pausbacken reichte. Der dritte Mann bestach durch Schweinslederstiefel und eine Kopfbedeckung auf Schafswolle. Mit etwas Abstand folgte der vierte Mann – ich sah ihn zuerst nur von der Seite. Mit weiten, wellenschlagenden Beinkleidern stapfte er in den Schankraum und hielt eine Turmmütze in den Armen. Als er sich drehte, zuckte ich zusammen. Er kam aus dem Dorf, in dem man uns in die Sickergrube geworfen hatte: Es war der schnurrbärtige Paukist.

Der Paukenmann blieb stehen, um seinen massigen Bauch zu spannen, dabei kam ein verzierter Krummdolch zum

Vorschein. Seine Augen wanderten suchend durch die Schankstube und blieben auf der Teekiste des Lords stehen. Bei ihrem Anblick schürzte er seine wulstigen Lippen. Dann machte er eine geheimnisvolle Geste und gesellte sich zu seinen Kameraden, die in der Zwischenzeit Tisch und Stuhl ergattert hatten.

Meine Freunde schienen der Viererbande keine Bedeutung beizumessen: Erwin trank, Dimitrij rülpste, der Lord saß über einer weiteren Tasse Tee und ließ sich von seiner Begleitung den Nacken kraulen. Ich hingegen fragte mich, was der Paukenmann und seine Männer im Schilde führten.

*

Der Lord rieb sich die Schläfen: »Meine Herren, es hat mich gefreut, Sie kennenzulernen.« Er reckte die Arme und tippte der Frau auf die Schulter. »Ich werde mich jetzt von Karina aufs Zimmer bringen lassen.«

Er verstaute seinen Roman, schulterte die Teekiste und tätschelte mit der freien Hand Karinas Hüfte. Bevor er sich abwendete, wurde Pickleberry geschäftlich: »Ihre Botendienste sind wohl durch die üppige Bewirtung abgegolten.«

Er beäugte unseren Tisch, der unter der Last der Gläser und Flaschen knarzte. Schnell schob er hinterher: »Natürlich ist der Wirt angewiesen, Sie bis zum Zapfenstreich zu versorgen. Leben Sie wohl!«

Er federte durch den Schankraum und bestieg die Zickzacktreppe zum ersten Stockwerk, wo sich die Gästezimmer des

Hauses befanden. Dimitrijs Augen fuhren der entschwindenden Karina hinterher. »Männer«, seufzte er, »eine Frau ist ein Übel, ohne das kein Haus sein sollte.«

Dann rief er dem Wirt eine Bestellung zu.

Wettkampf

Bis zu jenem Frühlingstag hatten Wilhelm und ich kaum ein Wort gewechselt. Obwohl er weit weniger hart trainierte als ich, war er der Musterschüler von Erich Gaschler: Niemand rannte so schnell oder ausdauernd wie Wilhelm, keiner überwand Hindernisse so mühelos wie er. Wir alle wussten um seine Ausnahmestellung in unserer Sportgruppe, trotzdem spielte er sich nie in den Vordergrund, war stets hilfsbereit und bei allen beliebt. Ich hingegen war auch nach Monaten immer noch der Neue. Zwar zollte man mir Respekt für meine Leistung, doch zu einem Teil der Gemeinschaft war ich nicht geworden. Manchmal zwickte es in meiner Magengrube, wenn die anderen vor Trainingsbeginn verschwörerisch ihre Köpfe zusammensteckten und sich über Abenteuer austauschten, die sie am Wochenende im Wirtshaus durchgestanden hatten. Dann konnte ich den Start unseres Lauftrainings kaum erwarten.

An jenem Morgen waren Wilhelm und ich die einzigen aus unserer Mannschaft, die für die Gauwettkämpfe im Geländelauf gemeldet waren. Unsicher standen wir im Teilnehmerfeld, befestigten unsere Startnummern und wünschten uns gegenseitig Glück. Übungsleiter Gaschler, der in der Menschenmenge vor dem Start- und Zielbereich Stellung bezogen hatte, reckte uns seine ausgefahrenen Daumen entgegen. Wahllos stupste er umherstehende Menschen an, um aufgeregt auf uns zu zeigen. Die aufgestaute Spannung wurde durch den Startschuss gelöst, der weit vernehmbar durch den Blücherpark hallte. Wir rannten los.

Vom Start an ging Wilhelm ein höllisches Tempo. Seine Lederschuhe trommelten auf den Boden, trieben Matsch zur Seite und befleckten die wenigen Kontrahenten, die ihm zu folgen wagten. Trotzdem blieb ich an ihm dran. Nach wenigen Kilometern bildeten wir die einsame Spitze des Teilnehmerfeldes, das länger und schmaler wurde. Wir durchfurchten das Geläuf, erklommen jedes Hindernis, jagten der Ziellinie entgegen. Bei Kilometer zwölf erwartete uns ein mannshoher Lattenverhau. Aus vollem Lauf sprang Wilhelm hinauf, holte an dessen Scheitelpunkt mit den Armen Schwung und hüpfte mühelos über das Hindernis. Ich wollte es ihm nachmachen, rutschte aber aus – und knallte ungebremst mit dem Gesicht gegen die Latten.

Ich taumelte und zählte bunte Lichtpunkte, die tanzend auf dem Holz kreisten. In diesem Augenblick ergriff mich von oben ein Arm. Wilhelm saß auf dem Hindernis und zog mich hinüber auf die andere Seite. »Komm!«, rief er. »Weiter geht's!«

Pantoffel

Ein grelles Kreischen durchzuckte den Raum. Im Augenwinkel sah ich zwei dunkle Gestalten die Zickzacktreppe herunterhetzen und fluchtartig das Schankhaus verlassen. Mit einem Mal stand Karina vor uns. Ihr Gesicht aschfahl, ihre Augen gerötet. Sie redete aufgeregt mit Dimitrij, der sofort aufsprang. Zu uns gewandt rief er: »Kommt, wir müssen nach oben!« Als ich mich umblickte, bemerkte ich, dass der Paukist und seine Kumpanen nicht mehr an ihrem Tisch saßen. Mit ungutem Gefühl wetzten wir die Treppe hoch und erreichten das Zimmer des Lords, dessen Tür sperrangelweit offen stand.

Pickleberry saß zerzaust auf dem Bett, seine Nachthaube hing schief und die oberen Knöpfe seines Schlafrocks waren abgerissen. Er hielt sich den Kopf: »Gauner! Diebe! Banditen!« Erwin schnappte sich einen Stuhl und setzte sich an den Bettrand. »Beruhigen Sie sich«, sagte er. »Was ist passiert?« Lord Pickleberry sah Erwin traurig an. Ihm fehlte ein Pantoffel. Er sprach sehr leise. »Da war ein Klopfen. Ich ging zur Tür und machte auf. Draußen standen zwei Burschen und blickten mich schelmisch an. Ohne ein Wort zu sagen, hat mir der eine ins Gesicht geboxt. Dann sind sie ins Zimmer gerannt, haben Karina aufs Bett geschleudert und meinen Tee geschnappt – er ist weg!« Wir schauten den Lord betroffen an. Er rang mit den Tränen und sah verzweifelt aus.

»Meine Herren, ich flehe Sie an: Bringen Sie mir die Kiste zurück – bitte!« Wir beratschlagten nicht lange, sondern stürzten die Treppe hinunter.

Hechtsprung

Die Sonne stand im Zenit, es lag nur noch wenig Wegstrecke vor uns. Während ich mich frisch und beinahe ausgeruht fühlte, begann Wilhelm lauter und unregelmäßiger zu atmen – da blitzte es im Gebüsch.

Als hätte jemand die Zeit um ein Vielfaches gedehnt, beobachtete ich, wie zwei Kieselsteine aus dem Gestrüpp herausschleuderten, sich im Flug um die eigene Achse drehten und Kurs auf uns machten. Mit aufgerissenen Augen sah ich, wie die Geschosse näher und näher kamen.

Ein beißender Schmerz durchfuhr meinen Oberschenkel.

Ich blieb stehen, umfasste mit beiden Händen mein Bein. Es blutete. Ich schaute mich um und war fassungslos. Wilhelm lag auf dem Boden. Mit dem Gesicht nach unten. Etwas schimmerte feucht auf seinem Hinterkopf. Eine Platzwunde. Ich drehte ihn zur Seite, gab ihm Klapse auf die Wange, bis er zu sich kam. Dann kreuzte ich meine Arme über seiner Brust und zog ihn hoch. Zunächst stand er noch wackelig, dann grinste er.

»Uiuiui, mein Schädel brummt wie ein Bienenschwarm.«

Er rieb sich den Kopf.

»Danke, Horst.«

Immer noch lagen wir in Führung, von unseren Verfolgern war weit und breit nichts zu sehen. Auch hinderten uns die Blessuren nicht am Weiterlaufen. Da durchschnitt ein weiteres Geschoss die Luft. Diesmal traf es keinen, sondern sauste über unsere Köpfe hinweg. Begleitet wurde es von einem hysterischen Gackern, das ich an Anhieb erkannte. In mir kochte die Wut. »Wilhelm«, rief ich. »Versprich, dass du das Rennen gewinnst – ich habe noch eine Rechnung zu begleichen.«

Während mich Wilhelm anstarrte, preschte ich auf das Gebüsch zu, hinter dem ich unseren Widersacher vermutete.

Meinen Hechtsprung hatte er nicht erwartet. Giselher Gaschler kauerte grinsend auf der Grasnarbe, als ich mit Gebrüll über ihn herfiel. Neben ihm lagen eine Jagdzwille und ein Steinhaufen. Verdutzt steckte er den ersten Leberhaken ein, der ihn laut husten ließ. Während ich zu weiteren Schlägen ausholte, in die ich meine aufgestaute Wut der letzten Monate legte, versuchte er mich zu kratzen und an den Haaren zu ziehen. Trotz seiner Masse war Giselher Gaschler ein erbärmlicher Kämpfer. Er tat mir fast leid, wie er unter mir lag und seine Verteidigungsversuche kläglich scheiterten. Mit einem Mal ertönte hinter mir eine mächtige Stimme: »Wie kannst du es wagen, meinen Jungen anzugreifen?« Ich drehte mich um und sah Erich Gaschler, wie er mit heißem Kopf angestapft kam. Er zog mich von Giselher weg.

Dann setzte es eine rohe Maulschelle. Giselher winselte.

»Junge, lauf endlich ins Ziel. Wilhelm wartet dort auf dich.«

Pauke

Kalter Nachtregen klatschte in unsere Gesichter, als wir die Straße vor dem Wirtshaus erreichten. Windböen jagten durch Häuserschluchten, Nebelbänke krochen über regennassen Boden, Hunde jaulten. Die Luft schmeckte modrig. Aus der Ferne war das Grollen eines herannahenden Gewitters zu hören. Die gesamte Szenerie war in einen schmutzigen Blauton getaucht. Es dauerte eine Weile, bis ich im kargen Licht etwas erkennen konnte. Doch dann entdeckte ich sie.

In einiger Entfernung spazierten vier Gestalten, die sperrige Gegenstände mit sich trugen. Sie schickten sich an, den Vorplatz des angrenzenden Bahnhofs zu überqueren, wo auf den Gleisen ein Zug wartete. Es waren der Paukist und seine Männer.

Der Bursche mit der Kosakenmütze hatte eine dreieckige Bassgitarre um den Rücken geschnallt; sein Kollege im ockergelben Leinenrock schleppte eine Riemenorgel; und der Mann in Schweinslederstiefeln balancierte eine Stahlgitarre auf der Schulter. Ihnen voran stapfte der Paukist, der seine Trommel wie eine Monstranz vor sich hertrug. Auf ihr schaukelte Pickleberrys Teekiste.

Dimitrij steckte Daumen und Zeigefinger zwischen die Lippen. Sein Pfiff stoppte die Musiker. Sie hielten inne, drehten sich um. Der Paukist stand breitbeinig da und wischte sich eine feuchte Haarsträhne aus dem Gesicht. Er sah aus, als hätte er uns erwartet. Mit der Zunge leckte er sich übers Zahnfleisch und raunte seinen Spießgesellen etwas zu – ihr grimmiges Lachen hallte über den menschenleeren Vorplatz. Dann brachten sie ihre Instrumente in Stellung.

Der drahtige Gitarrist streichelte über das vernietete Schlagbrett seiner Klampfe, umfasste ihren Sattel und ließ sie durch den Nachthimmel sausen. Neben ihm tänzelte der Mann an der Riemenorgel. Er sah aus wie ein Aal. Mit dem Finger zeigte er auf den Bügelgriff seines Geräts, auf dem ein gezähnter Haken prangte. Er presste den Balg, um ihn mit einer Schleuderbewegung in unsere Richtung zu peitschen. Wie eine giftige Natter schnellte der Haken heran und hätte Erwins Nasenflügel zerfetzt. Doch wenige Zentimeter vor Erwins Gesicht kam der Balg zum Stehen und schnellte zurück. Nun tat sich der stämmige Bassist hervor. Mit beiden Händen umfasste er den Hals seines Zupfinstruments und zeichnete mächtige Achten in die Luft. Das tiefe Schwirren, das dabei entstand, hörte sich an wie der Flügelschlag eines Raubvogels. Als Letzter reckte der Paukist einen dicken Lederschlegel in die Höhe und ließ ihn auf sein Fell niedersausen. Ein tiefer Knall erschütterte unsere Magengruben. Der Musiker grinste zufrieden und schlenkerte sein Instrument hin und her.

Es war Erwin, der das Zeichen zum Angriff gab. Unvermittelt sprang er dem Gitarristen aufs Schienbein. Der schleu-

121

derte, bevor er im Schlamm versank, sein Instrument weit von sich. Erwin zog den Kopf ein – die stählerne Gitarre segelte knapp über ihn hinweg und bretterte Dimitrij gegen die Rübe.

Dimitrij taumelte und stürzte zu Boden.

Im gleichen Moment kam die Riemenorgel auf mich zugeschossen. Meine linke Faust sauste in die Luft: Ich ergriff den Haken und zog mit aller Kraft am Instrument. Der Riemenorgelspieler, der mit seiner Hand im Bügel gefangen war, wurde mitgerissen. Sehenden Auges rannte er in meine Faust. »Autsch«, rief ich, noch während der Musiker fiel: Seine Schneidezähne hatten einen blutigen Abdruck auf meinen Knöcheln hinterlassen.

Mühsam rappelte sich Dimitrij auf, da unterschätzte er die Reichweite der schwingenden Bassgitarre: Mit voller Breitseite erfasste ihn das Instrument. Meterweit wurde er durch die Luft geprügelt. Es schmatzte, als Dimitrij im Morast landete.

Stumm lag er da.

Mit dem Gesicht nach unten.

Erwins Miene verdunkelte sich. Er schnappte sich die zerbeulte Klampfe und stapfte auf den Bassisten los, der wie irre um die eigene Achse wirbelte.

Erwin blieb stehen.

Ungeduldig kratzte er sich den Hinterkopf, während der mächtige Viersaiter bedrohlich durch die Luft sauste.

Etwas blitzte in Erwins Augen.

Mit beiden Händen packte er die Stahlgitarre am Hals.

Seine Pupillen rasten.

Dann schlug er zu.

Er schmetterte die Gitarre gegen das Bassinstrument.

In Drehrichtung.

Der Bassist war gezwungen, den Energieschub aus Erwins Schlag auszugleichen: Wie ein betrunkener Käfer trippelte er hin und her, schwankend und hüpfend. Dabei rotierte er so heftig, dass er beinahe abhob. Aber es half ihm nichts: Bald konnte er den Viersaiter nicht mehr halten. Er glitt aus seinen Händen, schoss in die Luft und flog in hohem Bogen gegen die Gleismauer, wo er lärmend zerschellte.

Benommen und schutzlos torkelte der Bassist im Matsch und musste mit ansehen, wie Erwin angestapft kam. Der Königsberger Völkerkundler holte aus und zimmerte ihm die Gitarre so kräftig gegen die Brust, dass er rücklings in den Schlamm donnerte. Jetzt standen nur noch ich, Erwin – und der Paukist.

Knolle

Schlamm spritzte auf den Bürgersteig, so hastig bahnte sich das schwarze Automobil seinen Weg durch die Gassen unserer Kleinstadt. Erich Gaschler, Wilhelm und ich warteten stumm im kühlen Sommerregen, während das Kraftfahrzeug näher kam und schließlich neben uns abbremste. Der Verbrennungsmotor wummerte im Leerlauf, auf der Kühlerhaube prasselten die Tropfen. Was im Inneren vor sich ging, konnten wir nicht erkennen, denn die Scheiben der Limousine waren getönt.

Der Regen hatte uns bis auf die Haut durchnässt, da öffnete sich die Fondtür. Ein Mann stieg aus. Er sah durchtrainiert aus, hatte kurzgeschorenes Haar und trug einen dunklen Lodenmantel. Offenbar war er in Eile. Als Begrüßung riss er seinen rechten Arm in die Luft, unser dreifaches „Gut – Sport!" quittierte er mit spöttischem Lächeln, dann scheuchte er uns ins Auto.

Das Innere des Wagens bot erstaunlich viel Platz. Wir saßen auf gepolsterten Ledersitzen und schauten zwei Männern ins Gesicht, die uns musterten und nach Rasierwasser rochen. Den Fahrer der Limousine konnten wir nicht erkennen, da er durch eine Zwischenwand von uns getrennt war. Kaum war die Tür zugeschlagen, nahm der Wagen seine temporeiche Fahrt wieder auf.

Der sportliche Mann vertiefte sich in ein Notizbuch. Er blätterte, als wollte er einen bestimmten Eintrag suchen. Währenddessen kratzte er sich die Stirn, auf der ein fransiger Leberfleck prangte. Sein Nebenmann, der eine teigige Gesichtsfarbe hatte, öffnete ein Zigarettenetui und führte es an seine knollige Nase. Zufrieden atmete er ein, schnappte ein Tabakröllchen und entzündete es. Blauer Rauch erfüllte die Kabine. Erich Gaschler, der zwischen Wilhelm und mir saß, rutschte nervös hin und her.

Die Stimme des blassen Mannes war hoch und tonlos. Er sprach zu Wilhelm und mir: »Sportwart Gaschler ist zurecht stolz auf euch. Ihr zwei habt bei den Gauwettkämpfen gute Leistungen gezeigt, außerordentlich gute. Talente wie euch können wir gebrauchen.«

Er lächelte und drehte seinem Kollegen den Kopf entgegen. Erich Gaschler schluckte. Er wollte etwas sagen, kassierte aber einen bitterbösen Blick. »Sie schweigen, Gaschler, Sie haben nichts zu melden. Denken Sie an Ihre Söhne: Ein Anruf genügt und Sie sehen Ihre dickwanstige Brut nie wieder.«

Erich Gaschler senkte den Kopf, erneut wandte sich die Knollennase an uns: »Jungs, vergesst die Wochenschau. Vergesst den Krieg. Wir geben euch Aufschub. Ihr sollt hierbleiben und der Heimat gute Dienste leisten.«

Verblüfft schauten wir die beiden Männer an.

Der Sportler klappte sein Notizbuch zu.

Die Knollennase lächelte.

Pferdehandel

Dimitrij Sobolew hob den Kopf aus dem Morast. Er krümmte den Hals und stemmte seinen Oberkörper, Gesicht und Körper waren von glänzender Schlacke überzogen. Weil die Beine noch leblos im Schlamm steckten, sah er aus wie ein gestrandetes Walross. Er schnaufte und blubberte. Endlich bäumte er sich auf, bis er wackelig auf den Beinen stand. Er wischte sich Schlamm aus dem Gesicht, spuckte aus, rückte seine Kappe zurecht.

Der Paukist sah Dimitrij an. Dass die anderen Musiker am Boden lagen, schien den schnurrbärtigen Mann nicht einzuschüchtern. Federnd wippte er von links nach rechts und blähte seine mächtige Brust. Dann rannte Dimitrij auf ihn los.

Einfach so.

Der Paukist stellte seine Arme aus und lachte.

Noch.

Als wäre er vom Affen gebissen, drosch Dimitrij auf den hünenhaften Paukisten ein – und tatsächlich gelang es ihm, seinen Gegner mit einem Trommelfeuer aus unpräzisen Fausthieben über den Platz zu scheuchen. Überrumpelt von der furchtlosen Attacke war der Paukenmann gezwungen, Platz zu machen und die Schläge zu umlaufen. Doch bald war Dimitrijs Vorteil aufgebraucht. Der Paukenmann blieb stehen, schnallte sein Instrument ab und warf es in den Schlamm. Zunächst wich er einem weiteren Haken aus.

Dann schlug er zu.

Brutal.

Wie aus dem Lehrbuch scheuchte er seine Faust in Dimitrijs Gesicht. Wir hörten ein Knacken. Dimitrij taumelte und wäre aufs Neue in den Schlamm gestürzt – doch der Paukist fing ihn auf.

»O Gott«, sagte Erwin.

Der Paukist zog seinen Krummdolch aus dem Gürtel und hielt ihn an Dimitrijs Kehle. Seine Augen funkelten, er flüsterte ihm ins Ohr. Dimitrij schluchzte. »Freunde, haut bloß ab«, näselte er. »Sonst schlitzt mich das Schwein auf.«

Erwins Stimme zitterte: »Der meint das ernst. Der sticht ihn ab. Rückzug.« Er griff meinen Ärmel und nuschelte: »Komm jetzt – uns fällt schon was ein.«

Während wir zurückwichen, lachte der Paukist und wischte Dimitrij die Kappe ab – dann verdunkelte sich seine Miene. Er zog Dimitrijs Kopf nach hinten, bis sein Hals gebogen war wie der einer Schlachtgans. Die Klinge tanzte über seine Gurgel, uns schoss das Wasser in die Augen.

Irgendwie musste er sich losgemacht haben. Denn in dem Augenblick, als die Dolchspitze immer tiefer in Dimitrijs Hals bohrte, hörten wir wildes Hufgeklapper.

Hans.

Nie zuvor hatte ich ihn galoppieren sehen – und niemals danach. Seine Nüstern waren unter Schaumblasen verborgen, seine Augen weit aufgerissen, der Matsch unter seinen

Hufen spritzte nach allen Seiten. Hans steuerte auf den Paukisten zu, der sich erschrocken umschaute. Während wir staunend dastanden, warf Hans seine Vorderläufe in die Luft, drehte seinen Körper und verpasste dem bösen Mann mit den Hinterläufen einen schweren Tritt gegen die Stirn. Ohnmächtig ging der Paukist zu Boden, er und sein Dolch versanken im Schlamm. Dimitrij schwankte und rieb sich mit beiden Händen den Hals. Schließlich tätschelte er die Flanke seines Pferdes: »Habe ich's nicht immer gesagt? Mit Pferden kann man nicht verhandeln.«

Schrott

Mit dem Stiefel drückte Dimitrij die Zimmertür auf. Auf seinen Unterarmen trug er die Teekiste herein, durchquerte den Raum und platzierte sie auf einen Beistelltisch neben dem Bett. Er streckte den Rücken, stolz wie ein Gockel auf dem Misthaufen.

»Hier«, sagte er. »Ihre Kiste.«

Der Lord war sprachlos. Er saß auf dem Bett und kühlte sein Gesicht mit einem Stück Rindsleber. Zwar öffnete er den Mund, brachte aber keinen Ton hervor. Stattdessen ließ er die Leber auf den Boden klatschen und presste brummend sein blutverschmiertes Gesicht auf Dimitrijs Wanst.

»Ist schon gut, schon gut«, sagte Dimitrij und blickte auf den Lord hinab. »War ja gar nicht schwer.«

Im selben Augenblick trat Karina in den Raum. Als sie erkannte, was geschehen war, fiel sie Dimitrij um den Hals, stellte sich auf Zehenspitzen und gab ihm einen Kuss auf die Wange.

Dimitrij grinste wie Bolle.

»Aber, aber, Dimitrij«, sagte der Lord. Seine Stimme war wieder fest. »Sie sind viel zu bescheiden.« Jetzt schaute er auch Erwin und mich an: »Sie sind die Retter meiner Kiste.«

Seine Kiste – sie war in erbärmlichem Zustand. Ihr Holz feucht und schmutzig, die Beschläge zerkratzt. Doch das schien den Lord nicht zu stören. Er ließ von Dimitrij ab und öffnete sie. Mit verträumtem Augenaufschlag betrachtete Pickleberry die Teebeutel, die Finger fuhren über das Seidenpapier. Er seufzte und schloss die Kiste. Aus dem Schankraum drangen Gepolter und Geschrei, Lord Pickleberry kräuselte die Stirn.

»Keine Sorge«, sagte Erwin. »Die kommen nicht zurück.« Er kratzte sich den Hals. »Wir gehen trotzdem mal nachschauen, was da unten los ist.«

Wie drei Feldhasen reckten wir unsere Köpfe über das Treppengeländer. Wir hatten beste Sicht, konnten aber selbst nicht gesehen werden.

»Wo sind eigentlich unsere Waffen?«, fragte ich.

»Die gammeln auf Dimitrijs Karren. Unter den Kartoffelsäcken.«

In der Schankstube trampelten drei russische Soldaten und schwenkten ihre Pistolen. Ihr Anführer, ein Hauptmann mit schlichtem Gesicht, wischte wahllos Geschirr von den Tischen. Dazu brüllte er. Die Gasthausbesucher zogen ihre Köpfe ein und ertrugen schweigend das Gekläff.

Plötzlich hielt der Hauptmann inne. Er schaute die Gäste prüfend an und griff sich an die Offiziersmütze. Offensichtlich hatte er eine Frage gestellt und erwartete eine Antwort.

Gespannt zog Erwin die Brauen hoch.

Stille.

Keiner wagte aufzublicken.

Der Hauptmann wurde zornig und pfefferte eine Ladung

Kugeln in die Decke: Splitter, Kalk und Erde rieselten herab. Die Gesichter der Wirtshausbesucher wurden bleich.

»Was passiert da gerade?«, flüsterte ich, während Dimitrij an seiner Faust knabberte und gebannt nach unten schaute.

»Oh«, sagte Erwin. Aus ihm sprach der Völkerkundler: »Der Hauptmann möchte den Leuten seine Stellung klarmachen.«

Irgendwann hob ein junger Bursche den Arm – er hätte es besser gelassen. Der Hauptmann lief rot an und sah aus wie jemand, der eine schwere Kränkung hinnehmen musste. Mit zusammengekniffenen Lippen spannte er seine Pistole, richtete sie auf den Burschen und schoss ihm ins Bein. Während der Bursche mit verzerrtem Gesicht auf seinem Stuhl hockte, brüllte der Hauptmann aufs Neue in den Raum – diesmal hob niemand die Hand.

»Gleich ist er fertig«, bemerkte Erwin.

Seufzend ließ der Hauptmann die Schultern sacken, dann stellte er seine Handballen übereinander. Sogleich kamen die Bediendamen angeflogen, um ihn und seine Begleiter mit Kartoffelschnaps zu versorgen. Die Soldaten nahmen ihre Stoffmützen ab und lächelten, dabei zeigten sie ihr schlechtes Gebiss. Die Stimme des Hauptmanns klang jetzt weich und melodisch, mehrfach blinzelte er den Wirtshausbesuchern zu oder schwang auffordernd die Hände – nach einigem Zögern regten sich erste Gäste und machten dort weiter, wo sie aufgehört hatten: Sie grölten, soffen, spielten.

Bald brummte die gesamte Gaststube, auch der Bursche mit dem angeschossenen Bein schien mächtig Durst zu haben.

»Das war's«, rief Erwin.

Für uns war es Zeit zu verschwinden.

Lord Pickleberry zeigte den Weg durch den Hinterausgang und nickte uns zum Abschied anerkennend zu: »Meine Herren, ich bin Ihnen zu großem Dank verpflichtet – wirklich.«

Erwin und mir drückte er die Hand, Dimitrij umarmte er. Wir waren bereits durch die Tür, da rief er uns hinterher: »Meine Beziehungen sind weitreichend. Ich werde stets ein Auge auf Ihr Wohlergehen haben. Darauf können Sie sich verlassen.«

»Hm«, sagte Erwin.

Auf der Hauptstraße wartete Hans vor unserem Karren, fertig aufgezäumt und mit scharrenden Hufen. Gerade wollten wir aufspringen, da erspähten wir im Matsch die Pauke des schnurrbärtigen Trommlers. Ein Lächeln huschte über Erwins Gesicht. Mit wiegenden Hüften schlenderte er an die Pauke heran, umkreiste sie, pfiff – dann trat er die Felle ein, Fetzen rupfte er aus ihrer Verankerung. Er nickte, ich verstand sofort: Es gab ein unschönes Geräusch, als wir die Trommel mit Karacho an der Gleismauer verschrotteten.

Wenig später zog Hans den Karren in langsamer Schrittgeschwindigkeit aus Lubny heraus. Erwin warf einen letzten Blick auf die schmutzigen Häuserfassaden, die sich im

Morgengrauen abzeichneten. Seufzend ließ er sich auf den Rücken fallen und schob sich eine Kippe zwischen die Lippen: »Lubny – bei Tag ist es bestimmt ganz schön hier.«

Hausmannskost

Lucie Dornmüller stand auf Zehenspitzen. Sie dehnte ihren Oberkörper und stellte Konservendosen in ein Regalfach. Weil sie darauf bestanden hatte, diese Arbeit selbst zu übernehmen, stand ich nutzlos hinter ihr. Ich reichte Dosen an und betrachtete ihren gestreckten Rücken. Hin und wieder stöhnte Lucie leise, wenn sie eine der Büchsen an besonders unzugänglicher Stelle ablegen musste. Dann kitzelte es in meinem Magen und ich wusste nicht warum –

Endlich war das Regal voll. Lucie drehte sich zufrieden um. Ihre Wangen waren errötet und sie roch nach Frühling. Obwohl sie sich gar nicht verletzt hatte, stecke sie ihren Daumen in den Mund. Wir waren allein. Herr Dornmüller hatte im Lager zu tun, Frau Dornmüller bereitete ein Stockwerk höher das Mittagessen zu. »Horst, gehst du eigentlich mit einem Mädchen aus?« Mir wurde mulmig. Die Frage war mir unangenehm, denn im Umgang mit Mädchen fühlte ich mich immer noch unsicher. Ich wurde das Gefühl nicht los, dass sie von Dingen wussten, von denen ich nichts wusste. Verlegen schaute ich Lucie an. Sie kreuzte ihre Beine und taxierte mein Gesicht. Mein Blick neigte sich zum Fußboden. Während ich blöd dastand und auf Lucies Seidenstrümpfe starrte, stieß Herr Dornmüller die Zwischentür zum Vorratsraum auf. Er rief wie beseelt: »Horst, ich habe die Gurkengläser neu angeordnet.«

Ich war sehr froh, ihn zu sehen.

Später saßen wir in der Küche beim Mittagessen. Frau Dornmüller war eine vorzügliche Köchin und versorgte uns täglich mit wohlschmeckender Hausmannskost. Obwohl Wochentag war, gab es einen Hackbraten, in dem Frau Dornmüller zwei hartgekochte Eier versteckt hatte. Beilagen waren in Butter geschwenkte Bohnen und Kartoffelklöße. Aufgeregt berichtete Herr Dornmüller von seinen Plänen, den Lagerraum neu aufzuteilen. Frau Dornmüller lächelte ihren Mann an, schaute aber immer wieder auf Lucie und mich, wie wir schweigend nebeneinander aßen. Beim Nachtisch blickte sie in die Runde. Sie seufzte: »Ach, wäre es nicht schön, wir vier würden immer so beieinander sitzen?«

Birnen

Verfärbtes Laub, taubenetzte Wiesen, abgeerntete Äcker, feuchte Kartoffelsäcke, Pilze am Wegesrand, Nebel, Nieselregen, Husten – nun war es bereits Oktober.

Es war Mittag und ich besoffen. Der Himmel brach auf. Erwin saß auf dem Kutschbock und hielt die Zügel in der Hand. Hin und wieder griff er zum Weidenstock und ließ ihn durch die Luft sausen. Hans trottete unbeirrt voran, den Karren stoisch hinter sich herziehend. Ich gesellte mich zu Erwin und kaute an einer süßen Birne. Träge zog die Landschaft vorbei. Vogelschwärme sammelten sich in der Luft, um ihre Reise in den Süden anzutreten. Auf der Ladefläche lag Dimitrij. Bis vor kurzem hatte er noch Lieder geträllert.

Jetzt schnarchte er.

Drei Nächte zuvor waren wir in eine Speisekammer eingestiegen. Dort hatten wir Birnen und Birnenschnaps vorgefunden. Seitdem litten wir unter Durst und Augenstechen. Ich dachte wieder an Eva. Im Augenblick aber dachte ich an gar nichts. Ich rülpste.

Es roch nach Birne.

Am Horizont sah ich vier Flaggen. Ich hielt mir ein Auge zu und erkannte, dass es bloß zwei waren. Sie wehten über einem riesengroßen Zelt. Während ich angestrengt in die Ferne guckte, schmerzte meine Netzhaut, als hätte mir jemand eine Nadel in die Augenhöhle gebohrt. Ich schloss die Lider.

Unser Karren stoppte. Hans stand stocksteif in der Nach-mittagssonne und stierte nach vorn. Seine Nüstern zuckten. Eine kastanienbraune Stute hielt auf uns zu. Ihr Fell glänz-te, ihre schlanken Beine eilten über den matschigen Boden. Als sie im Zickzack vorbeitrabte, bestaunten wir ihren kunstvoll geflochtenen Schweif, ihre nussbraunen Augen und die ungewöhnlich langen Wimpern. Dann verlangsam-te sie ihr Tempo. Ihre Blicke trafen die von Hans – sie wie-herte leise. Drei Männer bogen mit geröteten Gesichtern um die Ecke, offensichtlich waren sie hinter der schönen Stute her. Sie brüllten und gestikulierten in unsere Rich-tung. Dimitrij, der aus seinem Nickerchen erwacht war, handelte am schnellsten. Er griff ein Seil, knotete eine Schlaufe und schwang es wie ein amerikanischer Rinderhir-te über seinem Kopf. Dann ließ er los. Das Lasso sauste durch die Luft und legte sich sanft um den Hals der Stute, die unvermittelt anhielt. Sie wehrte sich nicht, sondern ging erhobenen Hauptes in die Gefangenschaft. Beim Anblick der schönen Stute perlte Hans der Schweiß am Unterhals. Er speichelte. Dimitrij strich ihm die Mähne. In der Zwi-schenzeit hatten uns die Männer erreicht. Obwohl sie ziem-lich aus der Puste waren, lachten sie und schüttelten dank-bar unsere Hände. Sie redeten auf Dimitrij ein, der sich freundlich vom Karren herunterbog. Schließlich verab-schiedete er die Männer. Zu uns gewandt sagte er: »Freun-de, wir haben gerade ein Zirkuspferd eingefangen, das pas-

siert nicht alle Tage. Als Dank werden wir zur Abendvor-
stellung in den berühmten Wanderzirkus Parada eingeladen – was meint ihr?«

Wir hatten nichts dagegen.

Parada

Der zottelige Mann, der das vollbesetzte Zirkuszelt mit Kartoffelschnaps versorgte, war am ganzen Körper behaart. Bis auf einen knappen Bastrock, dessen Halme bei jedem Schritt hin und her flatterten, war er unbekleidet. Während er Schnaps ausschenkte, wurde er von neugierigen Besuchern betastet oder gestreichelt. Außerdem begleitete ihn eine Rotte frecher Kinder, die ihn am Fell zog oder mit Obstkernen bespuckte. Als sich die Zottelgestalt zu unserem Platz durchgekämpft hatte, erschraken wir: Der Mann hatte ein Eulengesicht; seine Mundfalte schimmerte schwarz, seine Kulleraugen wirkten leblos. In Tierhaltung atmete er uns entgegen und servierte Branntwein in Blechschalen.

Die Vorstellung begann.

Unter stürmischem Beifall betrat der Zirkusdirektor die Manege, stieg auf ein verziertes Holzgerüst und zupfte sich die Uniform zurecht. Artig hob er seinen Zylinder und verbeugte sich nach allen Seiten. Während er mit dem Stiefel auf die Bretter klopfte, zeigte er auf den Vorhang: Die Zirkuskapelle spielte los und drei Zwergponys mit gepunkteten Zipfelmützen liefen in die Manege. Unterdessen kramte der Direktor in einer Kiste, bis er einen Springreifen fand. Er rannte in die Laufbahn der Tiere und hielt das Hindernis in die Luft. Die Musik setzte aus. Es folgte ein Trommelwirbel. Das erste Zwergpony erreichte den Ring und sprang hindurch. Ein paar Kinder klatschten. Als das zweite Pony zum

Sprung ansetzte, ertönte ein Beckenschlag. Das Pony erschrak und blieb stocksteif vor dem Ring stehen. Damit hatte das dritte Pony nicht gerechnet. Es prallte unbeholfen auf das zweite, das dadurch in die Ringöffnung gedrückt wurde. Es verfing sich und riss den Sprungring mit, weshalb der Direktor mit leeren Händen dastand. Es folgte ein Moment erregter Stille. Dann setzte die Musik ein und die Kleinpferde verließen fluchtartig die Manege.

Eine große Zielscheibe wurde in die Mitte des Rings getragen. Erhabenen Schrittes folgte ein Mann mit Anzug und Backenbart, eine reizende Helferin eng an seiner Seite. Die Frau hatte die Haare kunstfertig zu einer Schnecke geflochten, ihr Körper war in einen seidenen Umhang gehüllt. Gerade als der Zottelmensch eine neue Runde Kartoffelschnaps ausschenkte, riss der Mann seiner Helferin den Umhang vom Leib. Die Männer im Publikum pfiffen durch Zahnlücken, die Frauen hielten ihren Kindern die Augen zu: Die Frau trug nur ein dünnes Bettjäckchen.
Stolz führte der bärtige Mann seine Helferin an die Zielscheibe, um sie an Arm- und Fußgelenken festzubinden. Er drehte sich um, ging ein paar Schritte zurück und entledigte sich seines Jacketts. Es wurde sehr ruhig im Zelt. Ohne sich umzudrehen, schleuderte der Mann zwei Messer über seine Schultern.
Der Artist verstand sein Handwerk.
Sämtliche Messer, Dolche und Wurfsterne, die er aus sei-

nem Köcher zauberte, erreichten ihr Ziel und bildeten einen Kranz um die leicht bekleidete Helferin. Als der Werfer die Manege verließ, bot er noch eine ganz besondere Zugabe. Weil er sah, dass im Publikum zwei Burschen ein junges Fräulein bedrängten, kam er mit seinen Wurfmessern zu Hilfe: Dem einen sprengte er das Schnapsgefäß aus der Hand, dem anderen wurde der Ziegenbart gegen einen Holzpfeiler genagelt. Das Publikum spendete heftigen Beifall.

In der Umbaupause sorgte die Zirkuskapelle für Stimmung. Das Zelt bebte, die Deckenplane schwitzte, Wassertropfen perlten herab und verdünnten unseren Kartoffelschnaps. Dimitrij war aufgestanden und stampfte grölend auf seinen Sitz, eingehakt bei seinem Nebenmann schunkelte er kräftig von links nach rechts. Der Fellmann musste sich durch ein wildes Tohuwabohu kämpfen. Er hatte Schwierigkeiten, die Meute mit ausreichend Schnaps zu versorgen.

Mit einem Mal wurde die Musik leiser. Fackeln erloschen. Das Publikum tuschelte. Als die Lichter wieder zündeten, stand der Zirkusdirektor vor einer Gruppe komischer Gestalten: Eine Frau mit schwarzem, gelocktem Haar trug einen Badeanzug und einen Vollbart. In ihren Armen hielt sie einen Mann ohne Gliedmaßen, der seinen Kopf zwischen ihre Brüste bettete. Sie tätschelte und kraulte ihn. Neben beiden wartete ein Mann mit schwarzer Haut, der sich ein Leopardenfell um den Oberkörper gebunden hatte.

Zu seiner Linken schnaufte ein kolossaler Fettsack, der einen Liliputaner geschultert hatte. Während die Kapelle orientalische Klänge anstimmte, wurde eine osmanische Mörserkanone ins Zirkusrund geschoben. Ihr Bauch glänzte bedrohlich. Der Fettsack ging zur Kanone und setzte den Liliputaner aufs Kanonenrohr. Jetzt trat die bärtige Frau an die Kanone heran, gab dem Mann ohne Gliedmaßen einen Kuss und ließ ihn in die Mündung gleiten. Kaum dass seine Beinstümpfe verschwunden waren, blieb er stecken. Der Liliputaner drückte seinen Kollegen mit dem Ladestock ins Kanonenrohr, wobei er ihm übel das Gesicht zerrieb. Die bärtige Frau wollte einschreiten, wurde aber vom Fettsack zurückgehalten. Als vom Mann ohne Gliedmaßen nichts mehr zu sehen war, führte der Liliputaner ein großes Zündholz an die Lunte der Kanone. Es zischte und schmauchte. Unterdessen brachten sich der Fettsack und der schwarze Mann in Stellung: Mit weit aufgerissenen Armen standen sie in der Manege und wippten die Knie. Dann erschütterte ein mächtiger Knall das Zirkuszelt. Weißer Rauch schoss aus dem Mörser, das Licht im Rund strahlte auf.

Der schwarze Mann lief hektisch im Kreis. Der Fettsack rollte wie eine Robbe über den Sand. Der Liliputaner, der durch die Explosion von seinem Rohr geplumpst war, zeigte auf ein Loch in der Zeltdecke. Die bärtige Frau kreischte, das Publikum verstummte. Dann hörten wir ein Husten. Zuerst matt und blechern, wenig später röchelnd und wild.

Es kam aus dem Kanonenrohr. Der Zirkusdirektor schlug die Hände über dem Kopf zusammen und machte Handzeichen. Endlich wurde ein Tuch über den Mörser geworfen und man schob das schwere Geschütz aus der Manege.

Schankstube

»Junge, die Dinge in diesem Land laufen schlecht. Die falschen Männer haben das Sagen.« Evas Vater klopfte seine Pfeife aus, stopfte frischen Tabak hinein und ließ sie kräftig aufglimmen. Er hatte mich ins Wirtshaus eingeladen, um mir etwas Wichtiges mitzuteilen. Lieber hätte ich Fassbrause getrunken, doch ohne mich zu fragen, hatte der Professor zwei Biere bestellt. Deshalb stand nun ein riesiger Tonkrug mit Blechdeckel vor mir, aus dem es metallisch roch. Klebriger Schaum lief an den Seiten hinab. Evas Vater kniff die Augen zusammen: »Weil ich mich nicht in die Riege der Dummheit einreihen wollte, habe ich meinen Lehrstuhl verloren.«

Seine Gesichtsmuskeln zuckten. »Ich darf meinen Beruf nicht mehr ausüben.«

Er hielt inne und schüttelte den Kopf. »Vor wenigen Tagen klopft der junge von Falkenstein an meine Stubentür. Dieser piekfeine Kerl, von dem sich Eva manchmal ausführen lässt.« Evas Vater wurde von einer jungen Bedienung unterbrochen, die geräuschvoll Bierkrüge auf den Nachbartisch wuchtete. Sie zwinkerte mir zu. Der Professor hob wieder an: »Wir waren uns schon einmal begegnet, nachdem du die Arbeit bei uns aufgegeben hattest. Von Falkenstein war damals mit den Gaschlers durchs Gartentor geschlendert, hatte artig gegrüßt und mir seine Begleiter als Holzträger angeboten.«

Er hob seinen Krug und trank einen Schluck. Sein Blick wurde dunkel. »Damals hatte ich die böse Ahnung, dass man diesem Jungen nicht trauen darf – ebenso wenig wie seinem Vater, mit dem ich die Schulbank gedrückt habe.«

Ich war verwirrt. Der ungewohnte Biergenuss benebelte meine Sinne. Erregt sprach der Professor weiter: »Letzte Woche also steht Ferdinand in meiner Stube – übrigens ist er seinem Vater Joseph wie aus dem Gesicht geschnitten.« Abermals nippte er am Bier, wischte sich mit dem Handrücken über den Bart. »Und dann macht er mir ein Angebot.«

»Ein Angebot?«, fragte ich und wunderte mich über den spröden Klang meiner Stimme. »Ja«, zischte der Professor aufgebracht. Er äffte Ferdinand nach: »Wollen Sie nicht Ihre kinetischen Forschungen in der Fabrik meines Vaters fortführen? Wir zahlen Ihnen das Doppelte Ihres bisherigen Salärs.«

Evas Vater knetete sich den Hals. »Horst, ich war in einer Zwickmühle. Verstehst du?«

Ich verstand gar nichts. Denn obwohl ich mein Bier erst zur Hälfte ausgetrunken hatte, war ich ziemlich besoffen. Gebannt starrte ich den Rauchfetzen aus der Pfeife des Professors hinterher, die sich mit dem Zigarettendunst der anderen Gäste verwirbelten. Evas Vater spannte tadelnd den Zeigefinger. »Junge, die von Falkensteins sind schamlose Kriegsprofiteure. Ich möchte nicht ihre Machenschaften unterstützen. Andererseits muss ich an Eva denken. An un-

145

sere wirtschaftliche Klemme.« Erneut blies er Rauch in die Schankstube, sein Daumen wippte auf dem Deckel des Bierkrugs. Er senkte den Kopf.

»Ich habe sein Angebot angenommen.«

Ich war baff.

Am Nachbartisch maßen zwei Burschen ihre Kraft beim Armdrücken. Schnell bildete sich ein Rudel umherstehender Männer, die nicht mit lautstarken Anfeuerungsrufen sparten. Es kostete mich Überwindung, nicht hinzugucken.

Der Professor seufzte. »Als er gegangen war, schwärmte Eva, wie selbstlos und hilfsbereit Ferdinand sei."

Er seufzte noch einmal, diesmal länger: »Eva ...«

Einer der Männer vom Nebentisch war in eine bedrohliche Schräglage geraten. Schweißtropfen spritzen ihm von der Stirn und landeten auf seinem Oberarm. Der Geräuschpegel schwoll an.

»Doch genug ist genug«, rief der Professor. Das Blut schoss ihm ins Gesicht. »Ich bin Evas Vater. Daran kann auch ein von Falkenstein nichts ändern.«

Dann schaute er mich an. Auf seiner Stirn trat eine Ader hervor:

»Meinen Stolz mag er mir nehmen – aber nicht meine Tochter.«

Der Professor sprach noch weiter, doch seine Worte gingen unter im Jubel der Kneipengäste.

Stute

In der Manege brannte die Luft. Feuerspucker und Schwertschlucker lieferten sich Duelle, Tanzbären wirbelten durch die Manege, Turmspringer landeten in winzigen Holzbottichen, Dompteure versenkten ihre Köpfe in sibirischen Tigern. Auf der Zuschauertribüne hatte der langhaarige Zottelmensch den Kampf mit der Menge verloren. Es war ihm nicht länger möglich, ihren Durst zu stillen. Der Mangel an Kartoffelschnaps machte die Besucher herzlos: Kürbiskerne, Trockenobst und Pöbeleien gingen auf den armen Kellner hernieder. Wer konnte, zog ihn wüst zu sich heran, um ihm die Bestellung ins Ohr zu brüllen. Bald war der Fellmann völlig zerzaust. Ich hatte Mitleid – und Durst. Daher kam es mir gelegen, dass Erwin den Fellmann mit geschickten Würfen auf uns aufmerksam machte.

Frischer Kartoffelschnaps schwappte in unseren Schalen, als die letzte Attraktion des Abends mit Paukenschlag angekündigt wurde. Drei rotwangige Burschen, die wir am Mittag auf dem Feldweg getroffen hatten, rannten in die Manege und bauten einen Rundlauf aus Fackeln auf. Dann verschwanden sie wieder. Bis auf die Fackelbeleuchtung war es dunkel im Zelt. Die Zuschauer schwiegen. Eine Geige spielte eine süßliche Melodie, gefolgt von einem Wiener Walzer. Acht muskulöse Männer mit geölten Oberkörpern trugen eine Sänfte ins Zirkusrund.

Auf ihr lag sie.

Gebettet auf Samtkissen.

Ihre seidigen Schenkel baumelten herab, während die Männer schnaufend einige Runden in der Manege drehten. Schließlich setzten sie die Trage ab und die Grazie entstieg ihrem Lager. Staunen erfüllte die Tribüne, als sie sich in voller Pracht dem Publikum zeigte: Ihre Wimpern waren lang wie Gerstenähren und ihre Ohren spitz wie geschliffene Edelsteine. Um ihren Hals hing goldenes Geschmeide, ihr Haar war zu einem französischen Zopf geflochten. Als die Musik stoppte, trippelte sie zum Eingang des Flammenparcours und wartete, bis die Männer verschwunden waren und die Zirkuskapelle aufs Neue einsetzte. Nun hob sie den Schweif, blies durch die Nüstern und trabte los.

Die schöne Stute tänzelte durch das knisternde Fackelspalier, wobei ihr glänzendes Fell bis in die letzte Reihe spiegelte. Einige Burschen im Publikum johlten vor Begeisterung, während das flackernde Licht jede Muskelfaser ihres Körperreliefs herausstellte. Sie glich einer zum Leben erweckten Bronzestatue. Ihr Blick war wachsam gespannt, ihr Ausdruck triumphierend und kraftvoll. Schneller und schneller trommelten ihre Hufen auf den Sand. Die Zirkuskapelle, die jeden ihrer Schritte begleitete, verlor sich in wildem Tonkauderwelsch.

Mit einem Mal riss die Stute ihre Vorderläufe in die Höhe. Die Musik stoppte. In erhabener Pose ließ sie ihre Hüften kreisen. Ihre Figur wogte auf und ab, ihre Schenkel formten liebreizende Wellen. Mit offenem Mund erkannte ich in ihren Bewegungen eine höhere Wahrheit – vielleicht war ich auch bloß betrunken.

Die öligen Männer waren zurück in der Manege. Sie ließen ihre Muskeln spielen, bevor sie sich der Reihe nach in den Sand warfen. Wie eine Königin trat die schöne Stute an den Männerhaufen heran. Fast gelangweilt hob sie eine Hufe und drückte dem ersten Muskelmann auf den Brustkorb. Sein Gesicht verfärbte sich. Als sie ihm eine zweite Hufe auf die Bauchdecke presste, stockte dem Publikum der Atem. Der Muskelmann ächzte, wurde aber nicht von seinem Leid erlöst. Wie eine Katze walkte die Stute seine Eingeweide. Endlich besann sie sich. Mit erhobenem Kopf stolzierte sie über den Steg aus liegenden Männern. Ohne sich umzudrehen, verließ sie unter tosendem Applaus das Zirkuszelt. Für einen Moment erspähte ich Hans, wie er hinter dem Vorhang die Schönheit erwartete.

Babel

Heiß knallte die Sonne auf den Krämerladen, an dessen Fassade in geschwungen Lettern stand:

Familie Dornmüller

Lebensmittel und Feinkost

Seit 1881

Innen schufteten wir an der jährlichen Bestandsaufnahme. Herr Dornmüller, der seit Wochen auf diesen Tag gewartet hatte, pendelte aufgeregt zwischen Lager und Verkaufsraum. Er hatte eine lange Liste in der Hand und pfiff Gassenhauer. Sein gespitzter Bleistift sauste über das Papier und schmückte es mit Kreisen, Kreuzen und anderen Symbolen, deren Bedeutung ich nicht verstand. Hin und wieder stellte er sich vor eine Kaufmannstafel und übertrug seine Aufzeichnungen.

Unterdessen liefen Lucie und ich von Regal zu Regal und zählten Waren zusammen, unsere Ergebnisse notierte Frau Dornmüller in einem dickschwartigen Kaufmannsbuch. Gerade war ich mit einer Stiege Gurkengläser beschäftigt, da fragte mich Lucie: »Horst: Was liegt am Strand und man versteht es kaum?«

Ich überlegte angestrengt, doch eine Antwort fiel mir nicht ein. »Mensch, Horst«, strahlte Lucie. »Du kommst auch auf gar nichts: eine Nuschel!«

Als Herr Dornmüller dies hörte, wollte er sein humoristisches Talent unter Beweis stellen: »Oh, das wird lustig, oh, das wird lustig!«, frohlockte er und raschelte mit einer Packung Streichhölzer.

»Horst, komm her und setz dich auf den Schemel.«

Er drückte mich herunter, dann hieß er Frau und Tochter vor mir Aufstellung nehmen.

»Jetzt ratet mal, was das hier ist.«

Kichernd trat er neben mich, entzündete ein Streichholz, hielt es über mich. Weil niemand etwas sagte, wischte er sich mit einem Tuch die Stirn trocken und wiederholte das Bilderrätsel.

»Na, was ist das? Schaut auf die Flamme und schaut auf Horst.«

Herr Dornmüller bebte vor Vorfreude.

Dann brach es aus ihm heraus: »Dover unter Feuer!«

Herr Dornmüller hielt sich vor Lachen den spitzen Bauch, ich klopfte mir auf die Schenkel.

Frau Dornmüller und Lucie schauten uns betreten an.

»Franz«, sagte Frau Dornmüller. »Wenn du hin und wieder den Volksempfänger einschalten würdest, um etwas anderes als den Sportbericht zu hören, würdest du das nicht lustig finden.«

Franz Dornmüller verstummte, mit großen Augen starrte er seine Frau an – sie hob beschwichtigend die Hand und gab das Zeichen zur Weiterarbeit: »Kommt schon, ihr zwei Rabauken, wir haben noch eine Menge zu erledigen.«

Der Krämerladen glühte, als Lucie und ich das letzte Regal erreichten. Hemd und Schürze klebten mir auf der Haut, meine Zunge war trocken wie Löschpapier. Ich starrte Lucie an: Sie hatte ihr Haar zu einem Pferdeschwanz gebunden und trug ein ärmelloses Kleid.

»Ist was?«, fragte sie. Unsere Hände berührten sich, als ich ihr die Ware anreichte –

Dann war es geschafft: Der gesamte Bestand des Krämerladens war gezählt und eingetragen. Frau Dornmüller kam mit einem Tablett und vier Gläsern durch die Tür. Sie schenkte jedem von uns eine kühle Zitronenlimonade ein. Mit erhabenem Gefühl standen wir am Tresen und überblickten die Verkaufsfläche.

Eine Minute später war alles kaputt.

Unter lautem Gepolter marschierten drei Männer in den Laden. Trotz der Sommerhitze waren ihre braunen Uniformen zugeknöpft und die Hosenbeine steckten in engen, hohen Stiefeln. Angeführt wurden sie von Max Koschwitz, dem Schlachter unserer Kleinstadt. Die Männer warfen als Begrüßung einen Arm in die Luft und knallten die Sohlen aneinander. »Einen wunderschönen guten Tag!«, krähte Koschwitz. »Wie ich sehe, hat Familie Dornmüller fleißig Inventur betrieben!«

Er drehte sich zur Tafel mit den Kalkulationen von Herrn Dornmüller – während er die vielen Zeichen und Symbole betrachtete, rieb er sich das unrasierte Kinn.

»Hm«, brummte er.

Sein Blick fiel auf das Kaufmannsbuch, das Frau Dornmüller gerade zuklappen wollte. Seine Augen blitzten. »Na, geht doch!«, brüllte er und riss es ihr aus den Händen. »Jetzt mal Butter bei die Fische: Habe die Ehre, die Hälfte der hier aufgelisteten Waren als Volkseigentum zu deklarieren! Morgen Früh wird ein Lastkraftwagen vorfahren, der die beschlagnahmten Güter abholt.«

Er schlug das Buch zu und klemmte es sich unter den Arm. Als er mit seinen bulligen Begleitern den Laden verließ, rief er uns zu: »Firma dankt!«

Gas

Betrübt und leer wanderte ich am Abend durch die Stadt. Die Bilder des Tages tanzten vor meinen Augen und es fiel mir schwer, sie in eine stimmige Ordnung zu bringen. Glühwürmchen schwirrten in Vorgärten und durchzogen die Straße mit einem Band aus hellen Punkten. Als ich in meine Straße einbog, sah ich eine junge Frau unter einer Laterne stehen. Sie trat aus dem Lichtkegel heraus und ging ein paar Schritte auf mich zu. »Müde siehst du aus«, sagte sie und biss sich auf die Unterlippe. »Aber irgendwie auch gut.«

Mein Magen zog sich zusammen wie ein geplatzter Luftballon. Meine Hände zitterten. Ich stammelte: »Guten Abend, Eva.«

»Horst, ich weiß jetzt, warum du dich so komisch verhalten hast – Papa hat es erzählt.«

Ich schluckte. Die Äste eines Kirschbaums raschelten im Wind, der Mond erleuchtete Evas Gesicht. Ich betrachtete den kleinen Leberfleck auf ihrer Wange. »Er glaubt, dass Ferdinand hinter dem Überfall von Adolf und Giselher steckt. Dass er die beiden auf dich angesetzt hat.« Sie strich sich eine Haarsträhne aus dem Gesicht. »Aber das ist doch Quatsch.«

Eva blickte einem Kater hinterher, der über den Bürgersteig streunte. Dann sagte sie: »Stell dir vor: Adolf und Giselher haben uns besucht. Papa hat Cognac bekommen, ich Blumen. Sie haben sich bei uns entschuldigt.«

Ein Eichhörnchen stürzte kopfüber einen Baumstamm hinab. Aus dem offenen Schlafzimmerfenster eines Hauses drang gedämpftes Gekicher.

»Und überhaupt, das Ganze war bestimmt bloß ein Spaß. Adolf und Giselher sind doch nett.«

Ich hielt Eva den Mund zu.

Dann küsste ich sie.

Zum ersten Mal.

Deutsch

»Lasst es euch schmecken, Männer, ihr habt es euch verdient!« Der Zirkusdirektor erhob sein Glas, er wurde feierlich: »Um ein Haar wäre heute eine Tragödie passiert: Mein größter Schatz wollte ausbüxen. Wenn ihr nicht zur Stelle gewesen wärt, hätte unser Zirkus seine größte Attraktion verloren – und jetzt schaut sie euch an!«

Stolz wies er mit der Hand auf die kastanienbraune Stute, die eben noch das Publikum mit ihren Bewegungen entzückt hatte. Sie lag weich und zufrieden auf einem Perserteppich. Eilfertige Stallburschen wuselten um sie herum. Während man uns zuprostete und mit Applaus bedachte, ließ ich meinen Blick über die farbenfrohe Szenerie schweifen: Wir saßen in einem großen, halboffenen Zelt. Um uns herum war die gesamte Zirkusgemeinde versammelt, in der Mitte loderte ein Feuer. Frauen mit Kopftüchern servierten exotische Speisen: Fleischbällchen in Zuckersirup, Taubenkeulen auf kandierten Datteln, Hühnchen in Vanillesoße, gegrillte Schafsköpfe am Spieß. Als Beilagen reichte man uns verschiedene Brotsorten, süßen Reispudding, gebackene Granatäpfel und Gemüsepasten. Zu trinken gab es vergorene Stutenmilch und tiefschwarzen Kaffee. Alles schmeckte hervorragend, auch wenn viele Gewürze für unsere Gaumen ungewohnt waren.

Nachdem das üppige Mahl vorbei war, ließen wir uns in weiche Kissen fallen und knabberten Speck im Schokoladenmantel. Dazu wurde Kartoffelschnaps gereicht. Man sprach Deutsch: Der Direktor, die Artisten, die Bediensteten. Trotzdem erahnten wir hinter jedem vertrauten Wort, das durch die rauchige Luft gerufen wurde, eine fremde Sprache, eine fremde Kultur. »Keiner hier ist Deutscher«, klärte uns der Direktor auf. »Aber Deutsch ist unsere Verkehrssprache.«

Er zeigte auf die drei Burschen, die am Mittag der schönen Stute hinterher gelaufen waren. »Hallo«, und: »Guten Abend«, riefen sie uns zu.

»Ich selbst stamme aus Italien«, fuhr der Direktor fort. »Aufgewachsen bin ich in einer kleinen Hafenstadt.« Verträumt kratzte er sich den Bauch. »Nun ja, wir sind ein ziemlich bunter Haufen – ich sollte euch ein paar meiner Lieben vorstellen.«

Er deutete auf den schwarzen Mann, der verträumt an einem Schafskopf nagte. »Da vorn sitzt Herr Utomba, er kommt aus dem Kongo. Er hat eine schreckliche Reise hinter sich und ist der gebildetste Mann in unserer Truppe.«

Herr Utomba blickte verlegen auf und schüttelte den Kopf: »Nein, nein, Herr Direktor«, rief er mit dunkler Stimme. »Das ist zu viel der guten Rede. Mit Verlaub!« Er blickte kurz auf, dann verbiss er sich in die Wangenknochen des Wiederkäuers.

Der Direktor lachte.

»Und dort ist Jonne Turkka.« Er zeigte auf den Fettsack, der uns freundlich zulächelte und zwei Maisklöße in seine Wangentaschen versenkte. »Jonne ist Finne. Er angelt gern und spricht kaum.«

Jonne grunzte zustimmend. Unmittelbar neben Jonne hatte man den Mann ohne Gliedmaßen aufgebahrt. Er lag weich auf einem Kissen und wurde von der bärtigen Dame versorgt, ein frischer, großflächiger Verband ließ ihn wie eine Mumie aussehen. Der Direktor blickte ihn besorgt an. Er seufzte. »Dieser feine Mann heißt Piotr. Er stammt aus Polen. Piotr ist unser Pechvogel.«

Durch einen Schlitz im Verband schaute uns Piotr traurig an. »Als er vor Jahren zu uns stieß, war er ein umjubelter Hochseilartist. Doch dann ...« Piotr stöhnte laut, der Direktor wechselte das Thema. »Neben Piotr sitzt die schöne Carmen, Carmen aus Cordoba!« Wir nickten der schönen Carmen höflich zu – sie zupfte griesgrämig ihren Bart. Mit zusammengekniffenen Augen musterte sie uns, als ahnte sie, was der Direktor als Nächstes ausplaudern würde.

»Carmen wurde in ihrer Heimat für ihren Liebreiz verehrt, die feurigsten Stierkämpfer hielten um ihre Hand an. Bis zu ihrer Krankheit.«

Ich schluckte.

Erwin hustete.

Dimitrij kicherte.

Der Direktor ging in Deckung. Gerade noch rechtzeitig, um dem silbernen Teller auszuweichen, den uns die schöne Carmen entgegen schleuderte. Der Teller traf Dimitrij mitten im Gesicht. Er jaulte und hielt sich die blutende Nase. Stolz warf Carmen ihren Kopf in den Nacken, klemmte sich Piotr unter den Arm und ging. Als die beiden das Zelt verlassen hatten, traten der Messerwerfer und seine Begleitung in die Runde. Er trug eine Wasserpfeife, sie einen Pelzmantel – ihr Mund war geschminkt und geräumig.

Schweif

Das Feuer knisterte, es wurde warm unter dem Zeltdach. Die kokette Helferin des Messerwerfers, die uns als Mademoiselle Elena vorgestellt wurde, zerbröselte grünes Kraut in ein kleines Töpfchen aus Bimsstein. Als es randvoll gefüllt war, seufzte sie und steckte es auf die Wasserpfeife. Dimitrij und Erwin, in deren Mitte sie saß, schauten gebannt zu. Mit der rechten Hand fuhr sie unter ihren Pelzmantel und zog ein kleines Fläschchen hervor. Eilig biss sie auf dessen Verschlusskappe, um es mit Daumen und Zeigefinger aufzudrehen.

Eine ölige Flüssigkeit perlte auf Elenas Lippen, als ihre Zunge das Mundstück der Pfeife umfuhr. Unruhig rutschte Erwin hin und her, Dimitrij lief Schweiß in die frische Wunde.

Elena schaute die beiden mit großen Augen an, dabei leckte sie sich die Handflächen. Monsieur Ledoux, so hieß der Messerwerfer, warf ihr einen bösen Blick zu.

Er senkte den Kopf.

Sein Atem ging schwer.

Endlich befeuerte das französische Fräulein die Pfeife.

Lang und tief sog sie am Mundstück, ihr Blick wurde seidig, ihr Pelzmantel öffnete sich.

Monsieur Ledoux raufte sich die Haare.

Er murmelte ein paar Worte auf Französisch, rupfte seinen Backenbart und verließ das Zelt. Unterdessen hatte die Helferin einen weiteren Sog aus der Pfeife genommen, sie be-feuchtete das Mundstück und drückte es mir in die Hand. Da ich nicht recht wusste, was ich mit dem orientalischen Rauchwerkzeug anstellen sollte, beugte sie sich zu mir. Ohne es zu wollen, fiel mein Blick auf die nackte Haut unter ihrem Pelzmantel –

Schwaden schweren Parfüms umspielten mich. Elena er-klärte mir die Pfeife: »Oh, es ist eigentlich ganz einfach«, hauchte sie mir ins Ohr. »Wichtig ist bloß das Mundstück. Du fasst es vorsichtig am Schaft an und führst es zwischen die Lippen. Nun musst du bloß noch saugen.«

Ich tat wie befohlen.

»Siehst du«, kicherte sie, »das Kraut glüht schon.«

Dichter Rauch sammelte sich im Pfeifenbauch. Sie begann zu zählen: »Eins, zwei ...«

Dann zog sie einen Korken.

»Drei!«

Ich inhalierte die volle Ladung.

Fettwürziger Rauch schoss in meine Lungenflügel und drang vor bis in die letzten Verästelungen meiner Bronchi-en. Es kratzte und bumste gewaltig. »Oh«, röchelte ich. Dann begann ich zu husten. Erschöpft kippte ich nach hin-ten.

Mit einem Mal schmeckte die Musik im Zelt komisch. Wie gebackene Kastanien mit Himbeerschmalz. Die einzelnen Töne drückten auf meiner Zunge, tanzten durch meinen

Kopf und hinterließen einen süßlichen Film auf meinem Trommelfell. Ich stupste Erwin an. Sein Riesenkopf thronte auf einem winzigen Körper, wie eine Wassermelone auf einer Filzlaus. »Erwin, ich kann mit den Ohren schmecken.« Die Melone antwortete nicht, sondern verwandelte sich in einen Medizinball und hüpfte davon. Der Platz neben mir war jetzt unbesetzt. Doch nicht lange: Elena kam herübergeritten – auf einem kleinen Bären. Splitterfasernackt. Sie duftete nach Waldwiese und frisch geschlagenem Holz. »Liebling«, hauchte sie mich an, »möchtest du mich küssen?«

Sie kicherte.

Bevor ich antworten konnte, riss Dimitrij an meiner Schulter. Ich blickte ihn an: Sein pummeliges Gesicht war zu einem knautschigen Ballon aufgeblasen. Er hob den Zeigefinger: »Achtung, Horst: Je kleiner das Dorf, desto bissiger die Hunde.«

Er zeigte auf Elena, die sich mittlerweile als Ringelnatter an mir empor schlängelte und langsam in meinem Hemdkragen verschwand. Dann war sie weg. Erregt döste ich ein.

Als ich aufwachte, hörte ich Hans wiehern. »Hans«, rief ich erfreut. Doch der alte Klepper hatte keine Augen für mich. Er lag entspannt auf einem Perserteppich und knabberte am Ohr der schönen Stute. Eine Hufe hatte er schützend um ihren Hals gelegt. Sie räkelte sich zufrieden. Hans stupste mit seinen Nüstern über ihren glänzenden Hals und schnaubte in die Nachtluft. Die Schweife der beiden Huftiere hatten sich vereinigt.

Ich war entzückt – und klar bei Sinnen.

Rakete

Vielleicht hätte man die Gefahr frühzeitig erkennen können. Auf einem angrenzenden Feld, dicht neben den turtelnden Pferden, stellte ein chinesischer Tierpfleger eine Waschwanne ab. In ihr kramte er eine Weile. Schließlich zog er drei Stäbe hervor, an deren Enden etwas befestigt war, das mich an die Köpfe von Sonnenblumen erinnerte. Behutsam pflanzte der Chinese die Stäbe in die Erde. Dann führte er ein Streichholz an eine Zündschnur, die alle Stäbe miteinander verband.

Es zischelte.

Der Reihe nach begannen die Sonnenblumenköpfe zu rotieren, wobei sie bunte Schweife hinter sich herzogen. »Ah!«, und »Oh!«, rief das Publikum und spendete Applaus – das hätte es besser unterlassen, denn der Ehrgeiz des Tierpflegers war nun angestachelt. Die Augen des drahtigen Mannes funkelten, seine Brust schwoll an.

Während die Feuerblumen vor dem Nachthimmel drehten, lief er zur Wanne, wühlte und kramte – noch bevor die speienden Blumen erloschen waren, hatte er neues Feuerwerk in Stellung gebracht: Vier große Sprengkörper standen bereit und warteten darauf, gezündet zu werden. Der Chinese schnappte sich eine Fackel und senkte den Arm – das Ergebnis war eine gleißende und knallende Feuerfontäne, deren Funken über die Zeltdecke schossen.

In das Klatschen mischten sich erste Hilferufe.

Der Mann aus China war nicht mehr zu stoppen. Aus einem Nebenzelt schleppte er mannshohe Raketen heran, die er schnaufend in die Erde rammte – spätestens jetzt hätte ihn jemand auf die Fahrlässigkeit seines Tuns hinweisen sollen. Doch ungehindert verknotete der Chinese ihre Lunten und entzündete sie. Seine Gesichtsmuskeln zitterten. Entgeistert starrten wir ihn an – wie die Bürger von Pompeji vor dem Ascheregen. Langsam fraßen sich Funkenbälle die Zündschnüre entlang und erreichten die Brennkammern der Raketen.

Es herrschte Totenstille.

Nichts passierte.

Enttäuscht stand der Chinese im Mondlicht. Er ruckelte am Feuerwerk.

Einige Frauen seufzten erleichtert.

Einige Männer lachten gehässig.

Dann sahen wir kleine Rauchwölkchen.

Die Raketen schossen in den Nachthimmel. Sie zogen majestätische Schweife hinter sich her, die die Erde hell erleuchteten. Am Scheitelpunkt ihrer Flugbahn glühten sie auf und nahmen Kurs auf die Zirkusgemeinde. Sekunden später wurde unsere Deckenplane durchschlagen und das Zelt in Brand gesetzt.

Nun ging alles sehr schnell.

Noch während wir panisch aufsprangen, gingen zwei Raketen auf die Stallungen nieder. Das Getöse, Gewieher und

Gebrüll waren enorm. Bald darauf prasselten Feuerkugeln gegen das Hauptzelt des Zirkus »Parada«: Es brach zusammen und brannte lichterloh.

*

Keine Viertelstunde später hatten sich Mensch und Tier in sicherer Entfernung um ein Flammenmeer versammelt. In stiller Schockstarre beobachtete man, wie das Feuer Planwagen und Holzkäfige vernichtete, übrig blieben nur Erinnerungen. Der Direktor, der neben uns stand, wischte sich die Augen. Der Fellmann, dessen Haarpracht in der Hitze niedergesengt worden war, stand mutig am Rand der Feuersbrunst. Immer wieder reckte er eine Faust und brüllte unartikulierte Laute in die Flammen. Dann drehte er sich um. Er füllte einen Becher mit Kartoffelschnaps.

Narkose

Der Lastkraftwagen kam um halb elf. Ein halbes Dutzend braun Uniformierter sprang von der Ladefläche. Zwei der Burschen rüttelten an der Tür des Krämerladens, während die anderen ihre Nasen an das Schaufenster drückten. Unwirsch schloss Frau Dornmüller auf. Eilig drängelte sich das Rudel junger Männer in den Verkaufsraum und beäugte die Waren. Der Älteste unter ihnen verschaffte sich Platz. Als Begrüßung warf er einen Arm in die Luft. Dann entrollte er eine Liste. Er blickte Frau Dornmüller an und rief: »Gnädige Frau, im Namen der Gauleitung informiere ich Sie, dass der Abtransport der beschlagnahmten Güter jetzt durchgeführt wird!«

Blaue Äderchen zeichneten sich auf seiner Schläfe ab, seine Stirn war mit Schweiß überzogen. Frau Dornmüller schaute ihn mit überkreuzten Armen an.

»Freundchen, du brauchst nicht zu brüllen.« Sie wandte sich an den ganzen Haufen: »Tut, was ihr tun müsst. Aber wehe, ihr nehmt auch nur einen Krümel mehr mit, als auf eurer albernen Liste steht.«

Sie blickte dem Anführer tief in die Augen. Er schluckte. Hastig keifte er seine Mitläufer an: »Glotzt nicht so blöd, ihr Affen! Räumt den Wagen voll!«

Sie machten sich ans Werk. Kisten wurden entleert, Regalböden geplündert, Schubladen durchwühlt. In Säcken trugen sie die Waren hinaus in den Lastkraftwagen.

Während Frau Dornmüller das Geschehen besorgt verfolg-te, lachte der Anführer und steckte sich eine Zigarette an.

»Zum Glück bekommt Papa das nicht mit«, flüsterte mir Lucie ins Ohr. Ich nickte. Als ich am Morgen in den Laden gekommen war, hatte Herr Dornmüller auf einem Schemel gesessen, mit einer Flasche Kornbrand in der Hand. Er hat-te Löcher in die Luft gestarrt und getrunken. Später hatte er sich wortlos in den Lagerraum verzogen und war auf einer Pritsche eingeschlafen.

Nun bollerte es an der Tür.

Franz Dornmüller betrat den Verkaufsraum. Er torkelte ei-nem uniformierten Burschen entgegen, der sich gerade mit französischer Seife eindeckte. Er gab ihm eine Ohrfeige. Ei-nem anderen, der in einer Kiste mit Äpfeln herumwühlte, schlug er zwischen die Rippen. Aufgeregt rief er: »Ihr Blö-dels! Ihr Schweinepriester! Wie könnt ihr es wagen?«

Die Burschen schauten sich an, dann gingen sie auf Herrn Dornmüller los. Frau Dornmüller kreischte und wollte sich schützend vor ihren Mann stellen, doch viele Arme hielten sie zurück. Auch ich konnte bloß noch zuschauen, wie Herr Dornmüller zwei Hiebe verpasst bekam und zu Boden sank. Wenig später heulte der Motor des Lastkraftwagens auf.

Mittags standen Lucie und ich in einem riesigen Durchein-ander: Schubladen und Türen waren aufgerissen, Regalbö-den hingen schief in ihrer Verankerung, Waren und Le-bensmittel lagen verstreut herum. Ein Stockwerk höher kümmerte sich Frau Dornmüller um ihren Mann, den wir mit vereinten Kräften ins Bett getragen hatten. Im Verkaufsraum war die Luft heiß und staubig. Wortlos machten wir uns an die Arbeit.

Silber

Das Lager war von einer seltsamen Stimmung ergriffen. Obwohl die Flammen immer noch zwischen den Wohnwagen und Zelten brausten, schienen sich die Zirkusleute mit der Katastrophe abgefunden zu haben. Sie setzten sich ins Gras und blickten ergeben auf das Feuer. Eine Frau begann zu singen, die anderen stimmten mit ein – ich fühlte mich eins mit der Welt, eins mit dem Universum.

Es war Hans, der die Gemeinschaft aufhorchen ließ. Er hatte es geschafft, einen Wagen vor dem Feuer zu retten. Seine Brustmuskeln stachen hervor, während er das Gespann heranzog und in unserer Mitte abstellte. Die Zirkusleute hörten auf zu singen. Sie klatschten: Auf der Ladefläche des Wagens türmten sich Lebensmittel und Spirituosen. Dimitrij lief heran, befreite Hans vom Zaumzeug und verteilte Schnapsflaschen. Mein Blick fiel auf die schöne Stute. Sie stand etwas abseits und schickte Hans auffordernde Blicke entgegen. Hans verstand. Er wirkte um Jahre verjüngt. Er blies durch seine Nüstern und wies der schönen Stute den Weg in die Nacht. Sein borstiger Schweif war das Letzte, was wir von ihm sahen.

Der Zirkusdirektor zog etwas aus seiner Hosentasche. »Horst«, sagte er, »nichts ist, wie es war. Mein Leben hat eine Kehrtwende erfahren.«

Er wiegte ein Stück Metall in seiner Hand. »So wie die Dinge stehen, werde ich nach Amerika fahren, um meinem Vetter beim Likörhandel unter die Arme zu greifen.«

Ich sah ihn betreten an. »Eigentlich«, so fuhr er fort, »wollte ich im Winter nach Deutschland reisen, um in Hamburg Zeltstoff zu kaufen, doch das ist nun nicht mehr nötig.«

Der letzte Pfeiler des Hauptzelts krachte mit wummerndem Geräusch auf die Erde. Funken stoben, Pferde wieherten, Frauen seufzten in Männerarmen.

»Horst«, sagte der Direktor mit glänzenden Augen, »ich habe keinen Grund, traurig zu sein. Alles hat einen Sinn, alles eine Bewandtnis. Ich wusste, es käme anders, als ich heute dein Gesicht sah.«

»Was? Wieso?«

»Hör zu, Horst«, sagte der Direktor ruhig. »Vor einigen Wochen habe ich ein junges Fräulein getroffen. In einem Lazarett. Sie kümmerte sich hingebungsvoll um Piotr, der sich arge Schnittwunden zugezogen hatte. Im Gespräch erfuhr sie von meinen Plänen, nach Deutschland zu reisen. Sie gab mir ein Amulett.«

Er krümmte seine Hand zu einer Faust. »Horst, ich glaube nicht an Zufälle. Ich glaube an Schicksal.«

Zögerlich entspannten sich seine Finger. In seiner Hand lag ein Schmuckstück aus Silber. Der Direktor atmete aus: »Das hier gehört wohl dir.«

Affe

Rot schien die Abendsonne in den Verkaufsraum, als wir endlich die Verwüstung im Kaufmannsladen behoben hatten. Die Auslagen waren wiederhergestellt, die übrig gebliebenen Waren einsortiert. Lucie holte einen Wischeimer mit Seifenlauge. Sie machte sich ans Werk und schrubbte die geölten Holzdielen.

Kniend.

Während ich damit beschäftigt war, ein Regal mithilfe von Schrauben und Holzleim zu reparieren, betrachtete ich Lucie: In katzenhafter Stellung rutschte sie über den Boden und rieb den gefalteten Feudel. Ihre Augen blickten ernst, eine Haarsträhne, die sich aus ihrem geflochtenen Haar gelöst hatte, wippte im Takt ihrer Bewegung. Sie sah sehr schön aus. Als Lucie bemerkte, dass ich sie anstarrte, erhob sie sich und rückte ihre Schürze zurecht. »Na, willst du Maulaffen feilhalten?«

Sie ging auf mich zu, verlor das Gleichgewicht und drohte aufs seifige Parkett zu fallen. Sofort hechtete ich ihr entgegen, um sie vor einem Sturz zwischen Fischkonserven und Dauerwurst zu bewahren – doch als ich sie im Arm hielt, fand auch ich keinen Halt mehr.

Rutschend und rudernd ging ich zu Boden und zog Lucie mit.

Sie kreischte.

Dann lag sie auf mir.

Ihre Beine umspannten meine Oberschenkel.

Ihre Hände berührten meine Schultern.

Lucie schloss die Augen und öffnete den Mund –

Die Klingel der Ladentür riss uns auseinander. Mit gedehnten Hälsen starrten wir in den Eingangsbereich. Zunächst sah ich bloß ein Paar knöchelhoher Damenschuhe, dann einen dunkelblauen Rock und eine weiße Rüschenbluse.

Dann das Gesicht der Kundin.

Wortlos verließ Eva den Laden.

Hase

Hans zog kraftvoll am Karren, der tiefe Spuren im feuchten Grund hinterließ. Wir kamen gut voran. Seitdem wir uns im Morgenrot von der Zirkustruppe verabschiedet hatten, stampften die Hufe des alten Kleppers unermüdlich über das schwere Geläuf. Sein Fell glänzte vor Schweiß. Ab und an wieherte Hans und steigerte das Tempo, so als durchlebte er noch einmal die schönsten Momente der letzten Nacht. Gegen Mittag erschlaffte sein Schwung. Er blieb stehen, um ein paar Pferdeäpfel aus seinem Hintern zu quälen – der Dung dampfte, wir setzten unsere Fahrt durch den grauen Tag fort. Nebelschwaden zogen immer dichter an uns vorbei.

Am Nachmittag erreichten wir einen Wald. Ein Hase kreuzte unseren Weg. Dimitrij zog am Zügel und stoppte den Wagen. Der Wind rauschte, in der Ferne hörten wir heiseres Vogelkreischen. Ich blickte nach vorn: Schwarze Erlen buckelten unter knorrigen Eichen, modriger Pilzgeruch verfing sich in unseren Nasen. Dimitrij spannte seine Augenbrauen, sagte aber nichts. Er schüttelte bloß den Kopf.

»Dimitrij«, blökte Erwin. »Was ist los?«

Dimitrijs Kopf drehte nach allen Seiten. Er murmelte: »Komisch ... seltsam ... gar nicht gut.« Ungeduldig klopfte Erwin aufs Holz: »Nun sag schon.« Der Bauersmann krümmte die Hand, flüsterte: »Hier sollte kein Wald sein.« Erwin nahm seine Filzkappe ab: »Was soll das heißen?«

Dimitrij wurde hektisch, rieb sich durchs Gesicht und rief: »Wir dürfen da nicht durch. Ganz bestimmt nicht! Habt ihr denn nicht den Hasen bemerkt? Lasst uns umkehren!«

Erwin schaute Dimitrij belustigt an: »Sag bloß, du hast Schiss vor einem Hasen und ein paar Bäumen.«

»Aber nein«, erwiderte Dimitrij. Mehr zu sich selbst als zu uns sprach er: »Das alles sind Vorzeichen, dunkle Vorzeichen. Man erzählt sich viele Geschichten über diesen Landstrich. Eigenartige Geschichten.«

Er schaute uns mit großen Augen an: »Ich fahre nicht durch den Wald.«

Erwin stutzte. Dann lachte er: »Papperlapapp! Wenn du nicht willst, dann lenke ich eben. Das wäre doch gelacht.«

Wir packten Dimitrij und hievten ihn nach hinten. Der Königsberger Völkerkundler griff die Zügel, ich setzte mich neben ihn. Als wir den Waldrand passierten, drehte ich mich um: Dimitrij kauerte auf der Ladefläche. Seine Augen waren groß wie Schlagbälle. Er rammte sich eine Schnapsflasche in den Hals.

Am Waldrand erwartete uns ein Trampelpfad. Er war so schmal, dass Zweige und Ranken in unsere Gesichter drückten. Schweres Geäst verdeckte den Himmel. Je weiter wir in den Wald vordrangen, desto breiter und bequemer wurde der Weg. Zwei Elstern, die von Baumwipfel zu Baumwipfel hüpften, begleiteten uns, sie sangen mit abgehackter Stimme. Irgendwann wurde es hell, die Sonne be-

175

schien die Pilzkappen am Wegesrand. Dimitrij lag verhüllt unter Kartoffelsäcken und schnarchte. Hin und wieder zuckte er unruhig, als ob er schlecht träumte.

Auf einer Lichtung machten wir Rast. Erwin und ich saßen im Moos und kauten trockenes Brot, das uns die Zirkusleute mitgegeben hatten. Mit einem Mal hörten wir das Plätschern eines Baches. Erwin stupste mich an: »Horst, magst du Fisch?«

Ich nickte.

Wir trennten einen Kartoffelsack auf, banden seine Fäden um Haselnussruten und verknoteten an ihren Enden zwei rostige Nägel, die wir aus Dimitrijs Karren gezogen hatten. Dann buddelten wir im Waldboden nach Regenwürmern, um sie auf die Nägel zu spießen. Gut gelaunt marschierten wir zum Bach. Er war nicht breiter als sechs Fuß, trotzdem konnten wir nicht durch die dunkle Wasseroberfläche schauen. Wir warfen unsere Angeln aus.

Es dauerte nicht lange und zwei Fische bissen an. Wir zogen sie heraus und begutachteten sie: Es waren Flussbarsche, deren Brust- und Bauchflossen rötlich leuchteten. Ihre Schuppen schimmerten grün. Stumm schauten uns die Fische an, öffneten mechanisch ihre Mäuler. Sie wehrten sich nicht, als wir ihre Köpfe auf einem Stein zertrümmerten.

Milch

Am Morgen danach lief ich durch die Straßen unserer Kleinstadt – und wie ich so einen Fuß vor den nächsten setzte, kam es mir vor, als watete ich durch die Ruinen meines Glücks. Die Gedanken in meinem Kopf fuhren Karussell, in meinen Knochen steckte die Müdigkeit einer durchwachten Nacht. Ich blieb stehen und legte den Kopf in den Nacken. Obwohl der Morgennebel noch schwer in den Baumkronen hing, war zu spüren, dass es ein knallheißer Hochsommertag werden würde, Brummen und wuseln überall. Fensterläden wurden geöffnet, Frauen summten Lieder, Katzen tollten in Vorgärten.

Ich wollte kotzen.

Mir blieb noch Zeit, denn der Kaufmannsladen der Dornmüllers sollte erst um neun Uhr geöffnet werden. Ich bog um die Ecke und rannte in Evas Vater.

»Junge, du hast es aber eilig – tüchtig, tüchtig.« Er blickte mich an. »Aber lass dich bloß nicht hetzen! Denn mit der Zeit ist es so eine Sache: Du kannst sie weder sparen, noch gewinnen oder verlieren.« Der Professor machte eine Pause. »Aber du kannst sie sehr wohl verschwenden.« Er zog an der Kette seiner Taschenuhr, die er mir zum Beweis ins Gesicht hielt. »Horst, Uhren sind Zeitmessgeräte, oder?«

Ich war verwirrt – überrumpelt von der raschen Gedankenfolge des Professors. Deshalb nickte ich bloß und war prompt in die Falle getappt: »Falsch, Horst!« Mit erhobenem Zeigefinger klärte er mich auf: »Uhren messen gar nichts. Sie können allenfalls den unendlichen Fluss der Zeit in zählbare Abschnitte zerhacken und am Ziffernblatt sichtbar zusammenzählen.«

Ich kam nicht dazu, ihm zu antworten, denn im selben Moment senkte der Professor die Stimme, er klang jetzt verschwörerisch: »Junge, der Kirschbaum in unserem Garten muss abgeerntet werden. Komm doch am Samstagnachmittag vorbei.«

Fisch

Mein Barsch schmeckte seifig. Sein Geruch war herb. Während ich kaute, hatte ich das Gefühl, als windete er sich in meinem Mund. Das Licht war fahl, der Tag ging zu Ende, über meiner Zunge lag ein pelziger Schleier.

Erwin schob einen borkigen Ast ins Lagerfeuer, das geschwind aufloderte und Funken stob. Hans lag neben uns, sein Maul sank in einen Sack Hafer. Feuchte Kälte zog mir das Hosenbein hoch. Ich rieb mir die Oberarme. »Hier«, sagte Erwin, köpfte eine Flasche Kartoffelschnaps und hielt sie mir unter die Nase: »Nimm einen Schluck, das hilft gegen die Kälte.«

Ich lehnte mich zurück und befühlte das silberne Amulett, das mir der Zirkusdirektor gegeben hatte. Dann schaute ich zu Erwin, der regungslos in die Luft starrte. Sein Gesicht flackerte im Schein der Flammen. Erwin öffnete den Mund. Ich erschrak.

Zwischen Erwins Kiefern wand sich ein Barsch. Der Fisch schob seinen Kopf ins Freie und blinzelte mich an. In diesem Augenblick fiel ich in einen traumlosen Schlaf.

Als ich meine Augen aufmachte, brannte das Feuer nur noch spärlich. Dimitrij rüttelte an meiner Schulter. Heftig und wild. Sein Atem formte eine Dunstglocke um seinen Kopf. Dimitrij war erregt.

Er brüllte uns an.

Doch leider verstand ich ihn nicht.

Er zeigte nach oben, er zeigte nach unten. Er zeigte nach links, er zeigte nach rechts. Dann setzte er sich und bollerte auf die Erde. Dazu plapperte er unverständliches Zeug. Erwin und ich schauten uns verständnislos an. Da wir keine Ahnung hatten, was wir Dimitrij antworten sollten, hielten wir einfach die Klappe.

Dimitrij zitterte und stöhnte.

Schließlich warf er Decken und Ausrüstung auf den Karren.

»Moment«, rief Erwin und richtete sich auf.

Im selben Augenblick wurde es lebendig auf der Lichtung. Erwin, der mit dem Rücken zum Waldrand stand, merkte davon nichts. Er hatte Dimitrijs Ärmel umfasst, dessen Gesichtsfarbe weiß wie Hammelfett wurde. Während Dimitrijs Blick starr auf dem Waldrand haftete, zogen sich seine Pupillen zusammen. Erwin schürzte die Lippen. Besorgt fragte er: »Dimitrij, was ist los mit dir?«

Unterdessen kamen die Männer mit den Äxten immer näher.

Stachelbeere

Am Samstag stand ich mit trockenem Mund vor dem Haus des Professors. Ich hielt einen Strauß Kornblumen in meinen schwitzigen Händen. Schließlich holte ich tief Luft und klopfte. Ewigkeiten später ging die Tür auf – es war nicht Eva, die mir öffnete. Es war ihr Vater. Er blickte an mir herunter: »Heiliges Kanonenrohr, da hat sich aber einer fein gemacht für die Kirschernte!«

Er grinste. »Du kannst die Schuhe anbehalten – geh außen rum, durch die Pforte, ich komme gleich nach.« Er war fast verschwunden, da drehte er sich noch einmal um. »O wie schön: Blumen. Die kannst du mir geben.«

Er schnappte den Strauß und knallte die Tür zu. Verdattert taperte ich zur Holzpforte. Ich öffnete sie zögerlich.

Von Eva war nichts zu sehen. Mit flauem Magen durchquerte ich den Garten, wo im hinteren Teil der Kirschbaum dicke Wurzeln geschlagen hatte. Der kleine Weg dorthin, der durch eine gepflegte Rasenfläche führte, war von Stiefmütterchen und Ringelblumen gesäumt. Mein Herz schlug schneller, als ich die Wäscheleine erblickte, auf der Evas Schürze im Wind flatterte. Ich ging an Johannisbeersträuchern und Zierkohlbeeten vorbei. Wenig später hatte ich den Kirschbaum erreicht. Mit einem Mal stand der Professor hinter mir. Er drückte mir einen Zinkeimer in die Hand: »Nun mal los, mein Lieber. Bis auf die Lücken kannst du alles pflücken.«

Er deutete auf eine Leiter: »Hopp, hopp, hinauf!"
Ich erklomm die Sprossen und legte los.

Nach zwei Stunden machte ich eine Pause. Seufzend sank ich in eine Astgabel, ließ meine Beine baumeln und schob mir eine Kirsche in den Mund. Mein Zinkeimer schaukelte träge vor sich hin, da hörte ich ein helles Lachen: Eva.

In ihrem Sonntagskleid lief sie auf die Terrasse und deckte die Kaffeetafel, ihre bloßen Füße trippelten flink über die Bohlen, sorgfältig arrangierte sie Platzdecken und Porzellan. Dann lief sie ins Haus. Als sie zurückkehrte, hatte sie Hackenschuhe an und stellte einen Erdbeerkuchen auf den Tisch. Und eine Obstschale. Aufgeregt hastete ich die Leiter hinab.

Ich war fast unten, da bremste ich scharf. Auf der Terrasse hatte Eva Gesellschaft bekommen: Ferdinand von Falkenstein. Seine geschwungene Nase leuchtete hell im Sommerlicht. Mit leichter Verbeugung stand er vor Eva und überreichte ihr einen Blumenstrauß. Um nicht entdeckt zu werden, kletterte ich zurück in die Krone des Kirschbaums. Dort saß ich, gefangen und Kirschkerne kauend, während Eva und Ferdinand Erdbeerkuchen aßen und an Stachelbeeren lutschten.

Tropfen

Erwin schüttelte Dimitrij am Hemdkragen.

»Mann, Dimitrij, sag endlich, was los ist!«

Dimitrijs Hautfarbe änderte sich von leichenblass zu puterrot – als hätte er eine Gräte im Hals. »Erwin, seit wann sprichst du ...«

»Erwin«, unterbrach ich ihn und machte mit dem Daumen ein Zeichen in Richtung Waldrand. »Wir bekommen Besuch.« Jetzt war ich es, den Dimitrij ungläubig anstierte.

»Horst, du auch?«

»Seid gegrüßt in unserem Wald«, rief der Anführer der zehnköpfigen Mannschaft, die uns gerade erreicht hatte. Er und seine Kumpanen trugen Äxte auf ihren Schultern, offensichtlich waren sie Holzfäller.

»Mein Name ist Alexej Russkow – und das hier ist meine Bande.«

Stolz zeigte er auf die umherstehenden Männer, die zähneknirschend vor uns standen. Einige befühlten mit dem Daumen die Schnittkanten ihrer Äxte. Sie sahen übellaunig und übernächtigt aus.

Russkow war ein kräftiger Mann von großem Wuchs, er mochte wohl um die dreißig Jahre alt sein. Allerdings passten seine Augen nicht zu seinem kernigen Erscheinungsbild: Abgezehrt und müde starrten sie uns an. Doch der Bass seiner Stimme dröhnte satt und furchteinflößend: »Ihr habt Fische aus unserem Bach gegessen, ihr habt Holz aus unserem Wald verfeuert – dafür müsst ihr bezahlen.« Erwin riss die Augenbrauen hoch, er versuchte sich einen Reim auf die Situation zu machen. »Wir haben kein Geld.«

Alexej Russkow guckte überrascht. Dann brach er in Gelächter aus, auch seine Männer hielten sich die Bäuche. Als sie sich beruhigt hatten, wischte Russkow seine Augen. Er stützte sich auf den Stiel seiner Axt.

»Wir wollen euer Geld nicht – wir wollen euer Leben.«

Erwin zuckte zusammen, Dimitrij klapperte mit den Zähnen. Ich schielte unserem Wagen entgegen, wo unsere Waffen lagerten. Russkow schien meine Blicke richtig gedeutet zu haben: »Was auch immer du auf dem Wagen suchst: Vergiss es, es bleibt dort.« Ich nickte betreten.

Der Kreis der Axtmänner wurde enger, Russkow sprach sehr leise: »Lange haben wir auf euch gewartet, nun ist es soweit: Ihr sollt für uns Fische angeln und Holz fällen – und wenn ihr euch nicht allzu dumm anstellt, geht es gut aus.«

»Und wenn nicht?«, fragte Dimitrij mit angsterfüllter Stimme.

»Wenn nicht?« Russkow fuhr mit den Fingern über die stupfe Seite seiner Axt. Er lachte bitter. »Wenn nicht, dann schlagen wir eure Köpfe zu Brei.«

Die Nacht war sternenklar, der Wald rauschte leise. Alexej Russkow griff in einen Leinenbeutel, der mit einem Band an seiner Schulter befestigt war. »Doch bevor es losgeht«, rief er, »trinkt mit uns!«

Er reckte eine Schnapsflasche in die Luft, die hell im Mondlicht leuchtete. Hastig griff Dimitrij zu. Unter dem aufmunternden Klatschen der anderen Männer sog er an der Flasche, als wollte er das Glas zum Bersten bringen. »Das brauchte ich jetzt«, prustete er und reichte den Schnaps an Erwin weiter. Der schaute grimmig: »Vielleicht ist's der letzte.«

Dann fraß Erwin die Schnapsflasche.

Als er endlich absetzte, warfen die Männer ihre Kappen in die Luft. Sie johlten und klopften ihm anerkennend auf die Schulter. Derweil stand Dimitrij abseits. Er wippte in seinen Filzstiefeln und griente benommen. Auch Erwin war angeschlagen: Seine Augen leuchteten glasig, seine Zunge ging schwer.

»Hier«, nuschelte er, »nimm einen Schluck. Tut gut.«

Zu meinem Erstaunen war die Flasche immer noch randvoll, so als hätten Dimitrij und Erwin keinen Tropfen getrunken. Russkow setzte mir die Flasche an den Mund, ich machte die Augen zu und schluckte.

Fluss

Die Wochen nach der Beschlagnahme blieb Herr Dornmüller still und unzugänglich. Und grüblerisch. Morgens tauchte er oft erst um halb zehn Uhr im Laden auf, durchquerte trödelnd den Verkaufsraum und kritzelte ein paar Symbole auf die Rechentafel. Wenn sein Blick über den Ladentisch und die Auslagen fuhr, seufzte er. Dann setzte er sich auf einen Schemel, kratzte Bartstoppeln und strich sich durchs strubbelige Haar. Ab drei Uhr nachmittags verzog er sich ins Lager und blieb dort, bis ich am frühen Abend den Laden verließ. Wäre nicht Frau Dornmüller gewesen, die sich neben der Buchhaltung jetzt auch um den Verkauf kümmerte, es hätte schlecht ausgesehen für das Krämergeschäft Dornmüller von anno 1881.

Meine quälenden Gedanken vertrieb ich mit Sport. Wie immer. Jeden Abend lief ich wie ein streunender Hund durch den Blücherpark. Runde um Runde. Bis meine Muskeln brannten. Außerdem traf ich mich mit der Gruppe von Erich Gaschler. Wir setzten die Übungseinheiten fort, auch wenn die vielen Einberufungen unsere Mannschaft dezimiert hatten. Aus zwanzig mach vier. Diese Auszehrung ging an Übungsleiter Gaschler nicht spurlos vorüber: Er war milde geworden. Nur noch selten durchschnitt seine Pfeife unsere Trommelfelle und in den Pausen, die wir jetzt erstmals machten, schaute er traurig in die Augen seiner Jungs. »Lasst gut sein«, brummte er heiser, »schont euch und genießt das Leben, solange ihr es noch könnt.«

Seit der Gaumeisterschaft war mein Verhältnis zu Wilhelm freundschaftlich. Allerdings hatte sich der blonde Vorzeigesportler verändert: Mir fiel auf, dass er nicht mehr so elegant wie früher die Hindernisse nahm und schnell aus der Puste war. Außerdem hatte sich seine Schüchternheit in Menschenscheu verwandelt. Ich war der einzige, mit dem er sich überhaupt noch unterhielt.

Oft gingen Wilhelm und ich nach dem Training ins Wirtshaus. Dort hockten wir auf Holzbänken, starrten die Tischdecke an und führten düstere Gespräche. Während ich an meiner Fassbrause nippte, bestellte Wilhelm ein Bier nach dem nächsten. Verbissen kaute er den Gerstensaft herunter. Wilhelms Lieblingsthema war der Mensch.

»Der menschliche Körper«, stimmte er eines Abends an, »ist ein fein ausgeklügeltes System von Fließgleichgewichten, die auf Veränderungen reagieren und sich ständig neu aufeinander abstimmen.«

Ich nickte, ohne wirklich verstanden zu haben.

»Dasselbe gilt für die menschliche Gesellschaft. Sobald eine Strömung stärker oder schwächer wird, muss irgendwo anders ein Ausgleich geschaffen werden.« Wilhelm kniff die Augen zusammen. »In beiden Fällen können kleinere Schwankungen mühelos ausgeglichen werden. Ist aber die Veränderung zu groß, gerät das System in eine Schieflage. Schlimmstenfalls kippt es – schau dich doch um!«

Wilhelm meinte die Vorgänge in unserer Kleinstadt, in unserem Land, in Europa, in der Welt. Ich aber dachte an den Alkohol, der durch Wilhelms Blut strömte: Ein Promille reichte völlig aus, um ihn aus der Bahn zu werfen: Wenn er aufstand, um zur Toilette zu gehen, torkelte er gewaltig. Er spuckte beim Reden. Sein Hemd, das zuvor nur an Schulter und Oberarm gespannt hatte, zwickte jetzt auch am Bauch.

An Abenden wie diesem erinnerte mich Wilhelm an die Männer im Auto und den uns versprochenen Aufschub. Wilhelm sah schwarz: »Fast alle Jungs sind weg, aber wir zwei sind noch hier. Ich kann nicht glauben, dass das lange so bleibt.« Für Wilhelm war klar: »Für uns wird das dicke Ende noch kommen.«

Köder

Wir hörten das Glucksen des Bachs, aus dem wir Stunden zuvor die Barsche gezogen hatten. Dampf stieg auf. Zum wiederholten Mal erklärte Alexej Russkow den Auftrag. Er wirkte ernst: »Denkt dran, Männer: Einen Fisch für jeden aus meiner Bande.« Sein Blick verdüsterte sich. Er sah besorgt aus. Seine Stimme passte nicht zum Inhalt seiner Botschaft: »Wehe, ihr schafft es nicht: Dann ist nicht nur euer Freund verloren.« Erwin und ich nickten. Auf der Lichtung saß Dimitrij auf einem Kartoffelsack, von Holzfällern umringt. Wir winkten ihm zu, doch er sah uns nicht. »Dann wollen wir mal«, sagte Erwin.

Das Wasser floss gemächlich und ruhig, wir setzten uns ins Moos und warfen unsere Ruten aus. Im selben Augenblick kamen Fische angeschwommen und tummelten sich um die Köder. Einer nach dem anderen ließ sich widerstandslos aus dem Wasser ziehen. »Sag mal«, murmelte Erwin, »will uns Alexej zum Affen halten? Die Viecher hätten er und seine Kollegen doch selber rausholen können.«
Ich hielt inne und schaute Erwin zu, wie er einem Barsch den Schädel zerschlug. Anschließend durchbohrte er einen Regenwurm und ließ ihn ins Wasser plumpsen. Sofort bildete sich eine Traube Fische um die Lockspeise. »Du hast recht«, erwiderte ich. »Irgendwas ist faul hier.«
Ich warf einen Stein auf die Fischrotte im Bach, aber anstatt

auseinander zu stieben, blieben die Barsche regungslos im Bachknick. Einer der Holzfäller schlenderte in unsere Richtung. Er pfiff und blickte verstohlen auf unseren Fang. Kaum dass er sich genähert hatte, ging ein Ruck durch die Fische im Bach: Sie wanden sich, dann waren sie weg, nur ein paar Luftblasen zeugten davon, dass sie dagewesen waren. Verdutzt blickten wir den Holzfäller an. Sein Adamsapfel zuckte, er trollte sich fort.

Nach einer Weile kamen die Fische zurück. Erleichtert warfen wir ihnen die Köder entgegen, in die sie gerne hineinbissen. Schließlich hatten wir es geschafft – wir rafften unseren glitschigen Fang und stiefelten los.

Dresche

Die Tage im Krämerladen waren trübe wie das Herbstwetter vor der Tür. Wehmütig dachte ich an die Zeit zurück, als Herr Dornmüller pfeifend vor den Regalen gestanden und Waren von links nach rechts verschoben hatte. Etwas war kaputt gegangen; etwas, für das es keinen Ausgleich gab. Wahrscheinlich hatte Wilhelm recht mit seiner Theorie von den Fließgleichgewichten.

Lucie.

Seit unserem Zusammenprall vermieden wir es, gemeinsam in einem Raum zu sein. Es war eine unausgesprochene Abmachung, an die wir uns beide hielten. Deshalb stand ich oft allein im Verkaufsraum. Wütend und verwirrt. Immer wieder dachte ich daran, wie es war, als ihr Körper auf meinem gelegen hatte.

Es war ein merkwürdiger Kitzel gewesen –

Draußen vor dem Geschäft färbten sich die Pappeln gelb.

An einem Montagabend schloss ich das Geschäft hinter mir ab und machte mich auf den Weg zum Blücherpark. Im Laden hatte Flaute geherrscht und mir war nach Rennen. Gemeinsam mit den anderen Jungs wartete ich auf Erich Gaschler, doch der kam nicht. Das war noch nie passiert. Wir warteten eine ganze Stunde, bis Wilhelm schließlich sagte: »Horst, der kommt heute nicht mehr. Lass uns ins Wirtshaus gehen.« Ich schaute Wilhelm an. In seinem Gesicht zeichnete sich ein zweites Kinn ab. Ich wollte ihm widersprechen, tat es aber nicht.

Im Wirtshaus empfing uns dicker Tabakqualm. Kaum jemand nahm Notiz von uns. Alte Männer mit schweren Tränensäcken saßen auf knarzenden Bänken, pochten mit ihren Humpen auf die Tische oder führten laute Gespräche. Als unsere Getränke kamen, tranken wir schweigsam. Ich beobachtete, wie die Perlen aufstiegen, wenn Wilhelm sein Bierglas auf den Tisch knallte. »Glaubst du«, fragte ich, »es hat was zu bedeuten, dass Gaschler heute nicht gekommen ist?«

»Ach, Quatsch«, raunte Wilhelm.

Für ihn war die Sache damit erledigt.

Stumm beglotzten wir den Nachthimmel, während das Mondlicht durch die Bäume fiel. Wilhelm wankte, wir machten uns auf den Heimweg. In einer Nebenstraße kreuzten zwei massige Gestalten unseren Weg, eine von ihnen gackerte.

»Oh, die beiden Sportskanonen flanieren durch die Nacht!«, schnarrte Adolf Gaschler. Er und sein Bruder Giselher trugen Uniform und Lederstiefel. Mir fiel das hässliche Abzeichen auf, das sich um ihre Oberarme dehnte. Das Sprechen übernahm Adolf. Er kam schnell zur Sache: »Heute gibt's was auf die Fresse, Brüder wie euch können wir nicht gebrauchen.«

Ich schluckte. »Adolf«, sagte ich, »hör auf mit dem

Quatsch.« Weiter kam ich nicht.

Wilhelm stöhnte und rammte seine Faust ins Gesicht von Giselher Gaschler.

Es knackte.

Völlig entgeistert starrte ich Wilhelm an.

Giselher hielt sich die Nase.

Wilhelm warf sich auf ihn. Ich wollte ihn wegzerren, da durchfuhr mich ein heißer Schmerz: Adolf hatte mir ein Knie in die Seite gerammt.

Er höhnte: »Giselher, du Idiot. Hast dir wieder eine verpassen lassen?« Zu uns sagte er: »Das wird euch leidtun.« Er hob seine Hand und schnalzte. Ein Dutzend junger Männer kam aus dem Gebüsch. Auch sie trugen Uniformen.

Adolf brüllte: »Mannschaft, antreten!« Ruckzuck bildeten sie einen Halbkreis um uns. Im Licht der Straßenlaterne sah ich ihre Gesichter – die meisten von ihnen kannte ich, mit einem war ich auf Konfirmandenfahrt gewesen. Wir hatten uns gut verstanden. Jetzt stand er da in seinem braunen Hemd und schaute hohl aus der Wäsche.

Die Jungs waren nicht zum Reden gekommen. Ungeduldig schabten ihre Stiefel über den Boden, ihre Fingergelenke knackten. Unter Schmerzen drückte ich meinen Rücken durch und betrachtete Wilhelm, der nach allen Seiten hin schwankte. Er war hackevoll. Wäre er nüchtern gewesen, wir hätten die Beine in die Hand genommen und wären abgehauen – schnell genug wären wir gewesen. Doch so hatten wir keine Chance. Und es kam noch schlimmer.

Natürlich hatte ich Wilhelm vom Vorfall im Straßengraben erzählt: Wir hatten gelacht, weil ich geglaubt hatte, Erich Gaschler würde auf mich losgehen, doch stattdessen hatte es eine Backpfeife für Giselher gesetzt.

Eine gute Geschichte.

Doch um sie aufzuwärmen, hätte sich Wilhelm keinen schlechteren Zeitpunkt aussuchen können: »Giselher, du Pflaume«, lallte er. »Überleg dir gut, was du tust. Sonst versohlt dich dein Vater. So wie beim Wettlauf, als ...«

Ein Stiefel flog Wilhelm entgegen. Er ging zu Boden. Giselher krähte: »Mein Vater? Der alte Sack sitzt zu Hause und heult. Ab heute haben wir das Sagen.« Dann setzte es Dresche.

Butter

Der Mond schien hell, als wir auf die Lichtung taumelten. »Gut gemacht, Männer«, rief Alexej Russkow. Er schien aufgeregt zu sein. Mit zittriger Hand nahm er einen Flussbarsch und murmelte: »Wie lange habe ich auf diesen Tag gewartet? Binotschka, bald komme ich nach Hause.«

Russkow merkte, dass wir ihn verständnislos anstarrten. Schnell hatte er seinen Befehlston wiedergefunden. »Glotzt nicht so blöd!«, herrschte er, dann überreichte er jedem seiner Männer einen Fisch. Dimitrij, der die ganze Zeit über regungslos auf dem Waldboden gekauert hatte, stand auf und rülpste. Mit der Schnapsflasche in der Hand torkelte er herüber, stolperte, rammte einen Baumstamm, sank zu Boden, blieb liegen. Alexej schnappte sich die Flasche und gab sie uns: »Trinkt. Und wenn ihr getrunken habt, trinkt noch einmal.« Anschließend waren wir wirklich besoffen. Schwerfällig stapften wir den Holzfällern hinterher, die ihre Äxte schulterten und forschen Schrittes voranliefen. Mein Sehfeld schrumpfte, meine Gedanken verknoteten. Nach einer Weile beschlich mich ein komisches Gefühl. Zuerst wollte ich es nicht glauben, doch es bestand kein Zweifel: Die Bäume nahmen Reißaus. Sobald ihnen ein Holzfäller zu nahe kam, trugen sie ihre Wurzeln wie Füße über die Erde. Der Wald rauschte und sauste. »Erwin?«, fragte ich. »Siehst du, was ich sehe?«

»Ich fürchte schon«, war seine Antwort.

Wir erreichten eine Lichtung, in deren Mitte ein Birkenhain wurzelte. Die Männer warfen ihre Äxte auf einen Haufen, im Nu begannen die Bäume zu rascheln. »Hört gut zu – hört wirklich gut zu«, rief Russkow. »Zehn Äxte, zehn Birken – mit jeder Axt spaltet ihr einen Baumstamm – habt ihr verstanden?«

»Ja, ja.«

»Wir werden das Kind schaukeln.«

Russkow gefiel nicht, wie leicht wir den Auftrag nahmen. Er brüllte: »Habt ihr mich wirklich verstanden?«

»Ja, doch«, sagte ich.

Ein letztes Mal schaute uns Russkow tief in die Augen – dann zogen wir los. Wir griffen zwei Äxte und näherten uns den Birken. Zunächst dachte ich, die Bäume würden sich von uns abwenden. Doch das Gegenteil war der Fall: Die Birken spreizten ihre Kronen und bogen uns ihre Stämme entgegen. Fast aufreizend. »Mal sehen«, rief Erwin, »was die Dinger so draufhaben.« Er holte kräftig aus und ließ die Axt gegen die erstbeste Birke sausen. Die Schneidekante fuhr durchs Holz wie ein heißes Messer durch Butter, sanft knarzend glitt die Birke zu Boden.

Als wir den letzten Baum gefällt hatten, hörten wir Jubelgeschrei. Russkow und seine Männer rannten auf uns zu, sprangen in die Luft und umarmten uns. »Wir sind frei«, rief Russkow. »Wir können gehen!« Sein Kinn zitterte, seine Augen trafen meine: »Hier – nimm meine Axt. Ich brauche sie nicht mehr.« Er gab seinen Männern ein Zeichen. »Wir wollen los.« Jeder der Bande schnappte sich eine Birke und zog sie hinter sich her. Kurz bevor sie im Dickicht des Waldes verschwanden, drehten sie sich noch einmal um und brüllten: »Lebt wohl!«

Dann waren sie weg.

»Komisch«, sagte Erwin.

»Wirklich komisch«, sagte ich.

Wir standen noch lange auf der Lichtung und kratzten unsere Köpfe.

Im Morgengrauen kamen wir an die Stelle, wo wir Dimitrij in der Nacht zurückgelassen hatten. Er schnarchte unter Kartoffelsäcken, neben ihm schlief Hans. Todmüde wie wir waren, warfen auch wir Säcke aus und legten uns hin. Ich war fast eingeschlummert, da hörte ich Dimitrijs Stimme. Er redete wirr, ich verstand kein Wort. Erwin hatte noch die Kraft zu antworten: »Dimitrij, was willst du?«

»Ah, dann ist es also vorbei«, murmelte der und plapperte aufgeregt. Leider war ich viel zu müde, um ihm zu folgen, mehr als einzelne Satzfetzen bekam ich nicht mit. Nur einmal schreckte ich auf, Dimitrij wollte etwas wissen: »Habt ihr euch nicht gefragt, weshalb ihr Russkow so gut verstanden habt?« Er machte eine Pause.

Erwin schnarchte.

Dimitrij flüsterte: »Ihr habt seine Sprache gesprochen.«

Knallerbse

Ich wachte in einem Knallerbsenstrauch auf. Mein Kopf dröhnte und mein Gesicht war wund. Neben mir lag Wilhelm. Unter einer Kruste aus getrocknetem Blut klebte eine Haarsträhne auf seiner Stirn. Er wälzte sich zur Seite und sah mich an. Er grinste bis über beide Ohren: »Uiuiui, da haben wir aber mächtig Haue bezogen. Alles in Ordnung mit dir?« Wilhelms gute Laune wirkte ansteckend, so fröhlich kannte ich ihn gar nicht. Ich tastete mich ab. Mein Brustkorb schmerzte, trotzdem rief ich: »Ja, alles bestens!« Wir rappelten uns auf, klopften unsere Kleidung ab und setzten unseren Heimweg fort. Bald erreichten wir Wilhelms Elternhaus. Er schritt durch die Pforte, winkte mir zu: »Was für eine Nacht – echt! Sollten wir öfter machen!« Dann verschwand er im Hauseingang.

Ich ging weiter im Morgengrauen. Die Stadt war menschenleer. Beim Laufen knirschten Steinchen unter meinen Sohlen. Schließlich schlurfte ich am Geschäft der Dornmüllers vorbei: Im Krämerladen war es dunkel, in der darüber liegenden Wohnung brannte ein Licht. Plötzlich wurde die Ladentür aufgerissen. Herr Dornmüller stürzte im Bademantel heraus, rannte auf mich zu und schlug einen Arm um meine Schulter. »Horst!«, rief er bloß. Er führte mich ins Haus. Kaum hatten wir den Verkaufsraum durchschritten, da brüllte er die Treppe hoch: »Marta, Lucie! Kommt her, sie haben Horst verprügelt!«

Köter

Dimitrij hielt die Zügel fest in der Hand, sein Blick war stur auf die vorbeirollende Landschaft geheftet. Die schlecht gefettete Achse unseres Gespanns quietschte rhythmisch, die Räder schmatzten im Morast. Dunkle Wolken umkesselten den Horizont, es roch nach November. Während wir langsam durch die Einöde rumpelten, stupste mich Erwin an: »Was wohl unsere Gewehre machen?« Unsere Waffen lagen nun seit Monaten unter einem Stoß feuchter Kartoffelsäcke – sie mussten in erbärmlichem Zustand sein. Mit beiden Händen stöberte Erwin im klebrigen Sackhaufen, dann zog er sie heraus: »Ach du Schande, guck dir das an!« Unsere Gewehre waren rostig, ihre Munitionstrommeln von Flechte überzogen, an den Schulterstützen bildete sich Schimmel.

»Pack die weg«, rief ich.

Plötzlich hörten wir ein tiefes Kläffen. Aus der Ferne kam ein kalbsgroßer Hund angewetzt: Pfoten wie Untertassen, Ohren wie Waschlappen, seine Nase groß wie ein Kohlebrikett. Freundlich fletschte er sein schiefes Gebiss. Mit der Schnauze stieß er Hans in die Flanke, dann lief er aufgeregt fort, kam aber flugs zurück.

»Ein Hund bellt niemals ohne Schwanz«, orakelte Dimitrij.

»Na, dann mal los«, rief Erwin.

Wir fuhren dem Köter hinterher.

Honig

»Tut das weh?«, fragte Frau Dornmüller, als ihr Tupfer meine Schläfe reinigte. Ich saß in der Küche und wusste nicht, wie mir geschah. Familie Dornmüller wuselte um mich herum: Lucie brachte Schüsseln mit warmem Wasser, befeuchtete Baumwolllappen oder wischte mir den Nacken trocken. Frau Dornmüller desinfizierte meine Wunden und legte Verbände an. Herr Dornmüller lief aufgeregt im Zimmer umher. Er schlug die Hände überm Kopf zusammen und murmelte: »Heiliger Strohsack! Wer macht denn so was? Um Himmels willen!« Schließlich verließ er die Küche und kam mit einer Flasche Schnaps wieder. Er reichte sie mir: »Hier, Junge, trink – das hilft gegen die Schmerzen.« Entsetzt blickte ihn Frau Dornmüller an: »Franz, hast du den Verstand verloren? Geh lieber aus dem Laden ein Glas Honig holen!« Nachdem ihr Mann verschwunden war, sagte sie zu ihrer Tochter: »Knöpfst du bitte das Hemd auf?« Lucie trocknete ihre Hände, trat an mich heran und fuhr mit ihren Fingern vorsichtig meine Knopfleiste entlang. Als der letzte Knopf gelöst war, zogen Mutter und Tochter gemeinsam am Hemd, das von Dreck und Blutflecken gezeichnet war. Ich hörte einen leisen Schrei, gefolgt von Flüstern: »Es ist schlimmer als gedacht.«

Frau Dornmüller streichelte mir das Gesicht, ihre Miene verdunkelte sich: »Horst, was haben die bloß mit dir gemacht?« Ich schaute an mir hinab: Meine Brust war mit blauen und grünen Blutergüssen übersät. Behutsam tupfte Frau Dornmüller die Blessuren ab, während Lucie ein neues Paket Mullbinden holte. Sie rieben mich mit Salbe ein und legten mehrere Wundverbände an. Abschließend begutachteten sie ihr Werk. Zufrieden sagte Marta Dornmüller: »Wir werden dich jetzt aufs Sofa legen – da kannst du dich ausruhen.« Kurz darauf fielen mir die Augen zu.

Als ich aufwachte, fuhr eine Hand durch mein Haar: Lucie. Als sie bemerkte, dass meine Augen geöffnet waren, zog sie ihre Hand fort. Im selben Augenblick kam Frau Dornmüller in die Stube und brachte einen Imbiss: Dampfende Rinderbrühe, helles Feinbrot, ein Schälchen Schokoladenpudding – ich ließ es mir schmecken. Anschließend räumte Lucie das Geschirr ab und Frau Dornmüller schüttelte meine Decke auf. Es rumpelte an der Tür: Freudestrahlend lief Herr Dornmüller herein, mit einer Schachtel unterm Arm. »Wollen wir eine Partie Halma wagen?«

Splitter

Nach einer Weile tauchte eine Wassermühle auf. Ihr Mühlrad, das sich aus der baumbefleckten Graslandschaft erhob, verharrte regungslos am Wehr. Drumherum hüpfte ein Mann, der mit langem Stab im Wasserrad stocherte. Hin und wieder warf er die Hände in die Luft, der Hund bellte aufgeregt.

Der Mann am Wehr war in großer Not. Treibgut hatte sich in seinem Mühlwerk verfangen, deshalb schwappte das Wasser über die Böschung und umströmte die Mühle. Die Bolzen im Wasserrad quietschten, das Holzrad ächzte, fahrig bohrte der Mann zwischen den Schaufeln des Mühlrads – erfolglos. Schließlich warf er den Stab beiseite, kniete am Boden und schöpfte Wasser mit den Händen. Ich packte die Axt, die mir Alexej Russkow geschenkt hatte – ihr Schaft war aus Eichenholz, ihr Keil aus gefaltetem Stahl, sie lag hervorragend in der Hand – und schlenderte auf den Mann zu, der jetzt wie ein Affe am Schaufelrad hing. Auf mein Zeichen hin stieg er hinab.

Der Mann hatte braune Knopfaugen und trug einen weißen Bart, sein Hemd war aus Leinen gewebt, von seinem Kopf hing eine Zipfelmütze. Er zerrte an meinem Ärmel und zeigte auf das Mühlrad: Ein sperriges Holzstück glänzte im schaumigen Wasser, es hatte sich zwischen Schaufelrad und Wehr gekeilt. Ich nickte, nahm Maß und zimmerte mit der Axt auf den Fremdkörper: Splitter sausten durch die Luft.

Das Holz zersprang. Sogleich gruben die Schaufeln im Wasser und das Mühlrad rollte wieder.

Der Mann klatschte in die Hände und führte einen Tanz auf. Dann griff er meine Schulter und kniff mir in die Wange. Er sagte etwas, das wie ein großes Lob klang. Er deutete auf den Eingang der Mühle.

Kaffee

Wir waren allein. Weil es draußen dunkel wurde, zündete Lucie ein Licht an. Nebenan in der Küche klapperte Frau Dornmüller mit Töpfen, während Herr Dornmüller von seinem Einfall berichtete, Fleischkonserven als Pyramide zu stapeln. Ich lächelte. Die Stimmung im Hause Dornmüller war fast wie vor dem Überfall.

Lucie seufzte und schloss die Stubentür. Sie setzte sie sich auf den Polsterstuhl neben dem Sofa. Auf ihrer Stirn zeichnete sich eine kleine Falte ab. Sie strich über ihre Bluse und sah mir in die Augen. »Horst, ich weiß, wie unglücklich du bist – und das will ich nicht.« Lucie schaute aus dem Fenster. »Ich werde mit Eva reden.«

Drei Tage später steckte mein Kopf tief im Verkaufstresen. Herr Dornmüller hatte mich gebeten, das Packpapier unter der Kasse zu sortieren. Die Ladenglocke läutete, Damenschuhe klackerten auf den Holzdielen. Ohne Umschweife ging die Kundin auf den Tresen zu. Ich konnte ihr Parfüm riechen. Aus dem Hintergrund rief Herr Dornmüller: »Horst, Kundschaft!«

»Ein Pfund Kaffee, bitte.«

Ich schreckte hoch und stieß mir den Kopf.

Vor mir stand Eva.

»Hast du heute was vor?«

Katjuscha

Die Stube des Müllers war hell und geräumig: Durch die Fenster fiel Licht auf einen getünchten Steinofen, von der Decke baumelten Backutensilien, vor der eisernen Ofentür lagerten Mehltröge, Getreideduft erfüllte den Raum. Pfeifend fuhr der Müller über eine langgestreckte Arbeitsfläche, auf der sich faustgroße Teigbatzen stapelten. In der Mitte der Stube fanden wir Platz an einem Holztisch, der aus starken Eichenbohlen gezimmert war. Kaum dass wir saßen, verschwand der Müller in die Speisekammer und brachte, als er nach einer Weile wiederkam, zwei Flaschen Apfelwein und einen geflochtenen Korb, in dem sich geschnittenes Brot türmte: Malzbrot, Zwiebelbrot, Gewürzbrot, Milchbrot und Rosinenbrot. Außerdem gab es Speckwürfel und Petersilie. Unser Gastgeber entkorkte den Wein und füllte vier Becher. Wir prosteten uns zu. Schnell erkannte der Müller, dass Erwin und ich Fremde waren. Mit zusammengekniffenen Lidern beäugte er uns und verschränkte seine Arme. Dimitrij bemerkte sein Misstrauen. Er rülpste. Dann sagte er etwas, das zugleich beruhigend und aufmunternd klang. Anschließend herrschte Stille. Die beiden Männer glotzten uns mit Kuhaugen an – und brachen in Gelächter aus.

Der Müller musste sich den Bauch halten, Dimitrij wäre fast vom Stuhl gekippt. »Was hast du ihm erzählt?«, wollte Erwin wissen und piekte, da er keine Antwort bekam, Dimitrij in den Wanst. »Ja, ja«, schnaufte der und wischte sich das

Gesicht trocken.

»Ich sag's euch ja. Ich sag's euch gleich.«

Doch dazu kam es nicht.

Die Tür sprang auf und der kalbsgroße Hund tollte herein,
an seiner Schnauze baumelte ein großer Wassereimer. Der
Müller hörte auf zu lachen und klopfte dem Köter die Flanke: »Laika.« Wir nickten. Die Hündin stellte das Wasser vor
dem Ofen ab und machte es sich behaglich.

Draußen hörten wir melodisches Summen. Hell und klar.

Dann Schritte auf der Treppe. Langsam öffnete sich die Tür
und eine junge Frau trat herein: schlank, großgewachsen,
mit ausladenden Hüften. Ihr Haar war unter einem Kopf-
tuch zusammengeflochten, in ihrer Armbeuge schaukelte
ein Korb, aus dem Kräuter, Nüsse und Waldbeeren lugten.
Sie lächelte, als sie uns am Tisch sitzen sah. Der Müller
kratzte sich den Bart und sagte stolz: »Katjuscha.«

Die Tochter des Müllers stellte den Korb ab.

Mit Erwin passierte etwas. Er ließ den Apfelwein stehen,
riss sich die Kappe vom Kopf und eilte Katjuscha entgegen.
Viel zu laut rief er: »Meine Dame, gestatten? Erwin Schygulla, Königsberg!« Dann schlug er die Filzstiefel zusammen und beugte seinen Oberkörper nach vorn.

Katjuscha biss auf ihre Unterlippe.

Erwins Gesicht färbte sich rot.

Schließlich war der Wein ausgetrunken und der Müller

schlenderte aufs Neue in die Speisekammer. Diesmal holte er eine bauchige Schnapsflasche, die er behutsam auf den Tisch stellte. Zwinkernd hob er den Zeigefinger und schenkte ein. Als Erwins Becher gefüllt werden sollte, kam es zu einer komischen Szene. Mit erhabenem Blick schaute Erwin den Müller an, hielt eine Hand über das Gefäß und schüttelte den Kopf. Seine Augen wanderten zu Katjuscha, die auf der Arbeitsfläche Teig walkte.

Walnuss

»Tschüss, ihr zwei, viel Erfolg beim Walnüsse sammeln!«
Der Professor sog an seiner Pfeife und winkte – es freute
ihn sichtlich, dass seine Tochter und ich wieder ausgingen.
Endlich schloss er die Haustür, ich konnte Eva begrüßen:
mit einem Kuss. Sie kicherte, drehte aber ihren Kopf beiseite. »Mensch, Horst, nicht hier.« Ich kümmerte mich nicht
um ihre Sorge, sondern zog sie an der Hand.
Eine Weile schlenderten wir die Hauptstraße entlang und
ließen uns von der warmen Herbstsonne blenden. Hin und
wieder hüpften wir über Laubhaufen, die brave Leute auf
dem Bürgersteig zusammengekehrt hatten. Schließlich passierten wir die letzten Häuser der Stadt und marschierten
querfeldein ins Grüne.
Ich war glücklich.
»Eva, halt doch mal an.«
»Wieso, Horst, was ist denn los?«
Seit Tagen hatte ich auf diesen Moment gewartet, hatte mir
ausgemalt, wie es sein würde. Doch jetzt kam ich mir blöd
vor. Ich befühlte meine Hosentasche und log: »Ach,
nichts.« Ein Bussard ging hinter Eva auf Sturzflug. Er krall-
te sich eine Wühlmaus, die nicht schnell genug den Weg in
ihren Bau gefunden hatte. »Du Träumer!«, lachte Eva,
dann zwickte sie mir in die Seite und lief fort. Ich nahm die
Verfolgung auf.

Erschöpft ließen wir uns unter einer Kastanie nieder. Eva hatte ihre Knie umklammert und blickte aufs Feld. Eine Haarsträhne fiel ihr ins Gesicht. Sie schürzte ihre Lippen, der Leberfleck auf ihrer Wange vibrierte. »Ich mag den Herbst nicht«, sagte sie. Ich schaute sie an: Eva war wunderschön. Erneut befühlte ich meine Hosentasche. Eva schüttelte sich. »Ganz schön frisch hier, oder?« Sie zog an meiner Hand und drängte zum Aufbruch: »Lass uns weitergehen.«

Mir kam eine Idee.

»Eva, magst du Boot fahren?«

»Ach, wir sind doch hier, um Walnüsse zu sammeln.«

Sanft hielt ich ihren Mund zu. »Komm einfach mit.«

In der Nähe erstreckte sich ein See, an dessen Ufer Wilhelm und ich im Sommer ein verlassenes Ruderboot gefunden hatten – mit etwas Glück lag es noch da. »Vertrau mir«, sagte ich.

»Meinst du? Ist es nicht zu kühl?« Mit einem Kuss wischte ich Evas Bedenken weg. »Horst«, strahlte sie errötet, »so kenne ich dich gar nicht.«

Wir erreichten den See.

»So ein Bockmist«, fluchte ich leise, als mein Füße im Uferschlamm versanken, Matsch lief mir in die Halbschuhe. Trotzdem zerrte ich den Kahn aus dem Schilf, hob Eva ins Boot und stieß es vom Ufer ab. Bald schon hatte ich uns mit gleichmäßigen Ruderschlägen zur Mitte des Sees bugsiert, ich ließ die Ruderflügel abtropfen und holte sie ein. Der Wind kräuselte das Wasser, zwei Schwäne erhoben sich aus dem Röhricht. Die Luft war klar und frisch, ein Seerosenblatt trieb an unserem Boot vorbei.

Ich strich über meine Hosentasche.

»Was machst du da, Horst?«

Der richtige Augenblick war gekommen.

Eva dehnte ihren Hals.

»Das ist für dich« – mit weit geöffneten Augen nahm Eva eine kleine Schachtel entgegen, öffnete sie und zog ein silbernes Amulett hervor.

»O Horst, es ist wirklich schön.«

Ich rückte zu ihr herüber und klappte das Schmuckstück auf. »Ich habe zwei Fotos von uns einsetzen lassen.« Eva errötete. Ich nahm ihre Hand: »Eva, willst du meine Frau werden?«

Mehltopf

Der Schnaps des Müllers benebelte mir die Sinne: Meine Schädelplatte sirrte, meine Ohren loderte. Benommen saß ich da und stieß heiße Luft aus – mein Atem roch sauer. Derweil waren Dimitrij und der Müller in ein hitziges Gespräch vertieft: Der Hausherr fabulierte und fuchtelte, mit beiden Händen zeigte er auf die Axt, mit der ich das Holz zwischen seinem Mühlrad zerhackt hatte. Er sprang auf, griff das Spaltgerät und legte es auf den Tisch, um Dimitrij etwas am Schaft zu zeigen, dazu ergoss er einen Wortschwall, der mich denken ließ, ich hätte am Ufer eines Wildbachs gesessen. Dimitrij lauschte aufmerksam, nur ab und zu hechelte er wie ein sterbender Hund. Das muss aber nicht stimmen.

Katjuscha buk, die ganze Zeit über. Unbeeindruckt vom Getümmel in der Stube walzte, walkte, wickelte; formte, zog und presste sie. Die Müllerstochter benutzte ihre Ellen als Schablonen und stanzte Mulden in den Teig. Wenn sie einen Klumpen unter ihren Händen behieb, kiekste sie wie ein Wiesel. Erregt folgte Erwin ihren Bewegungen, trommelte auf den Tisch, wackelte mit den Schenkeln oder nestelte an seiner Filzweste. Als sich Katjuscha einmal reckte, um an einen Mehltopf zu gelangen, sprang Erwin auf, hastete herüber und stupste sie an. »Du«, nuschelte er, »lass mich das machen.«

Er nahm den Mehltopf und reichte ihn Katjuscha.

Feudel

»Horst?«, fragte Frau Dornmüller, während ich eine Stiege Haferflocken ins Regal sortierte. »Hast du an Weihnachten etwas vor?« Betreten schaute ich hinaus auf die Hauptstraße, wo sich kahle Ulmen im Regen wiegten: Weihnachten hatte ich mit Eva verbringen wollen, doch sie und ihr Vater reisten zu einer Tante aufs Land – ohne mich. »Nun guck doch nicht wie ein geprügelter Hund. Wir freuen uns, wenn du an Heiligabend zu uns kommst, besonders Franz. Du gehörst doch zur Familie.« Wassertropfen sammelten sich am Fensterglas, vereinigten sich und liefen in Bahnen die Scheibe hinab. »Ich koche uns was Schönes.« Die Ladentür ging auf und nasskalte Dezemberluft durchzog den Verkaufsraum, Spritzwasser benetzte den Eingangsbereich. Eva klopfte ihren Regenschirm ab und stöhnte: »Mensch, so ein Sauwetter!« Sie trippelte auf mich zu, wobei ihre Lederstiefel eine schmutzige Spur auf den Holzdielen hinterließen. »Hast du nicht längst Feierabend?«
»Guten Abend, Eva«, sagte Frau Dornmüller.
Eva senkte den Blick, nach ein paar Atemzügen hob sie trotzig das Kinn: »Horst, im Frühjahr wollen wir heiraten.« Draußen leuchtete ein Blitz, gefolgt von gewaltigem Donner. »Und daher wird Frau Dornmüller verstehen, dass wir noch eine Menge zu bereden haben.«
Frau Dornmüller bog eine Braue, zu mir gewandt sagte sie: »Wenn das so ist, dann husche mal ab mit deiner Liebs-

ten.« Sie nahm die Haferflocken und zwinkerte: »Ich mache das schon.«

Während der Regen wütend auf unseren Schirm prasselte, drückte sich Eva an mich und gab mir einen langen Kuss. Sie war warm und roch nach Vanille. Bevor wir die Straße überquerten, spähte ich durchs Fenster des Feinkostladens: Ich sah Frau Dornmüller, neben ihr ein Wischeimer. Sie feudelte Evas Schmutzspur weg.

Fluch

Ich hatte geschlafen, mit dem Kopf auf der Tischplatte. Es war Dimitrij, der mich aufschreckte. Er spuckte beim Sprechen: »Horst, wir haben Geister gesehen.«

»Quatsch", raunte ich, trunken von Schlaf und Schnaps.

»Doch«, erwiderte Dimitrij. »Der Müller hat deine Axt untersucht – sie stammt aus einem Dorf, das unter seltsamen Umständen von der Landkarte verschwunden ist.«

Mein Blick wanderte die Ofenzeile entlang, wo Katjuscha und Erwin mit mehligen Unterarmen kleine Figuren formten. Sie lachten und bewarfen sich mit Knetmasse. Als Erwin der Müllerstochter mit Zuckerguss ins Gesicht spritzte, zerrte Dimitrij an meinem Hemdärmel.

Er begann zu erzählen.

»Vor langer Zeit geriet ein Dorf in große Not: Es herrschte ein strenger Winter, die Menschen froren und hungerten, der Frühling war noch weit.« Ich nickte gelangweilt, auf Dimitrijs Nase leuchteten fransige Äderchen. »Der Dorfvorsteher war jung und unerschrocken, er rief alle Männer zusammen und überredete sie, in den Wald des Fürsten zu gehen, um dort Holz zu schlagen und Fische zu angeln. Das war zwar streng verboten, doch das Leid war groß. Noch in derselben Nacht brachen die Männer auf."

Dimitrij hielt inne, um einen knarzenden Furz auf die Holzbank zu pressen – er rieb sich den Bauch. »Der Beutezug glückte, also gingen sie auch in der nächsten Nacht los. Und in der übernächsten. Irgendwann wurden die nächtlichen Ausflüge zur Gewohnheit.« Dimitrij lehnte sich zurück, seine Stimme bekam einen öligen Klang: »Endlich kam der Frühling – doch die Männer hörten nicht auf: Jede Nacht gingen sie in den Wald, schlugen Holz oder angelten Fische aus dem Bach. Und so kam es, wie es kommen musste: Ein Scherge des Fürsten erwischte sie und erstatte Bericht. Der Fürst war erbost – dennoch verschonte er das Dorf, denn im Grunde hatte er ein gutes Herz. Er sandte einen Boten, der die Bewohner aufforderte, mit dem unrechten Tun aufzuhören. Aber was tat der Anführer der Dorfmänner? Anstatt den Mann mit Speck und Schnaps zu bewirten, ließ er ihn aus dem Dorf knüppeln. Als der Fürst das erfuhr, raste er vor Wut.«

Dimitrij zögerte. Unsicher schaute er nach links und rechts. Er flüsterte: »In einer sternklaren Nacht kamen der Fürst und seine Soldaten angeritten, warfen Brandfackeln und verschleppten Frauen und Kinder – niemand hat je erfahren, was aus ihnen geworden ist.« Ein lautes Scheppern durchfuhr das Haus, denn Erwin hatte ein Backblech fallengelassen. Katjuscha lachte und bewarf ihn mit Mehl. Laika, die neben dem Ofen geschlummert hatte, kläffte und verzog sich unter den Stubentisch.

»Und die Männer?«

»Die Männer? Sie wurden im Wald erschlagen und vom Fürsten verflucht.«

Dimitrij kraulte Laika ein Ohr, denn die Hündin hatte bei den letzten Worten gezittert. »Fortan mussten sie als Geister durch den Wald streifen." Dimitrij starrte mich an. Meine Kopfhaut juckte.

»Durch einen Zauberwald.«

»Ja? Und?«, lallte ich. »Was hat das mit uns zu tun?«

»Horst, das war noch nicht alles.«

»Hm.«

»Der Fürst schenkte den Männern die Hoffnung, dass sie sterben dürften – dass sie im Tod vereint sein würden mit ihren Frauen und Kindern.«

»Na, das war doch nett, oder?«

»Nein«, sagte Dimitrij. »Das war grausam. Denn der Fluch wäre erst dann aufgehoben, wenn sie ein letztes Mal frevelten.« Dimitrij kaute einen Daumen, seine Wangen glühten.

»Aber das war ausgeschlossen.«

»Wieso das?«

»Bevor der Fürst aufbrach, verdammte er die Männer zu ewigem Missgeschick.«

Sehr fern verstand ich etwas, doch es war viel zu weit weg. Erwin und Katjuscha rieben ihre Hinterteile an der heißen Ofentür.

Rauschgold

In der Wohnung herrschte geschäftiges Treiben. Frau Dornmüller klapperte in der Küche, summte Melodien oder schickte Anweisungen an ihre Tochter, die in der Stube den Tisch deckte. Dort hatte Lucie ein gestärktes Tischtuch ausgebreitet und Porzellangeschirr auf dunkelgrünen Platzdecken platziert, nun schob sie vier bestickte Servietten in ovale Zinnringe, die sie links neben die Teller legte. Sie seufzte und verschwand in der Küche.

Herr Dornmüller war mit dem Weihnachtsbaum beschäftigt. Er watete durch einen Wust aus Krepppapier und wühlte hektisch in Kisten und Schubladen. Der Baum, eine mächtige Blaufichte, deren Spitze bis unter die Decke ragte, war noch nackt. »Wenn ich bloß wüsste, wo ich Balthasar hingelegt habe«, murmelte Herr Dornmüller. »Auch Kaspar und Melchior kann ich nicht finden.« Er kratzte sich den Kopf. »Ah!«, rief er. »Vielleicht hier ... Nein, doch nicht«, sagte er enttäuscht. Erst jetzt bemerkte er, dass ich neben ihm stand. Er holte Luft: »Junge, du musst mir helfen. Allein schaffe ich das nicht.«

Die Standuhr schlug achtmal. Im Halbkreis standen wir um den Weihnachtsbaum, der mit Glaskugeln, Strohsternen und Rauschgold geschmückt war. In seiner Mitte wachten, endlich vereint, die drei Weisen aus dem Morgenland. »Männer«, sagte Frau Dornmüller, »den habt ihr prima hinbekommen. Kommt, lasst uns essen gehen.«

Im Schein der brennenden Kerzen führte sie uns an den Wohnzimmertisch, wo uns verführerische Duftschwaden empfingen. Behutsam öffnete Frau Dornmüller einen Römertopf, in dem eine fette Gans lag, ihre knusprige Hautschicht perlte vor Hitze.

»Franz, würdest du?«

»Aber natürlich, Marta.«

Während Herr Dornmüller den Vogel mit einem spitz zulaufenden Messer aufschnitt, ergoss sich Füllmasse in den Bratensud, es duftete nach Maronen, Backpflaumen und Äpfeln. Lucie verteilte die Beilagen: Geriebene Kartoffelklöße und Apfelrotkohl. Bevor wir mit dem Essen begannen, entkorkte Herr Dornmüller eine Weinflasche mit französischem Etikett. Ich wollte eine Hand über mein Glas halten und auf die Wasserkaraffe zeigen, da traf mich Frau Dornmüllers mütterlicher Blick: »Horst, bitte tu Franz den Gefallen. Er freut sich seit Tagen darauf, mit dir diesen Wein zu trinken. Du hast es dir verdient.« Sie hob ihr Glas: »Prost mein Junge!«

Zuckerbäcker

»Habe ich das wirklich nicht erzählt? Mein Großvater ist Zuckerbäcker in Königsberg.« Verdutzt schaute ich Erwin an. Von oben bis unten war er mit Mehl und Teig beschmiert, offensichtlich hatte er in der vergangenen Nacht keine Minute geruht: Seine Lider waren geschwollen, seine Wangen gerötet, trotzdem funkelte und strahlte er aus jeder Pore. Während ich mich aus dem Strohbett quälte, zeigte er auf ein Frühstück, das Katjuscha und er für uns gebacken hatten: Sandwaffeln, Mohnstriezel, Pulverkuchen und Quarkplinsen. Nun kam die Tochter des Müllers durch die Tür, sie warf ihren Kopf in den Nacken und sagte etwas zu Erwin. Ihre Lippen glänzten. Erwin lachte und antwortete, seine Worte klangen weich und melodisch, fast sang er. Nachdem auch der Müller Platz genommen hatte, gab es Frühstück.

Ich bestrich eine Quarkplinse mit Brombeermarmelade – sofort sog die Mehlspeise die gekochten Früchte auf, es schmatzte und knisterte. Als ich hineinbiss, platzten Zuckerkristalle in meinem Mund. Mein Blick fiel auf Erwin: Er träufelte Honig auf eine Sandwaffel, nahm das Gebäck und führte es an Katjuschas Lippen – sie schnappte nach der Backware und schnurrte wie eine Katze. Wenig später teilte sie ein Stück Pulverkuchen und schob es Erwin in den weit geöffneten Mund.

Dimitrij bekam vom klebrigen Liebesspiel nichts mit, denn

er war mit Essen beschäftigt. Mampfend saß er am Tisch und stierte auf den Berg aus Süßspeisen. »Mensch«, sagte er, »hätte nicht gedacht, dass Erwin backen kann.«

Neuschnee

Erneut formten wir einen Halbkreis um die Blaufichte und sangen Weihnachtslieder. Nach einer Weile rief Frau Dornmüller zu Tisch: »Es gibt Dessert!«

Meine Gabel wollte ein Stück Kirschtorte zerteilen, da spürte ich eine Hand auf meinem Ärmel. »Nicht so schnell, Junge«, rief Herr Dornmüller. »Den hier musst du vorher probieren.« Er zog den Korken aus einer Weinbrandflasche und füllte zwei Schwenkgläser.

»Prost«, sagte Herr Dornmüller.

Ich zögerte. Nie zuvor hatte ich Branntwein getrunken, doch Frau Dornmüller nickte mir zu. »Prost«, sagte auch ich.

Heiß lief mir der Weinbrand den Hals hinab. Ich schüttelte mich. Doch als ich die Kirschtorte probierte, wurde mir warm ums Herz: Das herbe Aroma des Weinbrands und die buttrige Süße der Torte ergänzten sich prächtig. Ich lächelte.

Plötzlich stand Lucie vor mir, ihre Wangen errötet, ihr Haar leicht durcheinander. Ihre Lippen nippten an einem Glas Schaumwein. Sie beugte sich vor, um den Fesselriemen ihres linken Schuhs zu binden, dann richtete sie sich auf und streckte ihren Oberkörper.

»Horst, möchtest du tanzen?«

Bevor ich antworten konnte, stellte Lucie ihr Glas ab und zog mich in die Mitte des Raums, derweil bediente Herr

Dornmüller ein Grammophon. Er enthüllte eine Schellackplatte, legte sie auf den Drehteller und senkte den Tonarm. Es knisterte. Als die ersten Orchesterklänge zu hören waren, schnappte sich Herr Dornmüller seine Frau und führte sie gekonnt über die Dielen des Wohnzimmers. Überrascht schaute ich Lucie an, sie ließ sich in meine Arme fallen.

Es war tiefe Nacht, als ich die Schwelle des Krämerladens überquerte. Draußen empfing mich lautlose Kälte. Die Straße lag menschenleer. Lucie lehnte am Türrahmen und strich eine Strähne aus ihrem Gesicht. Arme und Beine hatte sie gekreuzt.

»Horst?«

»Ja?«

Ich wartete – Lucie kaute auf ihrer Unterlippe.

»Ach, nichts. Schlaf gut.«

Die Tür schnappte ins Schloss. Ich stand auf dem Bürgersteig und lauschte.

Nichts.

Plötzlich ein kalter Kitzel auf meiner Nase. Es schneite – zum ersten Mal in jenem Winter.

Maulwurf

Nach dem Frühstück lehnte Katjuscha an Erwins Schulter, sie spielte mit einer Haarsträhne und summte. Erwin legte seinen Arm um Katjuscha, da bollerte es an der Tür.

Der obere Flügel flog auf, Hans steckte seinen Kopf in die Stube. Er wieherte. »Wir müssen los«, sagte Dimitrij ernst.

Erwins Gesichtszüge verkrampften, seine Handknöchel leuchteten weiß. Er tat, als hätte er nicht gehört.

Ich stupste ihn in die Seite: »Erwin, es ist Zeit zum Abschied nehmen.« Der Müller flüsterte Katjuscha etwas zu, sie legte ihre Hand auf Erwins Schulter. Mein Freund zitterte am ganzen Leib, als Katjuscha seine Hand ergriff und ihn aus dem Haus führte.

Eine Viertelstunde später saßen wir abfahrbereit auf dem Karren. Dimitrij wollte zur Gerte greifen, da wedelte der Müller aufgeregt mit den Armen. Er bedeutete uns zu warten, dann lief er ins Haus. Türen wurden geschlagen, Töpfe und Backbleche klapperten. In der Zwischenzeit kümmerte sich Katjuscha um Erwin, der völlig verstört auf der Ladefläche kauerte. Sie griff in ihre Schürze und zog eine Figur hervor.

Zuerst mochte ich es nicht glauben, doch es bestand kein Zweifel: Katjuscha hatte sich selbst gebacken.

Vorsichtig nahm Erwin die kleine Figur aus Salzteig entgegen. Er streichelte und drückte sie. Im selben Augenblick wurde die Tür zur Mühle aufgerissen. Der Müller trat heraus und zog eine große Holztruhe hinter sich her. Keuchend hielt er vor uns an. Er kreuzte die Arme und rieb sich die Oberarme. Anschließend zeigte er auf unsere Anziehsachen und rieb sich erneut. Er schnaubte, so als wäre ihm kalt. Jetzt öffnete er seine Truhe. Sie war mit Mänteln und Pelzen gefüllt. Der Müller rief etwas, das wie eine Aufforderung klang. Unverzüglich sprangen Dimitrij und ich vom Wagen und begannen zu wühlen.

Nach einigem Kramen zog ich einen Filzmantel hervor, dessen Knopfleiste ein gesticktes Blumenmuster zierte. Er roch nach Brombeere und passte wie angegossen. Auch Dimitrij wurde fündig: Er hielt einen Radmantel in den Händen, streifte ihn über und stakste stolz wie ein Gockel umher. Nun machte ich mich daran, nach etwas Wärmendem für Erwin zu suchen, denn er war nicht mehr Herr seiner Sinne. Er kniete auf der Ladefläche und starrte Katjuscha an. Dann ihre Backfigur. Dann wieder Katjuscha. Dann ihre Backfigur. Dann wieder Katjuscha.

Ganz unten in der Truhe fand ich einen Pelzmantel, den ein Kürschner aus Maulwurfsfell geschneidert hatte. Wie gemacht für Erwin. Als ich ihm den Mantel überlegte, sackte Erwin zusammen. Der Müller winkte, Hans setzte den Karren in Bewegung. Wir rumpelten los.

Kaum dass wir die Landstraße erreicht hatten, bäumte sich Erwin auf. Schwankend stand er auf der Ladefläche. Seine

Augen waren leer, sein Mund weit geöffnet. Er röhrte wie ein waidwunder Hirsch: traurig, wütend, verständnislos. Ich blickte zurück. Katjuscha wedelte aufgeregt mit einem Stofftaschentuch. Ihr Gesicht verborgen unter einem Meer aus Tränen.

Dessertbonbon

Der Frühling warf blaue Bänder umher, der Garten vor dem Krämerladen blühte. Meine Aufregung stieg, denn bis zu unserer Hochzeit waren es nur noch zwei Wochen. Wie so oft in jenen Tagen war ich allein im Geschäft. Die Ladentür öffnete mit rasselndem Klingeln, ein Kunde betrat den Verkaufsraum: Ferdinand von Falkenstein. Mit durchgedrücktem Kreuz hielt er vor unseren Marmeladengläsern und ließ seinen Blick über die Etiketten schweifen. Er war hochgewachsen und breitschultrig. Trotzdem wirkte er eher schlank als muskulös. Ferdinand trug einen Leinenanzug, in seiner Brusttasche steckte ein Taschentuch. Als er mich erspähte, zog er die Mundwinkel nach oben:

»Ah, Horst, schön dich bei der Arbeit zu sehen.« Er lächelte mich mit makellosem Gebiss an und reichte mir die Hand. Er roch nach Parfüm und Büffelleder.

»Ferdinand, was kann ich für dich tun?«

Er schaute sich um.

»Eine Menge«, erwiderte er. »Eine Menge.«

Er starrte auf die Fleischwaren, die allesamt zum Aufschnitt bestimmt waren: Rostbraten, Schinken, Zunge, Gänsebrust. Sein rechtes Augenlid zuckte. »Ich nehme ein Stück grobe Leberwurst – oder doch die feine? Ja, ich nehme die feine!«

Ich schnappte die feine Leberwurst und zückte ein Messer. Dann fuhr ich mit der Klinge über das Stanniolpapier.

»Ja, so", rief er begeistert. »Genau so viel!«

Ich setzte zum Schnitt an, da überlegte es sich Ferdinand anders. »Nein, Horst. Ich nehme etwas mehr – oder doch etwas weniger?« Seine Augenbrauen wackelten und ich wusste, dass er nicht zum Wurstkauf gekommen war.

Ich ließ das Messer hinuntersausen. Einfach so. In der Mitte der Wurst. Stahl knallte auf Holz. Ich lächelte. »Darf es sonst noch was sein?«

Ferdinands Augen bekamen einen milden Glanz.

»O ja«, säuselte er. »Komm doch mal hier herüber.«

Er trat an den Nachbartisch. Dort türmten sich Blechbüchsen mit feinen Biskuits; braun glänzende Honigkuchen lagen kreuzweise geschichtet und überzuckerte Früchte warteten in Kristallschalen auf ihre Käufer. Für einen Moment wirkte Ferdinand abwesend. Während er die Auslagen musterte, betastete er seine gebräunte Gesichtshaut. Er wirkte erregt. Seine gepflegten Fingernägel bekamen weiße Halbkreise. Schließlich feixte er und zeigte auf eine Glasglocke.

»Sind das Dessertbonbons?«

»Ja.«

»Sehr gut. Davon eine Handvoll, bitte.«

Ich riss eine Papiertüte vom Haken, nahm eine Schaufel und füllte die karamellisierten Bonbons in die Tüte. Ich war noch nicht fertig, da griff sich Ferdinand an die Nase.

»Horst, wie du weißt, hat meine Familie Beziehungen. Unser Wort hat Einfluss. So oder so.«

Sein Gesicht leuchtete.

»Ich habe mich umgehört. Ich weiß, wie es um dich steht. Um den Aufschub deiner Einberufung.«

Verdattert blickte ich ihn an. Ferdinand fuhr über sein Haar, das er streng zur Seite gekämmt hatte.

»Bestimmt hast du die schlimmen Geschichten gehört, die man sich von der Front erzählt?«

Sein Blick lag wie ein Saugwurm auf mir. Er überprüfte, welchen Eindruck seine Rede auf mich machte. Ich gähnte.

»Ich habe erfahren, dass die Revision deines Aufschubs bevorsteht. Es sieht ganz danach aus, als würdest du bald eingezogen werden.«

Ich hielt die Luft an.

»Ich kann dir helfen. Du musst es nur wollen.«

Ferdinand blinzelte. Mit einem Mal wurde er ungeduldig.

»Horst, wenn du auf Eva verzichtest, musst du nicht in den Krieg.«

Muttersprache

Unsere dick verpackten Leiber glänzten im Mittagslicht. Eintönig zog die herbstliche Landschaft vorbei. Abgeerntete, halbherzig umgepflügte Kornfelder wechselten sich ab mit spärlich belaubten Waldflecken oder sumpfigem Wiesengras. Während Hans den knarzenden Karren vorandrückte, wurde Dimitrij rührselig. Er hob an: »Ich war keine sieben Jahre alt, da wurde ich von meinen Eltern getrennt. Ich weiß nicht, was aus ihnen geworden ist.«

Er reichte mir einen Kanten vom Zuckerbrot, das uns der Müller mitgegeben hatte. Dann spuckte er in den Wind. »Meine Sprache und mein Pferd. Das ist alles, was mir geblieben ist.«

Ein Waldkauz kreuzte unsere Bahn und schiss auf Dimitrijs Rundmantel, ihn störte das nicht. »Man hat mir einen anderen Namen gegeben. An meinen richtigen kann ich mich nicht erinnern.«

Er schnalzte mit den Zügeln, denn Hans hatte die besinnliche Stimmung ausgenutzt, um noch langsamer voranzuschreiten. »Die Kinder im Dorf haben mich gehänselt, meine Pflegeeltern waren streng zu mir. Beim Milchholen wurde ich verprügelt, vor dem Wirtshaus verhauen.«

Dimitrijs Blick schweifte über eine Wiese, auf der zwei Wildschweine träge kopulierten. Ich schaute auf Dimitrijs geäderte Nase, die er von einem Tropfen Rotze befreite. Ein Trauerkiebitz schoss senkrecht in den Himmel. Für einen

Moment stand der Vogel schwerelos in der Luft, dann setzte er zu einem halsbrecherischen Sturzflug an. Noch bevor sein scharfer Ruf verhallt war, hatte ihn das Wiesengras verschlungen. Dimitrij schnaufte: »Trotzdem fühlte ich mich irgendwann heimisch. Was blieb mir anderes übrig?«

Plötzlich ein Knall. Dimitrij unterbrach seinen Bericht. Erwin hatte eine Schnapsflasche gegen einen Findling geworfen. Ihm ging es nicht gut. Seit dem Abschied von Katjuscha hatte er kein Wort geredet. Nur getrunken. Mit sorgenvoller Miene blickte Dimitrij auf unseren Freund: Erwin hockte benommen auf der Ladefläche und summte. Er rieb die gebackene Katjuscha über seinen Maulwurfspelz. Dimitrij seufzte und nahm den Erzählfaden wieder auf: »Aber die Traurigkeit blieb. Und als ich dann im Frühling zwei Landser auf einer Waldlichtung entdeckte, sagte eine Stimme in mir: Dimitrij, ändere was!«

Die Räder unseres Karrens zogen Furchen in die matschige Erde. Eine Windbö blähte unsere Mäntel.

Ich hörte ein Würgen.

Erwin lag auf dem Bauch, sein Kopf ragte über den Rand des Karrens.

Er kotzte.

Anschließend setzte sich der Königsberger Völkerkundler kerzengerade hin: »Und, Freunde? Was nun?«

Frühlingswiese

Der Pfarrgarten vor unserer Kirche platzte aus allen Nähten, als Eva und ich das Buffet eröffneten. Die halbe Stadt war zu unserem Polterabend gekommen und wurde vom Feinkostladen Dornmüller bewirtet. »Lass das mal unsere Sorge sein«, hatte Frau Dornmüller versichert. »Wir machen das schon.«

Die Gäste wurden mit deftiger Speise versorgt: Auf Holztischen lagen Kupfertröge, in denen knackige Rindswürstchen dampften. Daneben türmten sich Frikadellen, Schinkenröllchen und Käsespieße. Als Beilagen wurden Bohnensalat, Silberzwiebeln und Dillgurken gereicht. Als Nachtisch gab es Vanillepudding und Rhabarberkompott. Getränke zapfte Herr Dornmüller. Er stand an Holzfässern, aus denen Bier und Brause schäumten. »Als Zugeständnis an die hiesigen Saufsitten«, wie Frau Dornmüller schimpfte, waren auch einige Flaschen Kornbrand aufgebahrt, deren Inhalt man nur auf ausdrücklichem Wunsch ausgeschenkt bekam.

Ich war in ein Gespräch mit Evas Vater vertieft, als Ferdinand in Begleitung von Adolf und Giselher Gaschler durch die Pforte in den Garten schritt. Er hatte einen Blumenstrauß in der Hand, den er Eva mit schwungvoller Geste überreichte. Eva blickte überrascht, wehrte sich aber nicht, als Ferdinand sie umarmte und auf die Wange küsste. Mir schwoll die Faust in der Tasche. Der Professor versuchte mich zu beruhigen: »Junge, nimm es nicht so schwer: Ohne Reibung keine Bewegung. Aber ohne Reibung auch kein Halt."

Ich verstand nicht, was er damit sagen wollte.

Wenig später war ich die Hauptperson. Wir spielten Blinde Kuh und meine Aufgabe war es, Eva aus einem Pulk unverheirateter Mädchen zu ertasten. Zu Beginn des Spiels liefen mir die Mädchen reihenweise davon, erst später ließen sie sich einfangen. Das Betasten der Mädchen war mir unangenehm. Zum Glück war es schnell vorüber, sobald ich die Stirn oder Wange eines Mädchens befühlte. »Du bist nicht Eva«, sagte ich dann und erntete aufgeregtes Kichern.

Als ich nicht mehr daran glaubte, bei diesem Spiel Erfolg zu haben, stand mit einem Mal eine junge Frau vor mir. Ihre Stirn, ihre Wangen, ihr Haar: Eva. Sie roch nach Frühlingswiese. Sie war mir so vertraut. Ich wagte es sogar, ihre Lippen zu betasten.

»Du bist Eva!«, rief ich laut und riss mir den Verband von den Augen. Die Männer im Hintergrund feixten.

Die umherstehenden Mädchen tuschelten.

Vor mir stand Lucie.

Wiegeschritt

Nun wurde getanzt. Frau Dornmüller, mit der ich beim langsamen Walzer über die Wiese drehte, schaute mir in die Augen.

»Horst«, sagte sie, »dein Herz ist vergeben. Natürlich freue ich mich – für dich.«

Ich führte sie einen Schritt zur Seite, um einem anderen Paar auszuweichen. »Trotzdem bin ich auch Mutter.«

Die Musik setzte aus, Frau Dornmüller hielt mich fest.

»Ich hoffe, du tust das Richtige.«

Dann ließ sie mich los.

Nachdenklich durchstrich ich den Pfarrgarten. Da hörte ich Misstöne.

»Die Wurst ist unterwürzt!«

»Das Bier schmeckt lasch!«

Es waren die Gaschlers. Sie lachten und leerten ihre Gläser, die mit Kornbrand gefüllt waren. Anschließend packten sie ihre Bierkrüge und prosteten sich zu. Im selben Moment ging ein Raunen durch die Gesellschaft: Auf der Tanzfläche wurde eine Rumba gespielt und jeder wollte einen Tanzpartner finden. Voller Hoffnung lief ich los – und wurde enttäuscht.

Eva war vergeben. Vor ihr stand Ferdinand. Er deutete einen Handkuss an und drückte Eva an sich – schamlos lächelte er mir ins Gesicht.

Bereits nach wenigen Takten waren Eva und Ferdinand vereint. Sie wirbelten und drehten im Einklang, wichen elegant anderen Paaren aus oder dehnten gemeinsam ihre Körper. Obwohl sie die Blicke aller auf sich zogen, waren ihre Augen nur auf sich gerichtet. Ferdinand führte Eva durch die Reihen. Mal streng, mal spielerisch. Eva lachte und ließ sich in Ferdinands Armen treiben. Sie hörte und sah mich nicht. Nicht einmal, als ich mit hochgerissenen Armen winkte: »Eva, Eva!«

Ich zog mich zurück, um meine Gedanken zu ordnen. Das gelang mir nicht. Ich erreichte das Buffet und erwischte Adolf Gaschler, wie er den Dackel des Pastors mit Würstchen und Bier bewirtete. Während das Tier die salzige Kost verschlang und am Gerstensaft schlappte, kraulte ihm Adolf den Nacken – unsere Blicke trafen sich. Ein Grinsen durchzog Adolfs teigiges Gesicht. Breit und ungezogen. »Schau mal, Horst«, feixte er. »Es schmeckt ihm.«

Unterdessen fühlte sich sein Bruder Giselher unbeobachtet. Hinter einem Johannisbeerstrauch strullte er ins Gemüsebeet. Pfeifend wedelte seine Hüfte, während der Harn den Boden durchnässte. Gerade wollte ich ihn zur Rede stellen, da hörte ich aufgeregtes Gekicher von der Tanzfläche. Was ich sah, war verstörend: Evas und Ferdinands Körper waren ineinander verdreht. So eng tanzten sie. Im Wiegeschritt. Bloß ihre Körpermitten bewegten sich. Im Takt der Musik.

Ich war froh, als der Tanz vorüber war. Ich lief zum Tisch von Herrn Dornmüller, der mir ein Glas Fassbrause zapfte. Das kalte Getränk beruhigte und ließ mich zuversichtlich werden.

Eva kam herübergeschlendert. Erhitzt vom Tanz. Atemlos.

»Puh, Ferdinand ist wirklich ein guter Tänzer.«

Sie streichelte mein Gesicht und gab mir einen Kuss.

Saftgurken

Die Sonne stand tief über dem Pfarrgarten und tauchte die versammelte Gesellschaft in ein goldenes Licht. Es war immer noch warm und viele Männer hatten ihre Hemden aufgeknöpft. Ich lehnte an einem Lindenbaum, neben mir Evas Vater. Er stopfte sich eine Pfeife.

»Junge, morgen wirst du Eva heiraten.«

Er blickte versonnen in den Pfarrgarten, wo Giselher Gaschler unter einen Biertisch kroch.

»Du und Eva ...«

Weiter kam der Professor nicht. Denn Giselher krabbelte unterm Tisch hervor und lief über den Rasen. Verfolgt von zwei aufgebrachten Mädchen.

»Lustmolch!", rief die eine.

»Er hat uns unter die Röcke gespannt!", die andere.

Der Professor zwirbelte seinen Bart. Mit gekräuselter Stirn beobachtete er, wie Giselher den Vorfolgerinnen zu entkommen suchte und geradewegs auf die Jungs meiner Sportgruppe zusteuerte.

Es war Wilhelm, der ein Bein ausstellte. »Oh«, entfuhr es dem Professor, während Giselher das Gleichgewicht verlor und wild mit den Armen ruderte. Evas Vater dozierte.

»Horst, wie du weißt, lässt sich die Wucht eines Aufpralls ganz einfach berechnen." Er zeigte auf die Hundehütte, vor der sich der Dackel des Pastors schlafen gelegt hatte. Giselher stolperte auf sie zu. »Sie ist das Produkt aus Geschwindigkeit und Masse. Schau hin!«

Giselher krachte gegen das kleine Holzhaus. Es barst, keine Latte blieb auf der anderen. Der Dackel kläffte aufgeregt. Giselher stöhnte. Er stieß unfeine Flüche aus.

Mittlerweile waren seine Verfolgerinnen angekommen und beugten sich mit ausgestreckten Fingern über ihn. Giselher lag auf dem Boden und rieb seine Rippen. »Im Übrigen«, sagte Evas Vater, »hat Giselher einen weiteren Beweis geführt."

Er deutete auf die kaputte Holzhütte.

»Der Klügere gibt nach.«

Ich unterhielt mich mit Wilhelm. Wir hatten uns in den vergangenen Monaten nur selten gesehen. Seitdem Erich Gaschler seine Stelle als Übungsleiter aufgegeben hatte, war Wilhelm kaum noch zum Training in den Blücherpark gekommen. Umso erfreuter war ich, dass er meiner Einladung zur Polterhochzeit gefolgt war.

»Gut siehst du aus«, log ich. Wilhelm hatte blutunterlaufende Augen. Seine Haut schimmerte fahl und sein rechtes Augenlid zuckte. Zudem musste ein Ledergürtel seinen Bauch im Zaum halten.

»Danke für das Kompliment«, antwortete Wilhelm.

»Auch wenn wir beide wissen, dass du lügst.«

Noch bevor ich ihm widersprechen konnte, kippte er den Rest seines Bieres hinunter und wischte sich mit dem

Handrücken durchs Gesicht. »Horst, die braunen Saftgurken werden immer dreister. Und es gibt niemand, der sie aufhält.«

Seine Stirn verformte sich, die Äderchen in seinen Augäpfeln glühten.

»Sie kennen keine Grenzen – weil keiner sie zieht.«

Ich hörte einen Schrei. Gefolgt von einem Klatschen. Adolf Gaschler stand vor Lucie und hielt sich die Wange.

Ich rannte los.

Rüttelflug

Die Morgensonne hatte die Baumwipfel erreicht. »Da hinten ist er«, rief Dimitrij.

Wir durchschritten ein moosiges Waldstück. Dimitrij knickte Äste beiseite: Vor uns rauschte ein riesiger, wilder Strom. Wir standen am Ufer und wurden von Gischt umsprüht. Der Fluss schäumte, aus seiner Mitte ragten Felsbrocken.

»Männer«, schrie Dimitrij in den Wind. »Der Müller hat gesagt, dass am anderen Ufer die Wehrmacht liegt. Hier müssen wir rüber!«

Ein Fischadler beendete seinen Rüttelflug. Mit vorgestrecktem Greiffuß schoss er ins Wasser, zog einen Wels aus dem Fluss, den er aber fallen lassen musste, weil er den schleimigen Raubfisch nicht richtig zu fassen bekam. Der Fluss toste. Erwin brüllte: »Horst! Dimitrij hat recht – wir können uns nicht ewig tot stellen.«

Schweigend starrte ich das Flussbett an, bis mich Erwin nach einer Weile stupste. Seine Gesichtsmuskeln zuckten.

»Nützt ja nichts: Irgendwann muss doch unsere Fahrt enden ...«

Dimitrij zog uns zurück. Seine Hände formten einen Trichter. »Freunde! Ich kenne eine Siedlung, wo ein Fährmann wohnt – wir müssen nur dem Flusslauf folgen.«

»Hm«, sagte ich leise und strich über meine Puffhose.

In einiger Entfernung schlängelte sich ein merkwürdiges Schiff den schaumigen Strom entlang. Es war höher, als es lang war. Als es näher kam, erkannte ich, dass das Schiff eine Kirche war: Ihre Seitenwände waren aus mächtigen Bohlen gebaut, ihr Dach gedeckt mit Holzschindeln. Moos und Flechten formten bizarre Muster. Ihr Turm schaukelte unruhig von links nach rechts. Nachdem die Kirche vorbeigezogen war, erklang ihre Glocke. Dimitrij klatschte aufgeregt in die Hände: »Los, kommt, wir müssen uns beeilen.«

Wir folgten der schwimmenden Kirche, die sich durch zahlreiche Stromschnellen kämpfen musste. Mehrfach wurde ihr Bug vollständig von den Wassermassen verschluckt. Dann tauchte er wieder auf und ragte für einen Moment in die Höhe. Schließlich hielt die Kirche aufs Ufer zu und rammte einen Landungssteg. Menschen kamen angelaufen und täuten sie fest. »Ah!«, rief Dimitrij. Er zeigte nach vorn. »Da ist es!« Er schnalzte und wirbelte seinen Weidenstock durch die Luft. »Gleich sind wir da.« Gemächlich zog uns Hans der Anlegestelle entgegen.

Frauen und Kinder hüpften übers Schiffsgeländer. Männer rauchten auf dem Steg und tranken Kartoffelschnaps. Die Stimmung war ausgelassen. Ein Mann begutachtete den Schaden, den das Kirchenschiff bei seiner Landung angerichtet hatte: Etliche Bretter des Stegs zeigten verdreht zum Himmel, andere schwammen auf dem Wasser. Doch das

Schiff schien unbeschädigt. Dimitrij hielt den Karren an und zwinkerte uns zu: »So Männer, da wären wir. Ich muss euch nicht erklären, wie man sich auf einer Beerdigung benimmt?«

Wir betraten das schaukelnde Schiff und pferchten uns ins Gestühl der Kirche. Die Luft war stickig. Zahlreiche Heiligenbilder und Jesusfiguren schmückten den Raum, geboten Ehrfurcht und mahnten die Vergänglichkeit des Menschen. Auf einer Erhöhung hatte man den geöffneten Sarg eines Mannes aufgebahrt, der von brennenden Kerzen umgeben war.

Drei Musiker betraten das Podest: ein grauhaariger Mann mit Gitarre, ein Akkordeonspieler mit Zwiebelhut, ein dickbäuchiger Sänger. Der Akkordeonspieler zauberte ein Schnapsfläschchen aus seinem Zwiebelhut: Er trank, sah und spielte eine ergreifende Melodie, die den Zuhörern Tränen ins Gesicht drückte. Als der Gitarrist eine gegenläufige Melodie zupfte und der Sänger in tiefem Bass ein Klagelied anstimmte, schunkelten die Dorfbewohner von links nach rechts und gaben sich ganz ihrer Trauer hin.

Flieder

»Lucie, ist alles in Ordnung mit dir?«

Lucies Oberlippe bebte, ihre Augen funkelten vor Wut.

»Diese Pottsau, diese Pottsau!«

Adolf Gaschler, die Pottsau, rieb sich das Gesicht. Er stank nach Suff. »Horst«, lallte er. Er grapschte nach Lucies Schulter. »Ich habe doch bloß wissen wollen, ob das junge Fräulein ...«

Da traf ihn ein Schlag mit dem Reisigbesen.

» Verschwinde«, brüllte Frau Dornmüller. »Du hast heute genug angestellt. Und vergiss deinen stinkbesoffenen Bruder nicht!«

Giselher Gaschler schälte sich aus einem Himbeerstrauch. Er sah käsig aus und wischte sich den Mund – verdutzt, weil ihn so viele Augenpaare anstarrten. »Komm«, rief Adolf. »Wir gehen.«

Adolf schaute zu Ferdinand, der ihm zunickte.

»Bis morgen!«

Die beiden Brüder stiefelten den Kiesweg entlang und drückten ihre Leiber aneinander. Am Ausgang des Pfarrgartens lachten sie wie blöd.

Die Gaschlers waren schnell vergessen. Die Gäste liefen zur Tanzfläche und bewegten sich ausgelassen. Sie schienen wie beflügelt. Als Stunden später die Glühwürmchen in den Baumkronen wimmelten, zog mich Evas Vater beiseite. Er lächelte. »Junge«, sagte er, »du solltest deine Braut nach

Hause führen. Morgen wird ein langer Tag.«

Er zeigte zum Gartentor, wo Eva auf mich wartete.

Sie lachte und winkte mir zu.

Kurze Zeit später standen wir vor ihrem Haus. Eva presste den Kopf an meine Brust. Ihr Haar roch nach Flieder. Ich schluckte, als ihre Hand meinen Nacken hinabfuhr. Eva bemerkte meine Anspannung. »Du bist süß, Horst«, sagte sie und schaute mir ins Gesicht. Der kleine Leberfleck auf ihrer Wange bebte, sie flüsterte: »Schlaf gut, mein Lieber. Du musst morgen ausgeruht sein.« Ich blickte ihr nach, wie sie den Vorgarten durchschritt und durch die Haustür verschwand.

Nassbett

Die Gemeinde verstummte, als sich ein großer, bärtiger Mann dem Altar näherte. Man konnte das Rollen leerer Schnapsflaschen hören, die im Takt des schwankenden Kirchenschiffs von Seite zu Seite polterten. Der Mann, der nun seinen Arm hob, trug ein schwarzes Gewand, eine zylinderförmige Kopfbedeckung und ein um den Hals gebundenes Kreuz. Ihn umgab die Aura eines weisen, strengen Gottesmannes. Nachdem er seine Schäfchen eine Weile lang gemustert hatte, schloss er die Augen und begann zu singen: Sein Bass ließ das Gestühl vibrieren. Das klapperige Gestell, auf dem der Tote aufgebahrt lag, knarzte.

Die Eingangstür öffnete sich und eine junge Frau kam auf Zehenspitzen hereingetrippelt. Sie war blond wie Weizen. Während ihre Blicke über die Anwesenden fuhren, blieb sie stehen und richtete ihren Zopf: Er war kunstvoll geflochten, handbreit, und bedeckte als Kranz ihren Hinterkopf. Zielstrebig steuerte die Frau auf den letzten freien Platz zu: rechts neben Dimitrij. Mit dem Finger fuhr sie in einen kleinen Tiegel, fettete ihre Lippen und schmiegte sich eng an meinen ukrainischen Freund.

Nun kam die Zeremonie ins Rollen: In düsterem Ton sprach der bärtige Priester lange Monologe, die von ebenso langen Choreinlagen der Gemeinde unterbrochen wurden. Der Reigen setzte sich fort und wurde aufs Neue wiederholt. Quälend oft, ohne erkennbaren Fortschritt. Während sich

Dimitrij versonnen an seine Sitznachbarin lehnte, rutschte Erwin ungeduldig auf der Bank. Nach einer halben Stunde zückten die Männer des Dorfes ihre Schnapsflaschen, sie duckten sich und nippten an den Flaschenhälsen. Eine weitere halbe Stunde später prosteten sie sich zwanglos zu. Auch der Gottesmann, an dessen Bart Spuckefetzen klebten, trat während der Chorpassagen hinter einen Vorhang und genehmigte sich Schlucke aus einer Schnapspulle. Nach zwei Stunden war auch ihm das Versteckspiel zu viel: Mit heiserer Stimme stand er auf seinem Podest. Schwankend. Schwitzend. Entschuldigend hob er der die Hände und stellte die Schnapsflasche mitten auf den Altar. Die Gemeinde johlte. Die drei Musiker, die während des Trauerdienstes unbeteiligt am Rand gesessen hatten, griffen zu ihren Instrumenten und spielten flotte Rhythmen.

Das Schiff schaukelte. Geschickt trat der Priester Kerzen aus, die nun reihenweise umfielen. Er erinnerte mich an den amerikanischen Stepptänzer, den ich einmal im Lichtspielhaus bewundert hatte. Allerdings der nicht eine Totenmesse lesen müssen. Darum war es nicht verwunderlich, dass der Priester an einigen Kerzen vorbeitrat.

Erwin ging es gut. Längst hatte er sich mit seinen Sitznachbarn verbrüdert und verschlang Kartoffelschnaps. »Kolossal«, murmelte er. Derweil schwoll im Kirchenschiff der Geräuschpegel weiter an. Man schunkelte, klatschte, grölte. Die ersten Trauergäste verloren alle Hemmungen, sprangen auf und feuerten pfeifend die Musiker an. Bevor die Messe vollständig aus dem Ruder lief, stapfte der Priester auf den Boden. Er schimpfte und zeigte auf den Toten. Die Trauernden verstummten. Fleißige Messdiener kamen herangelaufen und schlugen Decken um den Verblichenen, der mit festen Stricken umbunden wurde. Nun gab es kein Zurück mehr. Ich hörte Schluchzen. Die Frau neben Dimitrij schnappte nach seiner Hand. Die Worte des Priesters klangen erhaben, sein rechter Arm zeigte auf die Ausgangstür.

Wenig später standen wir am Heck des Schiffs. Der Leichnam wurde durchs Spalier getragen. Ich konnte einen letzten Blick ins Gotteshaus werfen und sah, wie zwei Kerzen umplumpsten und ihre Dochte eine Hochzeit eingingen. Doch das war jetzt nebensächlich. Unter Wehklagen wurde der verschnürte Körper des Toten aufs Schiffsgeländer gelegt und zu Wasser gelassen. Der Leichnam stürzte in den Strom und versank. Nach wenigen Sekunden tauchte er wieder auf, sprudelnd und kreisend, bis er vom schäumenden Wasser hinweggerissen wurde.

Frettchen

Pastor Piepenbrink stand vor dem Altar und lächelte mit großen, milden Augen. Sein mondrundes Gesicht wurde von einem buschigen Backenbart flankiert, ein mit Seidenstickerei verziertes Gewandt reichte ihm bis zu den Knöcheln. Augenzwinkernd sagte er zu mir: »Kopf hoch, Junge, bisher habe ich noch jeden verheiratet.«

Im Gestühl verstummte das Tuscheln, der Organist begann sein Spiel, schwer und melancholisch. Je länger ich Pastor Piepenbrink anschaute, desto größer wurde meine Anspannung. Schließlich hielt ich es nicht mehr aus und drehte mich um.

Ihr Brautkleid wallte über den Boden, ihr Haar war hochgesteckt. Eva trug einen Blumenstrauß und wurde von ihrem Vater durch den Korridor geführt. Stolz hob der Professor eine Braue, dann übergab er mir seine Tochter. Die Orgelmusik setzte aus.

Während er seine Halsbinde befühlte, schaute Pastor Piepenbrink verträumt durch die Reihen des Kirchenschiffs. Er schien unendlich viel Zeit zu haben. Ewigkeiten später holte er tief Luft, um mit der Vermählung zu beginnen. Da bollerte es an der Kirchentür.

Zwei dunkel gekleidete Herren mit langen Ledermänteln standen im Gang. »Horst Stahl? Horst Stahl! Mensch, Sie haben wir überall gesucht – auf der Stelle mitkommen!«

Während beide auf mich losstiefelten, versuchte Pastor Piepenbrink das Schlimmste zu verhindern. »Was fällt Ihnen ein?«, rief er den Männern entgegen, die grinsend weiterstaksten. »Mit welchem Recht stören Sie meine Zeremonie?« Auf Piepenbrinks Stirn bebte eine Zornesfalte. »Verschwinden Sie – sofort!« Zu meiner Überraschung blieben die Männer stehen, mit so viel Widerstand schienen sie nicht gerechnet zu haben. Der kleinere der beiden, der auch ihr Wortführer war, rollte mit den Augen, sein Kollege schaute ausdruckslos wie ein Pudding. Die Stimme des kleineren Mannes schnarrte: »Ganz schön forsche Worte für einen, dessen Akte bei uns einen halben Regalmeter einnimmt. Piepenbrink, wollen Sie gleich mitkommen?«

Aufgeregtes Gemurmel erfüllte die Kirche, die Mundwinkel von Pastor Piepenbrink zuckten. In diesem Moment erhob sich Ferdinand von Falkenstein, lief auf Eva zu und überreichte ihr einen Zettel. Eva schaute überrascht und entfaltete das Papier.

Sie schrie auf.

Leider konnte ich ihr Gesicht nicht erkennen, weil sie sich von mir weggedrehte. Ferdinand setzte sich. Er seufzte.

Die Männer mit den langen Mänteln hatten wieder Fahrt aufgenommen. Sie stürmten auf mich zu. Das Klacken ihrer Stiefel hallte durch die Kirche. Ich wollte den Zettel, den Eva wie eine brennende Kerze vor sich hielt, an mich reißen: Mein Arm schnellte nach vorn – doch ich kam zu spät: Meine Hand patschte auf die Pranke von Giselher Gaschler.

Wie ein Frettchen musste er sich aus dem Gestühl gewunden haben und auf Eva zugestürzt sein: Giselher entriss Eva das Papier und stopfte es sich in den Mund. Triumphierend begann er zu kauen und zu schlucken, seine Wangen beulten. Indem ich nun von den Männern durch den Korridor gezogen wurde, winkte mir jemand zu.

Adolf Gaschler.

Er krümmte Daumen und Zeigefinger zum Kreis. Mit dem Mittelfinger der anderen Hand stach er hindurch.

Immer und immer wieder.

Zwerge

Gemeinsam zogen wir ins nahe gelegene Wirtshaus. Innen war es spärlich beleuchtet, eine Girlande aus getrockneten Schweineschnauzen hing von der Decke. Als wir uns auf die dunklen Holzbänke setzten, knarzte es gewaltig.

An Erwins Seite schnaufte ein Mann, dessen wuchtiger Bart wie eine umgedrehte Pyramide aussah. Er lachte und bot Erwin Kürbiskerne an, wobei er neckisch eine Augenbraue hochzog. Zeitgleich spitzte er den Mund, um eine Hülse auszuspucken: In hohem Bogen schoss sie durch den Raum und verfing sich im Fell eines schlafenden Hundes. Nickend griff Erwin in den Leinenbeutel und stopfte sich eine Handvoll Kerne in den Mund.

Neben Erwin hockte Dimitrij, grinsend wie eine Sonntagstorte, denn an seiner Seite saß seine Freundin aus der Trauerfeier. Gerade legte sie ihre Strickjacke ab – zum Vorschein kamen ein ärmelloses Trägerkleid und viel weiße Haut. Dimitrij schielte auf ihre Oberarme, die von feinen Härchen überzogen waren. Die Frau stieß Dimitrij an, damit der ihr einschenkte. Dann spreizte sie ihren Hals wie eine Schwänin und leerte ein großes Schnapsglas. Ihr Kehlkopf zuckte beim Schlucken.

Der Wirt, ein bärtiger Riese in brauner Lederschürze, brachte die Speisen: Auf mächtigen Unterarmen balancierte er Platten mit garniertem Speck, gekochtem Karpfen und Kohlblättern mit Zwiebelfüllung. Er klatschte mir eine Fuhre Kochfisch auf den Teller. Als ich den Fisch mit der Gabel berührte, zerstob er wie ein modriger Pilz. Weit besser war der Speck, den es roh oder gebraten gab. Unterstützt wurde der Wirt von drei kleinwüchsigen Gehilfen, die mit geröteten Gesichtern Schüsseln in den Gastraum trugen und Beilagen servierten: Teigtaschen, Rübensalat, Weizenknödel, Rosinenquark, Kompott mit Dörrobst.

Wie gewohnt beschränkten wir uns darauf, zu lächeln und in den passenden Momenten den Schnapsbecher zu heben. Das und unsere folkloristische Tracht reichten vollkommen aus, damit Erwin und ich als einheimische Bauersleute durchgingen. Von Zeit zu Zeit kamen ältere Frauen vorbei, schauten mitleidig und umarmten uns, sie hielten uns wohl für weitgereiste Angehörige des Verstorbenen.

Mir stockte der Atem, als Erwin mit unseren Tischnachbarn zu sprechen begann. Sein Mund formte weiche, vokalische Laute, deren Bedeutung ich nicht verstand. Doch offenbar sorgte er für Heiterkeit. Man klopfte ihm auf den Rücken und er durfte in den Beutel mit Kürbiskernen greifen.

Mittlerweile hatte sich der Mann mit Pyramidenbart einen Spaß daraus gemacht, den Wirt zu beschießen. Wieder und wieder schlug sich der Koloss auf den Nacken und drehte sich verärgert um, wenn er von einer Hülse getroffen wurde. Obwohl er bestimmt wusste, dass sie nicht die Angreifer waren, schnappte er sich nach jedem Treffer einen der kleinwüchsigen Gehilfen und verteilte grobe Backpfeifen, sehr zum Vergnügen des Pyramidenmannes: Er gluckste, wenn ein Zwerg zu Boden ging oder durch den Raum geschleudert wurde.

Schließlich war das Mahl vorüber. Als die Gehilfen das Geschirr abtrugen, klebte unter jedem Teller eine Fischschuppe. Aberglaube, wie mir Dimitrij erklärte. Nun wurde es laut: Die Musikanten schnappten ihre Instrumente, die Dorfmänner schraubten neue Schnapsflaschen auf. Dimitrij hakte sich bei seiner Nachbarin ein, die bereitwillig mitschunkelte. Sie roch nach Apfel und Rauch. Ihr Haarkranz baumelte keck im dichten Tabakqualm. Dimitrij saß mit geschwellter Brust neben ihr, streichelte ihren Kopf oder suchte nach Ameisen auf ihrem Rücken. Gelegentlich entblößte das Fräulein ihre Achseln, richtete sich auf oder stieß mit der Zungenspitze gegen die Innenseite ihrer Wange.

Die Tür zur Gaststube wurde aufgerissen und der Priester torkelte herein. Ihn begleiteten zwei Messdiener, die bemüht waren, sein besprenkeltes Gewand sauber zu putzen. Während er im Eingang stand und grinste, wurden überall Stühle beiseitegeschoben. Der Gottesmann blickte sich eine Weile lang um. Dann steuerte er auf unsere Sitzgruppe zu und ließ sich nieder. Eilig brachte man ihm Brot, Salz, getrockneten Fisch und Kartoffelschnaps. Er schnaufte zufrieden, bevor er sich über das Essen stürzte.
Dimitrij beugte sich herüber, damit nur Erwin und ich ihn

verstehen konnten. »Männer – Männer!« Aufgeregt zeigte er auf seine Sitznachbarin und hatte Schwierigkeiten, seinen Bericht gedämpft zu halten: »Schaut sie euch an, schaut sie euch an: Ist das ein Täubchen!« Dimitrijs Täubchen lehnte an der Schulter des Priesters und kraulte ihm den Backenbart. Dann stupste sie Dimitrij in den Hintern und verließ ihren Platz in Richtung Hinterzimmer. Ihre Hüften kreisten, Dimitrij hechelte: »Ihr Name ist Natascha.«

Natascha erreichte die Tür zum Hinterzimmer, warf Dimitrij einen fordernden Blick zu und verschwand. Dimitrijs Gesichtsfarbe wechselte von Rot zu Käseweiß. Er stieß heiße Luft aus: »Wenn der Bär befiehlt, muss der Hase gehorchen!«

Ächzend schob er den Stuhl zurück und bewegte seinen massigen Körper durch den Raum.

Dimitrij Sobolew zögerte, bevor er mit zitternder Hand die Türklinke zum Hinterzimmer herunterdrückte.

In der Zwischenzeit hatte Erwin Katjuschas Backfigur hervorgekramt. Er stellte sie vor den übervollen Aschenbecher. Sie sah aus wie eine Braut, die am Altar auf ihren Bräutigam wartet. Ich konnte es dem Mann mit dem Pyramidenbart nicht verübeln, dass er lachen musste. Erwin schon: Er gab ihm eine Kopfnuss, der Mann kippte vom Stuhl. Erwin war betrunken. Die Adern auf seinen Wangen glühten. Ich befürchtete eine Schlägerei, doch der bärtige Mann war Erwin nicht böse. Er rappelte sich auf und bot Kürbiskerne an. Erwin lehnte ab. Er lallte mir ins Ohr: »Horst, wenn das hier vorbei ist, hole ich Katjuscha – wir werden heiraten und zusammen in Königsberg leben.«

Plötzlich flackerte Licht in der Wirtsstube. Menschen sprangen auf und liefen hinaus. Durch ein milchiges Fenster sah ich die Schiffskirche. Sie brannte lichterloh.

Ostfront

Mein Hochzeitsanzug lag zusammengefaltet im Kleiderschrank, als Eva durch die Tür schritt. Sie trug immer noch ihr Brautkleid. Aus verweinten Augen schaute sie mich an: »Horst, heirate mich.«

Ihr Kinn zitterte und ihre Hände krampften um den Brautstrauß, den sie auf dem Weg zum Altar getragen hatte. Weil ich nicht antwortete, rief sie: »Bitte!"

Eva – sie war wunderschön. Trotzdem stimmte etwas nicht. Ich konnte es nicht greifen, bis ich mich sagen hörte: »Eva, ich will wissen, was auf dem Zettel stand.«

Eva blickte nach unten.

»Welcher Zettel?"

»Ferdinands Zettel."

Evas Schuhe schlurften von links nach rechts. Mit gesenktem Kopf flüsterte sie: »Das kann ich dir nicht sagen.«

Mir verklebten die Sinne. Ich hielt mich am Bettpfosten fest und sagte die Worte, die ich später so oft bereuen sollte: »Und ich kann dich nicht heiraten – nicht so.«

Eva wischte sich eine Träne aus dem Gesicht. Ihr Brustkorb wölbte sich, so als hätte sie eine Entscheidung getroffen. »Wie du willst«, sagte sie mit fester Stimme. »Aber eins musst du wissen: Ich werde nicht auf dich warten.«

Zwei Stunden später saß ich im Zug an die Ostfront.

Breitschädel

Im Tohuwabohu, das sich nun ausbreitete, war der bärtige Priester der Einzige, der auf seinem Stuhl sitzen blieb. Ruhig wandte er sich an Erwin und mich. Er sprach fast akzentfreies Deutsch:

»Ihr müsst Horst und Erwin sein, guten Abend! Es freut mich sehr, euch zu treffen. Setzt euch wieder.«

Seine Rede wurde unterbrochen, denn in diesem Augenblick stapfte der riesige Wirt an uns vorbei – mit drei Holzeimern um jeden Arm. Als der Gastwirt vorüber war, fragte der Priester:

»Darf es noch etwas Schnaps sein?«

Ohne eine Antwort abzuwarten, füllte er unsere Gläser. Er lehnte sich zurück und blickte versonnen auf das brennendes Schiff: »Ja, Erwin, es ist wohl wahr: Der Mensch kann weder tun, was er will, noch kann er wollen, was er will.«

Benommen schaute Erwin auf seine Figur aus Salzteig. Mit dem Zeigefinger streichelte er Katjuschas bröckelige Wangen. Er weinte. Auch mich brachte die Rede des weisen Mannes durcheinander. Der Priester kramte in seinem Gewand und zog einen Umschlag hervor. »Hier«, sprach er, brach das Kuvert und hielt mir ein bräunliches Schriftstück unter die Nase: »Für euch.«

Ich schnupperte am Papier und las:

Meine Herren,
ich bin beeindruckt: Bis hierhin haben Sie sich vorzüg-
lich geschlagen! Ausrüstung und Marschroute finden
Sie am anderen Ufer.

Lord Pickleberry

Die Tür ging auf. Dimitrij trat aus dem Hinterzimmer und torkelte breitbeinig zu uns herüber. Sein Gesicht hatte eine gesunde Röte. Dimitrijs Pumphose hing schief.

Danach hockten wir in einem morschen Fährkahn und glitten langsam zum anderen Ufer. Der Strom hatte sich beruhigt, seine Wassermassen flossen ebenmäßig. Im Mondlicht schimmerte der kahle Breitschädel unseres Fährmannes, dessen hageres Gesicht von grubenartigen Vertiefungen durchzogen war. Sein Atem roch faulig. Begleitet wurde er von einem wolfsähnlichen Hund, der böse mit den Augen rollte, wenn ihm jemand zu nahe kam. Hans, der die Fahrt über an den Karren gespannt blieb, stand eingeengt zwischen den Planken. Mehrfach wieherte er ängstlich, so als ahnte er, was ihn auf der anderen Seite erwartete. Erwin, Dimitrij und ich kauerten auf einer kleinen Bank und drückten die Schultern aneinander. In der Ferne sahen wir den brennenden Turm der Schiffskirche im Wasser versinken.

Drittes Buch

»Es war spät abends, als K. ankam«

Franz Kafka, »Das Schloss«

Koch

Das Gras knirschte unter unseren Schuhen, als wir benommen auf das Ufer trampelten. Vor uns lag ein Birkenwald, der im Mondlicht bläulich leuchtete. Wir rafften die Kartoffelsäcke zusammen und schlugen unser Nachtlager auf. Es war kalt, deshalb war ich froh, dass ich bald in einen tiefen Schlaf versank.

Am Morgen rüttelte jemand an meiner Schulter.
Dimitrij.
Er pustete mir ins Gesicht. »Schaut euch das an«, keuchte er. »Ich habe was gefunden.« Er zeigte auf eine Holzkiste, die an einer knorrigen Birke lehnte. Sie war geöffnet. Neben ihr lümmelte Hans und kaute zufrieden auf Haferkörnern, die er aus einem Leinensack schlabberte. Auch Erwin war jetzt wach. Wir robbten aus unseren Kartoffelsäcken und hasteten der Kiste entgegen. »Potz Blitz!«, rief Erwin.
Er griff in die Kiste und zog drei Bündel hervor. Mit klammen Händen machten wir uns daran, Bindfäden zu lösen – Dimitrij maulte: »Da kann doch was nicht stimmen!«
Vor uns, gebügelt und nach Lavendel duftend, lagen zwei Uniformen. Daneben ein großflächiges Textil. »Was soll das sein?«, wunderte sich Dimitrij. »Eine Schürze«, sagte Erwin. »Ich hoffe, du kannst Kartoffeln schälen.«
Verdutzt blickte ihn Dimitrij an.
»Mensch, Glückwunsch – du bist Koch!«

Erwin half Dimitri beim Anlegen, kramte in der Kiste und fischte eine weiße Schiffchenmütze heraus, die er ihm behutsam aufsetzte. Dann stand Dimitrij vor uns – in voller Montur.

Hans wieherte.

»Sieht ja dufte aus«, rief ich. »Aber kriegt euch wieder ein, ich habe mächtig Hunger. Hat Pickleberry was zu essen eingepackt?«

»O ja«, schnalzte Dimitrij. »Das hat er – das hat er wirklich. Aber wartet! Lasst die Zubereitung meine Sorge sein.«

Nach kurzer Zeit brutzelten Rührei, Speckbohnen und Blutwurst in der Feldpfanne. Dimitrij hockte angespannt vor dem Lagerfeuer und bewachte sein Gericht. Gelegentlich griff er zum Salzstreuer oder rührte vorsichtig in der Pfanne. Auf Ansprache reagierte er nicht. »Mensch«, flüsterte Erwin. »Der ist ja gar nicht mehr zu stoppen.«

»Männer!«, brüllte Dimitri. »Essen fassen!«

Gierig hielten wir unsere Teller in die Morgenluft.

Gestrüpp

»Verdammt«, nuschelte Erwin, während er mit seinem Löffel über den Tellergrund kratzte. »Das hat geschmeckt!«
Verträumt lehnte unser Koch an einem Baumstamm und leckte am Besteck. Neben ihm lag Hans und döste.
Ich stand auf und ging so vor mich hin. Da sah ich im Schatten die Holzkiste stehen. Etwas blinkte. Ich schlenderte herüber und entdeckte eine Flasche Johannisbeerwein. Merkwürdig, dass sie noch keiner gefunden hatte. Ich zögerte, aber nur kurz. Dann packte ich sie und lief zu Erwin, der mit einem Stück Brot seinen Teller blankputzte. »O Mann«, sagte ich fein. »Das ist vielleicht das letzte Mal, das wir vier so zusammensitzen.«
Ich zückte mein Taschenmesser und entkorkte den Wein. Hans wieherte. Erwin goss jedem von uns einen Schwall Johannisbeerwein in den Becher. Er stand auf, um Hans seinen Anteil in die Haferschale zu gießen. Der Kaltblüter schnaubte und schlappte zufrieden. Wir hoben unsere Trinkgefäße und prosteten uns zu. Ein Wildschwein, das sich bis auf Sichtweite herangewagt hatte, rieb sich die Schwarte an einer Birke. Dimitrij kratzte seinen Bauch und hielt mir einen knittrigen Briefumschlag vor die Nase. »Übrigens«, sagte er wie jemand, dem gerade eine Kleinigkeit eingefallen war. »Der lag noch oben auf.«
Ich öffnete das zweifach gefaltete Papier:

Meine Herren,

Ihr Regiment hat sich in der Ortschaft K. verschanzt. Melden Sie sich in der großen Holzvilla, sie ist nicht zu übersehen. Ich werde ein Auge auf Sie haben.

Lord P.

»Der Lord scheint uns zu mögen«, murmelte Erwin.

»Hm«, sagte ich, zerknüllte den Brief und warf ihn ins Feuer. Sofort leckten die Flammen am Papier und fraßen es auf. Erwin starrte den Funken hinterher. Nach einer Weile sprang er auf. »Wir müssen uns vorbereiten – los geht's!«

Er zog uns ans Flussbett, das metallisch in der Sonne glänzte. Unser Atem dampfte. Erwin befahl: »Oberkörper freimachen – wir müssen uns rasieren!«

»Bist du verrückt?«, entfuhr es Dimitrij. »Es ist doch viel zu kalt.«

Erwin reichte Dimitrij einen Klappspiegel.

»So? Dann schau dich doch mal an.«

Mit weit aufgerissenen Augen betrachtete Dimitrij das unregelmäßige Gestrüpp, unter dem sein Gesicht verborgen lag.

»Na gut«, sagte er kleinlaut.

»Eine Rasur könnte nicht schaden.«

Flamme

Die Bartbüschel schwammen träge den Fluss hinab, wir knieten am Ufer und wuschen unsere Rasiermesser. Anschließend klatschten wir uns kaltes Wasser ins Gesicht und rieben uns mit Kartoffelsäcken trocken. Mein Blick fiel auf Dimitrij und Erwin: Sie sahen rosig aus. Kleine Blutfäden liefen ihnen an Hals und Wange hinab. Ich erschrak, als Erwin aufsprang und mit beiden Fäusten gegen seinen nackten Oberkörper trommelte: Auf seinem Bauch wackelten Speckrollen, Brust und Hüfte bildeten eine formlose Einheit. Auch in seinem frisch rasierten Gesicht sah ich nun die Veränderungen, die in den letzten Monaten unter seinem Bart stattgefunden hatten: Die Haut glänzte talgig, die Wangen hingen schlaff. Erwins drahtiger Körper war weich geworden.

Meine mitleidigen Blicke schien er nicht zu bemerken, denn unbeirrt trieb er uns voran: »Und jetzt die Uniform – hopp!«

Ich fing das Bündel auf und streifte mir die graue Uniform über: Sie saß bequem und hielt durch ihre Fütterung angenehm warm. Als ich am Riemen meines Ledergürtels zog, rastete er mit lautem Knacken ein.

Ich war wieder Landser.

Inzwischen war der Nebel aus den Baumkronen gewichen. Wir bepackten unseren Karren, vor dessen Deichsel Hans unruhig mit den Hufen scharrte. Wenig später saß ich abfahrbereit auf dem Kutschbock, da zog Erwin an meinem Ärmel. »Kommt runter, wir haben noch was zu erledigen.« Er hatte sich trockenes Holz unter den Arm geklemmt, warf es auf die Feuerstelle und wartete, bis die Flammen aufloderten. »Männer«, sagte er ernst. »Wir können unsere Kleider nicht mitnehmen.« Er lief zur Ladefläche und klaubte unseren Sachen zusammen: seine rote Pluderhose, die grün bestickte Filzweste, die speckige Lederkappe; meine Wildlederweste, die Puffhose, den Filzmantel; Dimitrijs Rundmantel, die Bauernmütze-

»Damit«, flüsterte Erwin, »können wir uns unmöglich im Lager blicken lassen.« Er drückte jedem von uns sein Bündel in die Hand: »Es gibt kein Zurück mehr.«

Ich wusste, dass Erwin recht hatte. Doch den ersten Wurf würde er machen müssen. Ich kreuzte die Arme und starrte trotzig auf den Boden. Aus dem Augenwinkel sah ich, wie Erwin seine Lederkappe in die Flammen pfefferte.

*

Schweigend rumpelten wir den Waldweg entlang. Hans schnaufte, seine Hufe bohrten in die Lehmerde. Ich betaste die Seitentasche meiner Hose, in der ich Evas Amulett verborgen hielt. Von irgendwoher hatte Dimitrij eine Flasche Kartoffelschnaps hervorgezogen, sie machte einträchtig die Runde. Wir alle spürten: Etwas ging zu Ende.

»Krieg ist Mist«, sagte Erwin und nahm einen Schluck aus der Pulle. Ich nickte. Er reichte mir die Flasche.

Vielleicht täuschte ich mich.

Vielleicht war ich geblendet.

Doch hinter einem Baum sah ich etwas aufblitzen.

Einen Ärmel.

Aus Tweed.

Sterne

Am Nachmittag erreichten wir die Truppe. Am Ortseingang von K. sahen wir einen Mann mit Handkamera, der zwei Landser dabei filmte, wie sie ein Artilleriegeschütz tarnten. Es war kalt. Die Hauptstraße des kleinen Örtchens war von gefrorenem Matsch überzogen. Frauen mit Kopftüchern und Milcheimern watschelten an unserem Karren vorbei. Schon von weitem erkannten wir die Holzvilla, die uns Lord Pickleberry angekündigt hatte: Das Dach des Hauses überragte die umherstehenden Häuser um ein Vielfaches. Auf dem riesigen Vorhof des Anwesens wuselten ölverschmierte Männer herum, die einen Versorgungslaster ausschlachteten, um zwei andere flottzumachen. Soldaten lehnten rauchend am Stacheldrahtzaun, Holzfäller verarbeiteten eine mächtige Eiche zu Brennholz. Die Wache am Tor winkte uns durch, wir rumpelten geradewegs auf die Villa zu, die aus dunklen Bohlen gefertigt war. Der Dachstuhl des mehrgeschossigen Hauses war kunstvoll geschnitzt, über eine breite Treppe war das Gebäude von drei Seiten erreichbar. Geschwungene Säulen rahmten die Eingangstür. Am Giebel prangte eine gesichtslose Sonne, deren Lack fransig abblätterte. Neben der Villa befand sich ein Zwinger, in dem zwei fleischige Rottweiler bellten. Als wir näher kamen, nahmen die Hunde Anlauf und ließen sich mit ihren muskulösen Flanken gegen den rostigen Drahtverhau krachen – einer der beiden hatte eine tiefe Narbe über dem Auge.

Auf dem Treppenabsatz stand ein nervöser Landser, dessen Finger über ein durchgeladenes Sturmgewehr glitten. Als er sah, dass wir vom Karren absprangen, hastete er die Treppe hinunter. »Kameraden!«, rief er. »Das geht so nicht.« Verblüfft schauten wir ihn an. »Hier könnt ihr nicht den Kutschwagen stehen lassen.«

Er fuhr sich mit einer Hand über die Stirn, die Mündung seines Gewehrs wirbelte in die Höhe. »Die Stallungen sind dort«, sagte er und zeigte mit der Waffe auf eine Holzbaracke. Dann fiel sein Blick auf Dimitrij. »Du kannst auf der Stelle in die Küche abschieben. Nimm den Seiteneingang.«

Dimitrij zuckte mit den Schultern. »Ihr bekommt das schon hin.«

Er sprang vom Wagen und streichelte Hans den Hals, dann schob er ab durch die Seiteneingang.

Während wir uns den Stallungen näherten, trat ein drahtiger Bursche aus der Stalltür. Er hatte flinke Augen, mit denen er zunächst uns, dann den Karren musterte. Er spuckte aus. »So, so«, schnarrte er. »Die Wehrmacht fährt jetzt Bauernkarren.«

Er trug einen Ledergürtel, in dem Schüreisen und Fleischerhaken steckten.

Er riss Hans das Maul auf.

Er seufzte und lachte.

»Ich bin Stalljunker Hannes – soll ich den Gaul gleich totmachen?«

Erwins Augen schossen hervor. Sein Hals wurde dick.

»Nein!«, brüllte er. Hastig schob er hinterher: »O Gott, nein.«

Stalljunker Hannes runzelte die Stirn, ein schiefes Lächeln huschte über seine Lippen: »Ach, nein, natürlich nicht«, sprach er sanft und ließ eine lange Pause.

Plötzlich stand er im Schatten. »Er scheint euch ja viel zu bedeuten – da muss ich mich gut um ihn kümmern.« Er zerrte am Zaumzeug und führte Hans ab. Erwin und ich standen da und glotzten auf den schwarzen Stall. Schließlich zischten wir ab.

Das Vorzimmer des kommandierenden Offiziers duftete nach Blumen und Parfüm. Auf einem geräumigen Tisch blitzte eine Schreibmaschine, in die ein halb beschriebenes Papier gespannt war. Der Tisch wirkte aufgeräumt, auch wenn ein Haufen handgeschriebener Papiere herumlag. Eine Dose mit eingewickelten Zitronenbonbons lehnte an einem Standtelefon mit Drehscheibe. Das fleißige Fräulein, das all dies lenkte und dirigierte, war nicht da. Ich hätte noch länger im Vorzimmer verweilen mögen, doch eine schwere Eichentür flog auf. Ein schlaksiger Landser trat heraus: »Der Oberst hat jetzt Zeit für euch – immer hereinspaziert!«

Er hielt uns die Tür auf, trat aber selbst nicht ein, sondern schloss die Tür von außen.

Mit dem Rücken zu uns stand der Oberst vor einer Landkarte. Er war groß, schlank, breitschultrig. Er rieb seine Nase und fluchte: »Verdammt! Welcher Idiot hat diese Karte gezeichnet?«

Seine Finger ballten eine Faust.

»Verzeihung, Herr Oberst«, rief Erwin.

Er lief los und zog die Stecknadeln ab, mit denen die Karte an der Wand befestigt war. Er drehte sie: »Sie müssen die Karte so halten.«

Verdutzt schaute der Oberst die Karte an, dann wandte er sich Erwin zu: »Ah«, näselte er, »du musst Schygulla sein, der studierte Völkerkundler aus Königsberg!«

Ich biss mir auf die Zunge.

»Gut, gut«, murmelte der Oberst. Unvermittelt drehte er den Oberkörper und schaute mich an. Mir blieb die Luft weg. Eine Krähe prallte gegen die Fensterscheibe, hing benommen im Rahmen und fiel ab. Der Oberst sprach in ruhigem Ton:

»Schön dich so unversehrt zu sehen, Horst!«

Auf seinem Schulterstück leuchteten zwei goldene Sterne. Vor mir stand: Ferdinand von Falkenstein.

Oberst von Falkenstein gab klare Anweisungen. Erwin und ich seien ihm als Pioniereinheit unterstellt und wir sollten warten, bis er den ersten Auftrag für uns habe. Er gab uns die Nummer eines Zimmers, in dem wir Quartier beziehen konnten. Eine weitere Order lautete, dass wir uns im Lager

unauffällig verhalten sollten. Bevor er uns entließ, zog er
ein Seidentuch aus seiner Hosentasche. Er entfaltete es und
hielt eine getrocknete Kornblume in die Luft. Er roch an
ihr. »Horst«, sagte er mild. »Ich kann dir sagen: Ich bin
hier nicht der einzige, den du kennst.«

Er schaute verträumt in den Hof.

»Bestimmt nicht.«

Patient

»Hier muss es sein!«

»Ja, mach auf.«

»Mal sehen.«

»Hm. Ganz schön muffig hier.«

»Es stinkt.«

»Oben oder unten?«

»Mir egal.«

»Mir auch.«

»Also?«

»Oben?«

»Abgemacht: Ich unten, du oben.«

Erwin und ich liefen durch eine staubige Kammer, die Einrichtung war karg: Zwei Doppelstockbetten, ein Metallspind, ein Waschtisch, ein Stück Kernseife. In der schmierigen Waschschüssel kräuselte eine Pfütze. Auf einem der Betten lagen Dimitrijs speckige Filzstiefel – er war also eingezogen. Das Bett darunter war völlig zerwühlt: Das Bettzeug zerknautscht, fleckige Unterhemden und geknödelte Socken überall. Doch etwas passte nicht ins Bild: Auf dem Kopfkissen ruhten zwei gepflegte, festeingebundene Bücher. Das eine davon gespickt mit kleinen Lesezeichen. Das andere lag offen: Ich sah, dass der Besitzer des Buches feinsäuberlich Wörter unterstrichen und mit einem Bleistift Kommentare an den Rand geschrieben hatte. Es schien gar, als würden die Randspalten gar nicht ausreichen, um die vielen Gedanken des Lesers aufzunehmen. Vorsichtig trat ich näher und erhaschte einen Blick auf die Buchrücken: Schopenhauer und Nietzsche – schweres Zeug. Ich war gespannt auf unseren Zimmergenossen.

Unsere Mägen knurrten, wir wollten Essen fassen.

»Da lang oder dort lang?«

»Keine Ahnung.«

»Prima – dann mal los.«

Erwin schloss die Stubentür. Wir irrten in der Villa umher, die von Korridoren, Durchgangszimmern und halben Treppen durchzogen war. Das Licht war spärlich. Einmal wurde es brenzlig, als Erwin eine Tür aufriss, um schwungvoll das angrenzende Zimmer zu betreten – denn es gab keins.

»Mist!«

Erwin brüllte erstaunt, bevor er nach unten abtauchte. Ich packte ihn an der Schulter und zog ihn hoch. »Wer macht denn so was?«, keuchte Erwin. Das fragte ich mich auch.

Wir hielten vor einer geöffneten Tür und blickten hinab auf die Dächer von K.

»Hätte nicht gedacht, dass wir so hoch sind«, sagte ich und schloss die tote Tür.

Eine halbe Stunde später.

»Hier ist es bestimmt.«

»Meinst du?«

»Ja, klar, guck doch mal.«

»Diesmal gehst du zuerst.«

Ich öffnete eine schwere Eisentür, dahinter war es hell. Wir betraten einen Saal mit großen Fenstern. Obwohl es draußen längst dunkel war, schien Sonnenlicht durch die Scheiben zu fluten. Der Boden war mit Eichendielen ausgelegt, die Einrichtung weiß. Wir hatten die Krankenstation erreicht. Es war ruhig. Bloß die leisen Tritte einer Schwester, die Kranke mit Suppe versorgte, waren vereinzelt zu hören. Tragbare Sichtschutze trennten die sandfarbenen Metallbetten.

»Wo fehlt es denn?«, fragte eine sanfte Männerstimme, die einem Lazarettarzt mittleren Alters gehörte. Er trug gepflegtes, mit Creme gekämmtes Haar, das an den Seiten grau melierte. Er strahlte Zuversicht und Geborgenheit aus. »Treten Sie näher!«

»Der hier ...«, stammelte Erwin und schob mich einen Schritt nach vorn. »Nur keine Hemmungen«, sagte der Arzt und führte mich ab. Hinter einem Vorhang setzte er mich auf einen Holzstuhl.

»Eine Schwester wird sich gleich um Sie kümmern.«

Während ich blöd dasaß und mich über Erwin ärgerte, hörte ich den Arzt hinter dem Sichtschutz sprechen. »Kümmern Sie sich bitte um den jungen Mann hier drüben – es ist bestimmt nichts Ernstes, aber den Puls sollten Sie ihm einmal fühlen.« Ich sah den Schatten einer Krankenschwester. Sie drückte ihren Rücken durch und hielt ein Tablett in der Hand. »Sehr wohl, Herr Stationsarzt«, sagte sie zart.

Ich schluckte. Dann bog sie um die Ecke. Ich wusste nicht, was ich sagen sollte. Sie war schön. Wunderschön. Ihr Haar bedeckte eine weiße Haube, auf die ein rotes Kreuz gestickt war: Eva.

Eva stellte das Tablett ab. Sie errötete, als sie mich anschaute. »Du lebst!« Sie wischte ihre Augen, umarmte mich, wiederholte: »Du lebst.« Dann die Stimme vom Stationsarzt: »Schwester Eva, wie geht es unserem Patienten?«

Eva ging einen Schritt zurück und befühlte die Innenseite meines Handgelenks. »Soweit alles in Ordnung, Herr Doktor.«

Der Mediziner war verschwunden, sie flüsterte: »Horst, du rast ja!«

Eva brachte mir ein Glas Wasser.

Flügel

Unsere Zeit lief ab. Der Stationsarzt hatte mehrfach den Kopf hinter die Trennwand gesteckt. Zuletzt war seine Frage gewesen: »Schwester Eva, sind Sie so weit?«

Dann ging alles sehr schnell. Eine Tür wurde aufgeschlagen, der Vorhang flog zur Seite.

»Ach!«, rief Ferdinand. »Ihr habt euch schon gefunden.«

Er zog an Eva, die sich in seine Arme gleiten ließ. Ferdinand öffnete den Mund und gab Eva einen ungehörigen Kuss.

»Eva, meine Liebe, wir haben Wichtiges zu besprechen. Komm mit!«

Während er Eva wegzerrte, sah mich Ferdinand mitleidig an: Wie ein Kind, das einer Fliege den Flügel herausriss.

Feldheim

»Riesige Töpfe! Riesige Töpfe und riesige Pfannen!« Dimitrij war außer sich. Er bebte am ganzen Körper, sein Gesicht leuchtete. »Und dann haben wir eine Stunde lang Kartoffeln gestampft – und der Stampfer war so groß!« Er formte mit beiden Armen einen Kreis.

Wir saßen auf den Betten in unserer Stube. Draußen war es dunkel, es tobte ein Sturm. Das Bett unseres Zimmergenossen lag immer noch leer und zerwühlt da. Gerade wollte Dimitrij seinen Bericht fortsetzen, da wurde die Stubentür aufgerissen. Ein Mann mit wildem Haarschopf torkelte ins Zimmer. Die Knöpfe seiner Uniform waren zur Hälfte geöffnet, er strich sich eine Haarsträhne aus dem Gesicht. Er hielt an, als er unsere Anwesenheit mit irrem Augenaufschlag erfasste. Er wankte auf der Stelle. Erwin sprang vom Hochbett.

»Angenehm!«, rief er und drückte dem Mann die Hand.

»Erwin Schygulla, Königsberg.«

»Mh, ja«, murmelte der Mann, der sich erst an die Gesellschaft in seiner Stube gewöhnen musste. Ich rieb mir die Augen: Der strubbelige Landser erinnerte mich an jemand. Ihm ging es wohl ähnlich, denn sein Blick blieb auf mir kleben. Plötzlich hellte sich sein Gesicht auf. Er strahlte.

»Horst?«

»Wilhelm?

Ich schnellte aus meiner Koje und umarmte meinen Sport-kameraden – Wilhelm roch muffig und nach altem Fusel. Wir lachten und schlugen uns auf die Schulter.

»Mensch, Wilhelm!«

»Mensch, Horst!«

»Freunde!«, brüllte ich, »das ist Wilhelm – wir kennen uns!«

»Das dachte ich mir fast«, sagte Dimitrij.

»Angenehm«, sagte Erwin.

Nachdem wir uns vorgestellt hatten, zog Wilhelm die Uniformjacke aus. Zum Vorschein kamen ein fleckiges Hemd und ein Fettwanst – Wilhelm war aus dem Leim gelangen. Während er seine Bücher behutsam unter dem Kopfkissen verstaute, zitterten seine Hände. Erwin fragte unverblümt:

»Wilhelm, gibt's hier was zu saufen?«

»Saufen?«, erwiderte Wilhelm, seine Stimme klang erfreut. »Na klar, Erwin: Hier gibt's was zu saufen.«

Er ruckelte am Waschtisch, bis sich zwei Scharniere lösten. Ein Griff kam zum Vorschein. Er zog an ihm und öffnete eine Falltür. »Da staunt ihr, was? Hier wimmelt es von merkwürdigen Kammern, Kabuffs und Verstecken.«

Wilhelm zeigte auf die Öffnung der Falltür. »Keine Ahnung, wer sich dieses Ding hier ausgedacht hat, aber es ist nütz-lich.«

Er stürzte hinunter.

Von Wilhelm war nichts mehr zu sehen, unter den Dielen hörten wir Scharren, Wühlen und Schieben. Dann Klimpern. Schließlich tauchte er auf. Jedenfalls bis zur Brust. »Puh«, stieß Wilhelm aus und rieb sich mit dem Handrücken die Stirn. »Das dürfte euch gefallen – ihr habt lange kein richtiges Bier mehr getrunken – oder?«

Abermals schoss Wilhelm in die Tiefe. Dann zog er zwei Kisten hervor und wuchtete sie auf den Dielenfußboden. Für einen Moment dachte ich an unseren Lauf zur Gaumeisterschaft: Damals hatte er sich ähnlich elegant und kraftvoll bewegt wie jetzt beim Bergen der Bierkisten. Doch schnell war Wilhelms Schwungkraft aufgebraucht und Schweißperlen standen auf seiner Stirn. Er schnaufte: »Los, helft mir raus!«

Zu dritt mussten wir anpacken, um Wilhelms plumpen Körper nach oben zu wuchten. »Mann, bist du schwer!«, schimpfte Dimitrij.

»Hier!«, schnaufte Wilhelm und drückte jedem eine braune Flasche in die Hand. Dann biss er den Kronkorken seiner Flasche ab. Als er unsere verblüfften Blicke bemerkte, wühlte er in der Hosentasche. »Bitte«, nuschelte er und hielt einen Flaschenöffner in der Hand.

Das Bier war gut. Ich schaute mir das Etikett an: Feldheimer Brauschlösschen. Über dem Schriftzug prangte ein blau-gelbes Wappen, das von einem lachenden Ritter mit Lanze verteidigt wurde. Erwin fuhr sich zufrieden über den

Bauch: »Ah, das Bier schmeckt. Wilhelm, woher hast du das Zeug?«

Wilhelm rieb sich ein Ohr. Dann seufzte er lang. »Ich bin Funker. Da bekomme ich mehr mit als andere.«

»Funker! Immer vor oder hinter der Front. Richtig?«

»Vor der Front? In diesem geschissenen Krieg?«

»Wie?«

»Mensch: Da gibt es nichts mehr.«

Wilhelm grinste schief.

Ratte

Wilhelm taute auf. Bald lief er wie aufgezogen durchs Zimmer und prostete uns zu. Dabei trank er wahnsinnig schnell. Doch irgendwann verdunkelte sich sein Gesicht. Er torkelte zum Bett und ließ sich auf seine Matratze fallen. Er lallte: »Hat doch alles keinen Zweck mehr. Für mich nicht. Für euch nicht. Für niemand.«

Er hob seinen Arm und boxte gegen die Drahtbespannung unter Dimitrijs Matratze. Dimitrij und Erwin schauten ihn erschrocken an, doch Wilhelm blieb gelassen. Ruhig betrachtete er seine Faust, auf der sich kleine Blutperlen bildeten. Ich knibbelte am Etikett meiner Bierflasche.

»Was soll der Mist?«, fragte Erwin.

»Ist doch egal«, nuschelte Wilhelm.

Dimitrij stupste Wilhelm an und wollte ein neues Bier reichen, aber Wilhelm beachtete ihn gar nicht. Seine Gesichtsmuskeln verhärteten. Aufs Neue ließ er seine Faust gegen den Spanndraht krachen. Diesmal mit voller Wucht.

Es war ernst.

Wilhelm schrie.

*

»Aua, du Mistkerl, danke!«, knurrte Wilhelm, während ihn Erwin mit einem Stofffetzen verband.

283

»Mann!«, schimpfte Erwin zurück. »Du musst auf dich aufpassen!« Wilhelm kam nicht dazu, zu antworten, denn vom
Flur her drang kehliges Bellen in unsere Stube. Es schwoll
an, kam näher und wechselte sich ab mit schneidenden
Kommandos.

»Gottfried: Platz!«

»Rüdiger: Beiß!«

»Gottfried: Such!«

Bellen, Jaulen.

»Rüdiger: Tot!«

Quieken. Schmatzen. Stille.

»Gut gemacht!«

»Mist«, murmelte Wilhelm. »Die Bekloppten.« Er seufzte
und sah mich mitleidig an. Die Stubentür öffnete sich. Zwei
blutverschmierte Hundeköpfe rieben sich an der Schwelle.
Rottweiler. Der eine hatte eine Ratte im Maul, die so fett
war, dass sie ihm fast die Sicht raubte. Er schlug seinen
Kopf hin und her und verbiss sich in die Beute. Über seinem linken Auge klaffte eine tiefe Narbe. Auch der andere
Hund gierte nach dem Stück Fleisch. Er war muskulös und
massig, aber insgesamt etwas weniger imposant als der
Hund mit der Narbe. Er machte keine Anstalten, dem anderen Hund die Ratte streitig zu machen. Sein Kopf hing gesenkt.

»Gottfried! Ab!«

Die zerbissene Ratte platschte auf den Boden. Vor Wilhelms Bett.

»Brav!«

»Sehr brav!«

Die lobenden Worte kamen von zwei Männern, die den Türrahmen vollständig ausfüllten: Fahnenjunker. Ich sah genauer hin – und wollte kotzen.

Adolf Gaschler trat als erster ins Zimmer. Er stemmte die Fäuste in die Hüfte. Sein Gesicht war noch fleischiger als früher. Er lachte und drehte seinen schwieligen Hals: »Giselher, da hilft kein Lehrgang: Komm rein, diesen Saustall musst du dir schon selber anschauen!«

Giselher Gaschler schob Rüdiger durch den Türrahmen. Der Rottweiler schnüffelte aufgeregt umher, bis Giselher an seinem Halsband riss. »Rüdiger«, tadelte er mit gespielter Empörung, »mach dir in dieser Siffbude nicht die Schnauze schmutzig.«

Er kicherte. Dann trat er eine halbvolle Flasche um. Bier schäumte über den Fußboden. Adolf rollte die Augen: »Nun guck dir diese Taugenichtse an – unglaublich!«

Erwin tobte und wollte auf die beiden losgehen. Ich hielt ihn am Ärmel.

»Lass gut sein, Erwin«, flüsterte ich. »Das bringt jetzt nichts.«

»Nun!«, brüllte Adolf. »Wir sind ja nicht zum Spaß hier.« Er rotzte auf den Boden. Gottfried knurrte, seine rechte

Pfote tastete verstohlen nach der Ratte, aus deren Bauchdecke Gedärm drängte. Wie zappelnde Regenwürmer.

»Die Tiere sind unruhig«, bemerkte Giselher.

Adolf nickte und zückte ein Stück Papier. Er las vor: »Befehl von Oberst von Falkenstein: Die Pioniere Stahl und Schygulla haben sich morgen Früh um Punkt sechs Uhr im Innenhof einzufinden. Auftrag und Ausrüstung gibt's an Ort und Stelle.«

Er grinste und wischte einen matschigen Stiefel an Wilhelms Matratze sauber. Sein Bruder gackerte: »Angenehme Träume – ihr Blindgänger!«

Sie zogen an den Halsbändern ihrer Hunde und zischten ab – die kaputte Ratte blieb liegen.

»Wer zum Teufel war das?«, fragte Erwin.

»Ach, das ist eine lange Geschichte.«

Ich erzählte sie trotzdem.

Rauchwolke

Ein kreisrunder Mond schien über den Platz. Die Holzvilla lag im Dunkeln, nur im Vorzimmer von Oberst von Falkenstein brannte schon Licht. Wir hörten ein Knattern, das langsam näher kam: Endlich parkte vor uns ein Motorrad mit Beiwagen. Auf dem Bock saß ein Hüne, unter dessen riesenhafter Gestalt das Kraftrad wie ein Spielzeug wirkte. Er streifte die Fahrbrille ab und wischte sich über die Kopfhaut, denn das Spanngummi hatte einen üblen Striemen auf seiner Rübe hinterlassen. Er meckerte: »Scheißding!« – Erwin und ich schauten uns überrascht an: Die Stimme des riesigen Mannes war die eines Kindes. Sie klang, als hätte er nie den Stimmbruch durchlaufen. Schnaufend erhob er sich vom Motorrad und schaute zu uns hinab.

»Männer«, fragte er, »Krad fahren könnt ihr doch, oder?«

»Klar«, antworte Erwin.

»Gut, gut. Hier habt ihr noch zwei Revolver.« Ich stutzte.

»Was ist mit Gewehren?«

»Hm«, sagte der riesige Landser und kratzte sich den Kopf. »Das habe ich mich auch gefragt, aber Oberst von Falkenstein meint, die braucht ihr heute nicht.« Erwins Gesicht verdunkelte sich. »Ach«, sagte unser Gegenüber aufmunternd, »wird nicht so schlimm werden, ihr sollt die Bahnlinie entlang fahren und Ausschau halten, ob der Nachschub anrollt. Mehr ist das nicht. Trotzdem: Viel Glück! Die Russen kommen näher, ihre Vorhut ist längst da.« Er drückte uns zwei Ferngläser in die Hand, dann stapfte er davon und summte ein Kinderlied.

Wir knatterten langsam über die gefrorene Fahrbahn, denn die Lampe des Motorrads warf bloß einen funzeligen Lichtkegel auf den Boden. Kurz hinter K. wurde die Straße zur Geröllpiste. Erwin saß im Beiwagen und war damit beschäftigt, die Abdeckplane herunterzudrücken, damit sie ihm nicht bei jedem Schlagloch um die Ohren flog. Wir waren froh, als es hell wurde. Wir setzten uns an den Fahrbahnrand, aßen Zwieback und tranken Tee. Anschließend nahmen wir die Ferngläser heraus und glotzten: Vor uns ringelte das Bahngleis wie ein träger Wurm durch die wellige Landschaft. Vereinzelt gab es Waldflecken, die kahl und grau in der trüben Wintersonne leuchteten.

»Siehst du was?«

»Nö.«

Erwin hustete. Ich verstaute mein Fernglas.

»Wollen wir weiter?«

»Warte mal. Da ist was.«

Ich blinzelte, konnte aber nichts entdecken. Ich hielt den Atem an. Erwin hatte Recht.

Da war etwas.

Ein Geräusch.

Ein singendes Pfeifen, das auf uns zukam.

»Verdammt«, sagte Erwin.

Eine Granate schlug neben uns ein. Ihre Druckwelle riss mich von den Beinen und wirbelte meinen Körper durch die Luft. Die Zeit dehnte sich: Mal sah ich den Boden, mal den eisgrauen Himmel. Erwin verschwand unter einer Rauchwolke.

Steckschuss

Er musste mich geborgen haben, denn als ich aufwachte, lehnte ich mit dem Rücken am Krad. In meinen Ohren pfiff ein hoher, stehender Ton. Ich befühlte meinen Kopf, meine Arme, meine Beine: Ich war unverletzt.

»Mann, Erwin«, stammelte ich. »Das war knapp.«

Meine Worte verloren sich im Wind, mir war, als säße ich auf dem Grund eines Tauchbeckens. Benommen schaute ich mich um: Von Erwin keine Spur.

Ich griff zum Fernglas, das eingepackt im Beiwagen lag. Hastig nahm ich es aus dem Futteral und drückte es auf meine Augen.

Dann sah ich ihn.

Auf halbem Hang.

Erwin stand aufrecht und ohne Deckung.

Er arbeitete an der Sicherung seiner Pistole, die offensichtlich versagt hatte. Ihm gegenüber ein russischer Soldat, der hektisch an seinem Gewehr fummelte. Ich zitterte.

Es war eine Frage der Zeit, bis einer der beiden zum Schuss kommen würde – plötzlich riss der Russe einen Arm in die Luft. Er schleuderte sich das Infanteriegewehr um die Brust und rannte davon. Ich warf mein Fernrohr in den Dreck und prügelte das Krad in Richtung Erwin. Als ich ihn erreichte, lief er im Kreis. Er hatte seinen Mund gekrümmt und pfiff vor sich hin.

Ich drückte ihn in den Beiwagen und gab Gas.

Dreißig Minuten später hatte Erwin immer noch nicht gesprochen. Ich hielt an. Mit glasigen Augen sah er mich an, als wollte er wieder pfeifen. Ich verpasste ihm eine Backpfeife.

»Aua.«

»Erwin.«

»Mensch! Horst! Das war knapp!«

Ich nickte. Mit beiden Händen fuhr sich Erwin durchs Gesicht, nahm seine Pistole und hielt sie an seine Schläfe. Er wollte abdrücken.

»Spinnst du?«

»Warum nicht? Das Ding ist doch Schrott.«

»Nein!«

»Na gut. Aber sieh selbst.«

Erwin reckte seinen rechten Arm in die Luft und drückte ab. Der Knall des Projektils brannte in unseren Ohren.

Erwin wurde käseweiß.

»Erwin, lass gut sein. Wir müssen – komm: Los jetzt!«

Ich ließ die Maschine an, da packte Erwin meinen Arm.

»Du, vorhin, als mir der Mann gegenüberstand ...«

»Was?«

»Horst, ich weiß nicht, ob ich das gewollt hatte.«

»Was?«

»Dass meine Waffe feuert.«

Zuerst dachte ich, es wäre eine Fehlzündung gewesen. Wir befanden uns wenige Kilometer vor K. und durchfuhren ein kleines Waldstück. Die Dämmerung hatte eingesetzt. Erwin zuckte zusammen.

»Meine Schulter«, rief er.

»Was?«

»Meine Schulter!«

»Wie?«

»Steckschuss.«

Fleisch

Ich würgte das Krad vor dem Haupteingang ab und raste mit Erwin hinauf in die Holzvilla. Um den schnarrenden Hinweis des Wachmanns, ich solle gefälligst woanders parken, kümmerte ich mich nicht. Wir stapften durch die Korridore – treppauf, treppab – und kamen an die Eisentür, die uns am Vortag in die Krankenstation geführt hatte. Mehrfach warf ich mich gegen sie, bis sie endlich den Weg freigab. Ich schaute, atmete – und hielt schleunigst die Luft an. Ein widerwärtiger Gestank quoll aus dem Saal: faul, bitter, süßlich.

Unter uns kochten Tierhäute.

Eine Schwingtür wurde aufgestoßen, herein trat Stalljunker Hannes. Auf seinem Gesicht perlte der Schweiß, seine Stirnader kräuselte wie ein fetter Wurm: Hannes zerrte ein totes Pferd hinter sich her. Die Beine des Kleppers hingen steif in der Luft, sein Hals war verdreht und bedeckt mit schorfiger Kruste. Hannes griff zur Beißzange und machte sich am Maul des Vierbeiners zu schaffen.

»Erwin, wir haben genug gesehen.«

»Mh«, keuchte Erwin. Er war sehr blass. Ich drehte ihn sanft, schob ihn durch die geöffnete Eisentür. Bevor sie ins Schloss fiel, hörten wir ein schmatzendes Klatschen, gefolgt von schabenden Schröpflauten.

Wir zogen weiter. Planlos. Dort, wo gestern Stuben oder Aufenthaltszimmer gewesen waren, lagen nun Kabuffs oder

293

fensterlose Kammern. Ich wusste nicht mehr weiter. Erwin trottete hinter mir her wie ein altersschwacher Hund. Er hielt sich die Schulter, klagte aber nicht. Verzweifelt riss ich eine weitere Tür auf, die uns in einen dunklen Raum führte. Seine Wände waren niedrig. Wir mussten uns bücken, um nicht mit den Köpfen anzustoßen. Ich wollte umkehren, da erkannte ich in der Decke eine Luke. Ich stemmte mich gegen sie – sie gab nach und flog auf. Licht strömte herein. Ich hechtete nach oben und zog Erwin herauf: Wir hatten die Krankenstation erreicht.

Wunde

»Da seid ihr ja endlich!«

Eva sah umwerfend aus. Der Leberfleck auf ihrer Wange hüpfte. Um sie herum wuselten Ärzte und Krankenschwestern.

»Ich habe gehört, was passiert ist. Schrecklich. Du musst Erwin sein!«

»Ja«, nuschelte Erwin. Er wurde rot.

»Dann kommt doch sofort mit – bitte entschuldigt das Durcheinander hier. Aber heute gibt es viel zu tun.«

Einen Moment lang fragte ich mich, woher Eva von Erwins Verletzung wusste. Dann vergaß ich es. Ich schaute mich um: Fast jedes der Betten war belegt und durch die Haupttür wurden immer neue Patienten hereingetragen. Es war laut: Ärzte schickten Anweisungen durch den Saal, Kranke stöhnten und Schwestern riefen tröstende Worte. Es roch nach Desinfektionsmittel und Körperflüssigkeit.

Eva führte uns zu einer freien Nische. In ihr saß der Arzt, der sich am Vortag um mich gekümmert hatte. Hektisch kritzelte er in ein Notizbuch. Was er schrieb, sprach er halblaut mit. »Der Mensch ist ein Tier, das hin und wieder am Kelch der Vernunft nippen darf.«

Eva hüstelte. »Herr Doktor?«

Erschrocken schaute der Mediziner auf. Das Büchlein verschwand unter seinem Hemd. Er musterte uns ausgiebig.

»Meine Herren«, sagte er gestelzt. »Ich bin Wundarzt –

was kann ich für Sie tun?«

Ich war überrascht, er schien uns nicht wiederzuerkennen. Mit steifem Oberkörper saß er da und trommelte ungeduldig auf die Tischplatte.

»Steckschuss – Schulter«, sagte Erwin.

»So, so«, erwiderte der Wundarzt, sprang auf und rief: »Dann lassen Sie mal sehen.« Als er herantrat, um Erwin zu untersuchen, bemerkte ich, dass er herb roch – nach Schweiß und Branntwein. Sein Arztkittel war mit roten Farbtupfern beschmiert und hing offen an ihm herab. Erwin legte seinen Uniformmantel ab und zeigte auf einen kleinen, runden Punkt auf seiner Schulter: Der Rand der Wunde war hellrot, ihr Inneres dunkel. Nach kurzer Begutachtung murmelte der Arzt: »Ein glatter, reiner Wundkanal – ein Hoch auf das moderne Infanteriegewehr!«

Er kritzelte eine Notiz in sein Büchlein. »Verrückt!«, rief er aus und steckte es weg. Dann erhob er sich: »Diese Schusswunde sollte man ruhen lassen, das Kugelsuchen und Kugelziehen bringt mehr Schaden als Nutzen.«

Erwin schaute ihn verständnislos an.

»Ja, junger Mann, da gucken Sie«, polterte der Arzt. »Aber keine Sorge: Das Projektil wird problemlos in ihrem Muskelgewebe einheilen.«

Erwin riss die Augen auf. Der Arzt fuhr unbekümmert fort: »Ich werde Ihnen jetzt ein Schmerzmittel spritzen – und Schwester Eva wird die Wunde anschließend verbinden.

Mehr braucht es nicht!«

Er griff in einen Metallcontainer, zog ein Fläschchen und eine Spritze hervor. Dann bohrte er eine Nadel durch den Flaschenverschluss und zog auf.

»Treten Sie näher!«, sagte er zu Erwin und rammte ihm die Infusionsflüssigkeit in den Oberarm.

Kugel

»Erwin«, sagte Eva auf dem Weg zur Verbandsstelle. »Der Herr Doktor ist in letzter Zeit komisch geworden. Irgendwie ist er nicht mehr bei der Sache.« Sie strich sich eine Haarsträhne hinters Ohr. Dann biss sie auf ihre Unterlippe.

»Willst du die Kugel wirklich einwachsen lassen?«

Sie führte Erwin zu einem Stuhl und drückte ihn herunter. Erwin schaute verloren und verständnislos. Mit Hundeblick fragte er: »Was soll ich denn sonst tun?« Eva kniete sich vor Erwin. Sie streichelte ihm die Wange. »Wenn du einverstanden bist, ziehe ich dir die Kugel aus der Schulter.«

»Wirklich?«

»Na klar. Das tut zwar weh, aber du bist doch ein großer Junge, oder?«

Erwin schwellte die Brust.

Eva legte ihr Besteck auf ein Tablett.

Eine Viertelstunde später kullerten Tränen über Erwins Wangen. »Schmerzt das?«, fragte Eva. Sie zog eine blutige Pinzette aus Erwins Schulter.

»Nein«, keuchte Erwin.

»Du bist drollig.« Eva seufzte: »Die Kugel steckt tief im Gewebe fest – ich muss sie lösen, bevor ich sie ziehen kann.« Sie besprühte ihre Hände mit einer klaren Flüssigkeit.

»Erwin, gleich wird es wehtun.«

Erwin wurde bleich.

»Egal«, stammelte er, während Eva ein längliches Werkzeug zur Hand nahm.

Erwin brüllte wie am Spieß.

»Da ist sie!«, rief Eva, als die Kugel in der Porzellanschüssel klackerte. »Du bist wirklich tapfer gewesen!«

Erwins Wunde sah viel größer aus als zuvor: Ihr Rand war fransig und geschwollen. Mit Daumen und Zeigefinger schnappte ich die Kugel, befreite sie von Blut und Gewebe, hielt sie hoch. »Hier ist das Mistding!«, wollte ich rufen, doch ich blieb stumm: Das gesäuberte Spitzgeschoss war nicht aus einer russischen Waffe abgefeuert worden. Es war deutsches Fabrikat.

Geißel

Es war eisig geworden. Und weiß. Seit Tagen fiel Schnee. Viel Schnee. Deichartige Haufen wuchsen am Straßenrand, pudrige Mützen bedeckten die Stacheldrahtzäune. Ich arbeitete draußen und schrubbte das Krad. Anschließend ließ ich zähflüssiges Fett über die Motorradkette laufen und überprüfte die Bremse.

»Horst«, hörte ich eine Kinderstimme sagen, »hier hast du den Zwölfer-Schlüssel zurück – danke!« Ich blickte auf und sah Kurt. Sein Gesicht glühte vor Kälte und Gutmütigkeit. Kurt hatte Hände wie Schraubstöcke.

»Wie geht es Erwin?«, fragte er mit sorgenvoller Miene.

»Soweit ganz gut«, antwortete ich.

»Er liegt im Bett, liest Karl-May-Romane und lässt sich Fleischbrühe ans Bett bringen.«

»Freut mich zu hören.«

Der Hüne griff einen Stapel Reservereifen und trug ihn davon.

Wenig später hatte ich meine Arbeit in der Kälte erledigt und stapfte über den Vorplatz der Holzvilla. Mein Blick schweifte über die verschneite Landschaft: Hinter dem Gebäude lag die Rollpiste unserer Einheit. Ich blies in meine geröteten Handballen und schreckte auf: Ich sah Hans. Man hatte ihm einen dreieckigen Klotz umgebunden, mit dem er die Landebahn von Schnee befreien sollte. Sein

Gang war langsam, aber stetig. Plötzlich brummte es über meinem Kopf. Ein Transportflugzeug setzte zur Landung an. Es sank und setzte wenige Meter neben Hans auf, der zeitgleich unter einer pulverigen Schneewolke verschwand. Ich klopfte meine Uniform ab. Klatschende Peitschenschläge durchschnitten die Luft. Das Dröhnen der Propeller erstarb. Als sich der staubige Schnee gesetzt hatte, bot sich eine gespenstische Szene: Hans, die Vorderläufe in die Höhe reckend, die Schnüre um seinen Hals scharf in sein Fell reibend – neben ihm drohten zwei schmächtige Stalljungen.

Mit Geißel und Lederriemen.

Steckhaken

»Sam Hawkens oder Hadschi Halef Omar – wen magst du lieber?«

»Ich weiß nicht«, lachte Eva. »Irgendwie sind doch beide ganz putzig, oder?«

Erwin strahlte. Die beiden merkten nicht, dass ich die Tür geöffnet hatte und auf der Schwelle zu unserer Stube stand. Es roch fein. Nach Karamell und Zuckerwatte. Eva biss eine Mullbinde durch. »Nun lass mal sehen«, sagte sie und schob Erwins Ärmel beiseite. Mit gespielter Beiläufigkeit fragte Erwin: »Wie sieht's aus, Schwester Eva? Bleibt der Arm dran?«

Die entblößte Wunde an Erwins Schulter zeigte kleine, faserige Ausläufer. Trotzdem schien Eva zufrieden mit der Heilung. »Quatschkopf«, rügte sie und umfuhr Erwins Schulter mit der Mullbinde. Dabei lächelte sie ihn an. Nachdem sie die Verbandsenden mit Steckhaken fixiert hatte, wagte ich einen Schritt nach vorn. Eine Diele knarzte. »Horst«, rief Erwin und setzte sich aufrecht ins Bett.

»O Horst«, rief Eva und errötete.

Sie sprang hoch, lief auf mich zu.

»Wir müssen reden«, hauchte sie in mein Ohr. Ihre Wange schmeckte salzig. »Allein.«

Weiter sprach sie nicht. Laute Tritte hallten im Flur. Kniehohe Stiefel drangen in die Stube.

»Ach!«, sagte Ferdinand. Er durchmaß das Zimmer und

griff nach Evas Ärmel. Ein Lächeln huschte über seine geschwungene Oberlippe. »Eva, sei so gut und verlasse die Stube.«

Eva blickte auf den Boden. Sie packte ihr Verbandszeug zusammen und verschwand. Grußlos.

In der Zwischenzeit war Ferdinand federnd durchs Zimmer gelaufen und hatte vor sich hin gesummt. Nun stoppte er am Fenster. Er blickte hinaus und betrachtete den Flockenwirbel.

»Mistwetter.«

Dann schaute er mich an. »Horst, in zehn Minuten in meinem Zimmer. Das ist ein Befehl.« Er zwinkerte mir zu und rauschte ab. Dabei sprang er über das Heer der leeren Flaschen, das vor Wilhelms Bett lag. »So eine Flitzpiepe«, knurrte Erwin. Er schnaufte und setzte sich auf den Bettrand, »Der Schatz im Silbersee« purzelte auf den Boden. Erwin hüpfte hinunter und landete auf dem Buchrücken. Ich lehnte am Fenster. Am Horizont leuchtete russisches Artilleriefeuer. Auf der kleinen Rollpiste, die Hans vom Schnee befreit hatte, tummelten sich Transportflugzeuge. Aufgeregte Landser liefen zu den Bäuchen der Maschinen, krabbelten hinein und holten Pakete heraus. Mein Bauch zwickte.

»Sie liebt dich«, sagte Erwin.

»Hans geht es nicht gut.«

Bleistift

Das Vorzimmer zu Ferdinands Kommandostube war wieder unbesetzt. Notizbuch und Stempelkissen lagen offen auf dem Schreibtisch. In einer Porzellantasse dampfte Tee. Das Fräulein, das hier Regie führte, konnte noch nicht lange fort sein. Die Tür zu Ferdinands Zimmer wurde aufgestoßen. Heraus trat Giselher Gaschler.

»Du kannst jetzt reingehen.«

Drinnen saß Ferdinand am Schreibtisch und grinste mich an. »Horst«, rief er aus. Seine Arme hatte er hinterm Kopf verschränkt. »Tritt näher, ich muss dir was erzählen.«

Während ich nun vor ihm Aufstellung nahm, stieß er einen Seufzer aus. »Horst, wir hatten lange nichts gehört von dir – sehr lange.« Er lachte. »Wir hatten sogar die Nachricht erhalten, du wärst tot!« An der Wand hing eine Landkarte, auf der viele bunte Fähnchen steckten. »Tja«, nuschelte Ferdinand und griff aus einer Schüssel ein Bonbon, das in buntes Papier gewickelt war. »Auch eins?«

»Nein.«

Ferdinand drehte mir den Rücken zu und begutachtete lutschend die Karte. Er zog einzelne Fähnchen heraus und drückte sie in andere Plätze, so dass ein kleines Muster entstand. »Jetzt ist es gut«, murmelte er. »Das war sicherlich nicht einfach für Eva, aber sie ist ja darüber hinweg gekommen.«

Er hustete.

»Und auf einmal bist du da – einfach so.«

Ferdinands Mund krümmte sich. Er stach mit der Zungenspitze an die Innenseite seiner Wangen. Das Bonbon klackerte an seinen Zähnen. Dann biss Ferdinand zu: knirschend und schluckend.

»Horst, ich habe Neuigkeiten für dich: Während du fort warst, haben wir uns verlobt. Eva und ich. Bald wird Eva nach Hause fliegen – und wenn ich zurück bin, heiraten wir.«

Plötzlich stand Ferdinand neben mir. Er säuselte in mein Ohr. »Willst du uns daran hindern? Willst du Eva zurück?«

Langsam ging er zurück zum Schreibtisch. Er öffnete eine Schublade und zog einen Bleistift hervor. Er hielt ihn in die Luft. »Schau mal hier«, sagte er träge, dann brach er den Stift in der Mitte durch.

»Mein Stalljunker hat erzählt, wie sehr ihr an dem Klepper hängt, der euch hierher gebracht hat. Ich hoffe, es geht ihm gut, denn hier ist schon so manches Tier krepiert.« Er seufzte, stützte sich mit beiden Fäusten auf der Tischplatte ab. »Und dein Freund Erwin: Ein Heckenschütze hat ihn angeschossen. Nicht auszudenken, er hätte nicht bloß die Schulter getroffen.«

Der Fernsprecher klingelte.

Ferdinand streckte sich, nahm aber nicht ab. »Ach so«, rief er wie jemand, der gerade einen Einfall gehabt hatte: »Wilhelm ...« Das Klingeln erstarb, Ferdinand fuhr fort: »Der kaputte Funker ist eine Gefahr für unsere Kompanie, eigentlich müsste ich ihn melden. Eigentlich. Doch dann würde man ihn ins Irrenhaus stecken.« Er atmete zufrieden aus. Auf seinen Wangen bildeten sich Grübchen: »Und dann der dicke Koch mit burgenländischer Abstammung, Dimitrij!« Ferdinands Stimme überschlug sich: »Wenn dem etwas zustieße: Vermissen würde den keiner.« Er sprang auf und tat so, als wäre er in das Studium seiner Karte vertieft. Er summte.

»Hast du verstanden?«

Ich sagte nichts, sondern starrte bloß auf seinen Rücken. Mein Schweigen schien ihm als Antwort zu genügen. »Sehr gut, Horst, sehr gut«, sagte er und drehte sich um. »Nun zu etwas Erfreulichem: Ihr seid ausgewählt worden.«

»Ausgewählt?«

»Ja«, strahlte Ferdinand. »Bald findet ein kleines Fußballspiel statt. Zur Belustigung der Truppe. Eure Stube wurde ausgelost, gegen die Mannschaft der Offiziersanwärter anzutreten.«

Er schaute mich grinsend an.

»Ihr wollt euch doch nicht drücken – oder?«

»Sicher nicht«, sagte ich und verließ den Raum.

Luft

Die Buchentür fiel hinter mir zu. Ich lehnte mich gegen sie, atmete tief ein und aus. Dann hielt ich die Luft an: Endlich war das Vorzimmer von Falkensteins besetzt. Eine junge Sekretärin saß an der Schreibmaschine. Ihre Fingernägel ratterten über die Tasten, weshalb sie mein Eintreten gar nicht bemerkte. Sie trug eine weiße Bluse und einen braunen Wollrock. Mit durchgedrücktem Rücken arbeitete sie, gelegentlich knallten ihre Absätze im Takt der Anschläge auf den Fußboden. Ich war sprachlos.

Das Fräulein tippte das Schriftstück zu Ende, seufzte und riss das Papier aus der Trommel. »Horst!«

Lucie sprang auf und umarmte mich. Sie roch gut. Nach Apfel. »Und ich dachte fast, wir würden uns gar nicht mehr über den Weg laufen.« Lucies Körper war warm und fest, mir wurde schwindelig, sie seufzte und ließ los. Mit den Kniekehlen schubste sie den Bürostuhl fort, ging zwei Schritte, musterte mich.

»Horst«, flüsterte sie und biss auf ihre Oberlippe.

»Ihr müsste auf euch aufpassen – du musst auf dich aufpassen!«

»Wie?«

»Der da«, Lucie zeigte auf die Tür zu Ferdinands Zimmer.

»Du darfst ihn nicht unterschätzen.«

»Ach der«, sagte ich lachend und machte eine kleine Wurfbewegung. »Das wird schon – mach dir mal keine Sorgen.«

Lucie sah mich an: »Horst«, sie strich mir über die Wange.

»Ich meine es ernst …«

»Hm«, kicherte ich blöd.

Lucie verschränkte die Hände vor ihrem Bauch. Sie schwieg. Ich wusste, dass sie gerade nachdachte, denn ihre Augen wanderten im Raum.

Plötzlich stand von Falkenstein im Türrahmen. »Ach!«, sagte er. »Ich hoffe, ich störe nicht?« Dann blickte er zu Lucie: »Fräulein Dornmüller, kommen Sie?«

Pfeifen

Dimitrij zog einen Kamm durchs nasse Haar. Er pfiff.
»Glaube mir, Erwin«, rief er. »Auf unseren Kartoffelsäcken steht wirklich: für Wehrmacht und Schweinemast. Warum sollte ich mir das ausdenken?«

»Pah!«, grummelte Erwin und ließ sich von Wilhelm ein Bier reichen. Dimitrij legte den Kamm ins Waschbecken und klatschte sich mit feuchten Händen das Gesicht.

»Mannomann, siehst du bekloppt aus«, bemerkte Erwin. Er saß aufrecht auf dem Bett und befühlte seinen Schulterverband. »Mist«, fluchte er, denn Schaum schoss aus der Bierflasche. Schnell führte er sie zum Mund.

»Erwin«, fragte ich, »wie geht's deiner Schulter?«

»Hervorragend, fast verheilt. Glaube ich.«

»Bist du belastbar?«

»Sowieso – immer. Warum?«

Ich blickte in die Runde.

Dimitrij rieb sich den Bauch.

Wilhelm wühlte in seinem Haar.

»Könnt ihr Fußball spielen?«

»Klar.«

»Natürlich.«

Sie lachten. Wilhelm und Erwin prosteten sich zu, Dimitrij tänzelte um eine leere Bierflasche. »Schaut her!«, rief er und schoss die Flasche an die Wand, wo sie zersplitterte.

»Treffer!«, jubelten Wilhelm und Erwin.

Sie nahmen mich nicht ernst.

Mit einem Mal verstummte Wilhelm, er schlug sich gegen die Stirn: »Auweia, Horst! Wir müssen doch nicht an diesem bekloppten Fußballspiel teilnehmen?!«

Ich schwieg.

»Mann!«, raunte Wilhelm. »Gegen die Offiziersanwärter? Wir wollen uns doch nicht vor versammelter Mannschaft zum Affen machen?«

»Schätze schon.«

Während ich Dimitrij und Erwin von meiner Unterhaltung mit von Falkenstein berichtete, murmelte Wilhelm vor sich hin.

»Völlig egal, wie gut wir spielen: Wir werden keine Chance haben.«

»Wieso das denn?«

»Der Schiedsrichter wird das Spiel verpfeifen, das Ganze findet doch nur statt, damit die Offiziersanwärter gewinnen.«

»Quatsch!«, rief Erwin – sein Ehrgeiz war geweckt. Er sprang vom Bett, schnappte sich eine weitere Flasche und dribbelte quer durchs Zimmer. »Heber!« Geschickt brachte Erwin einen Fuß unter die Flasche, stoppte ab und zirkelte sie durch die Luft. Dimitrij, der nicht aufgepasste, bekam sie an die Stirn gepfeffert. »Aua«, sagte er, während die Haut über seiner Augenbraue aufbrach. Blut lief ihm die Wange hinab. »Au Backe!«, rief Erwin. Er riss seinen Verband von der Schulter, lief zu Dimitrij und umwickelte ihm die Stirn.

»Jetzt siehst du aus wie Kara Ben Nemsi.«

Dimitrij fand das nicht lustig.

Er wurde käsebleich. Zitterte.

Zusammen mit Wilhelm führte ihn Erwin ins Bett. Mein Blick fiel auf Erwins entblößte Schulter – ich staunte: Die Eintrittswunde war inzwischen fast verheilt, allerdings wurde sie großflächig von einer ringförmigen Rötung umgeben. Geräuschvoll legte sich Dimitrij auf die Matratze. Er stöhnte: »Männer, lasst mich ein wenig schlafen.« Während Erwin noch schuldbewusst an seinem Bett lehnte, gab Dimitrij bereits grunzende Schnarchlaute von sich.

»Der wird wieder, Erwin«, sagte ich. »Außerdem ist das Spiel erst in vier Tagen.«

Erwin wandte sich ab. Etwas blitzte in seinem Gesicht.

»Ha!«, rief er, »wir werden es den Flachpfeifen zeigen!«

Er streckte Wilhelm die Hand entgegen, doch Wilhelm befühlte bloß seinen Bauch.

»Nein, Erwin, so einfach ist das nicht. Die haben angefangen, Bier und Schnaps für die Siegesfeier zu horten. Die wollen uns verlieren sehen.«

»Dann müssen wir eben besser sein!«, sagte Erwin trotzig. Er schnappte sich eine neue Flasche und schlug einen Pass zu Wilhelm. Die Flasche kreiste vor Wilhelms Fuß, ein Ruck ging durch seinen Körper. Er hüpfte einen Schritt zurück, schnitt die Flasche mit dem Außenrist an und ließ sie bogenförmig gegen die Wand krachen.

»Ja!«, lachte Wilhelm: »Dann werden wir eben besser sein!«

Erwin und Wilhelm reckten die Fäuste in die Luft und grölten, ihre Achseln glänzten feucht. Auf leisen Sohlen verließ ich das Zimmer.

Biester

Bevor ich den Ausgang erreichte, hörte ich einen Knall. Er kam aus dem Vorzimmer von Falkensteins, dessen Tür offen stand. Ein dickleibiger Aktenordner lag auf dem Boden, die Papiere hingen fransig auf den Ringen. Über den Ordner wanderte Lucie, mit verschränkten Armen. Sie trat gegen den Ordner und fluchte. Sie dehnte ihren Oberkörper und schlug die Tür mit dem Fuß zu.

Ich ging ins Freie. Kalte, klare Luft füllte meine Lungen. Flutleuchten bestrahlten den Vorplatz. Über den Schotterweg rollte ein knatterndes Motorrad mit Versorgungsanhänger und blieb vor dem Hundezwinger stehen. Es war Kurt. Sein massiger Rücken hing gekrümmt über der Maschine. Er schaltete das Kraftrad aus, streckte sich und lief zum Anhänger. Seine riesenhafte Gestalt warf gespenstige Schatten. Gottfried und Rüdiger pressten ihre Mäuler gegen den Drahtverhau. Sie witterten Blut. Kurt streckte mir seine Pranke entgegen: »Horst, schön dich zu sehen. Wie du siehst, werde ich nicht nur als Mechaniker gebraucht.«

Lachend zeigte er auf die Hunde.

»Schau sie dir an: Eigentlich sind die Biester ganz nett.«

Während er zwei Schritte auf den Zwinger zuging, wichen die Rottweiler zurück. Rüdiger drückte sich in den Sand. Gottfried knurrte und biss Rüdiger in den Kopf.

»Na, na«, tadelte Kurt und wuchtete zwei Fleischklumpen ins Hundegehege. Augenblicklich sprangen die Hunde auf

und machten sich über die Beute her. Sie schmatzten vergnügt, schnell waren ihre Schnauzen blutverschmiert.
»Siehst du?«, fragte Kurt und stieß mir einen Zeigefinger in die Rippen.
»Wenn sie kriegen, was sie brauchen, sind sie so zahm wie Lämmer.« Er schob seinen Unterarm durch die Metallstreben und tätschelte Gottfrieds Kopf. Gottfried wedelte mit dem Schwanz. Seine Zunge rotierte. Er machte Bettellaute.
»Na, ich will mal nicht so sein.«
Kurt lief zum Anhänger und warf weitere Brocken über den Metallzaun. Die Fleischstücke patschten auf den Sand, gefolgt von Schmatzen und Schlucken. »Hätte nicht gedacht, dass die beiden so viel verdrücken können«, sagte ich.
Danach wurde es still im Zwinger. Gottfried und Rüdiger lagen faul auf dem Bauch und leckten ihre Pfoten. Kurt und ich lehnten am Motorradanhänger. Wir rauchten. »Stell dir vor, Horst, von Falkenstein hat mich zum Offiziersanwärter gemacht.«
»Hm?«
»Wahrscheinlich wegen dem blöden Fußballspiel, von dem alle reden. Ich soll mitmachen.«
»Was?«
»Na ja«, fuhr Kurt fort, »mir soll es recht sein. Trotzdem komisch, oder?«
»Ja, wirklich«, brummte ich nachdenklich.
Kurt strich sich die Hände am Arbeitsanzug ab. »Gut«, sag-

te er mit heller Jungenstimme. »Ich werde jetzt mal los.«
Doch bevor er seinen Körper über das Motorrad drückte,
rief er mir zu: »Guck mal, hier!« Er legte sich einen faust-
großen Feldstein zurecht, nahm Anlauf und drosch ihn mit
dem linken Fuß über den Vorplatz. Kurt hatte einen mächtigen Wumms, der Stein verschwand im Dunkeln.

»Nicht schlecht«, bemerkte ich.

»Wir sehen uns.«

Scheuklappe

Müde schlurfte ich am Rollfeld vorbei, wo trotz der späten Abendstunde gearbeitet wurde. Maschinen wurden entladen, Frachtstücke verstaut und weggekarrt. Dann vernahm ich ein leises Wiehern. Neugierig drehte ich den Kopf: Im gleißenden Licht der Scheinwerfer schuftete ein Pferd. Es war abgemagert, hatte schorfiges Fell und trug Scheuklappen. Obwohl es in beklagenswerter Verfassung war, hatte man ihm schwere Lasten aufgebürdet: Es zog einen Karren, auf dem sich sperrige Holzkisten türmten. Als es anhielt, um zu verschnaufen, kam ein Bursche, der das Pferd mit Peitschenhieben traktierte. Ich kam näher und wollte meinen Augen nicht trauen: Das Pferd, das sinnlos geschunden wurde, war Hans.

Ich weiß nicht, ob er mich überhaupt erkannte – mit verklebten Augen starrte er mich an: Sein Körper war von Striemen übersät, seine Hufhaut glänzte entzündet, durch die Nüstern blies er faulige Luft. Vorsichtig tätschelte ich seinen Kopf, er fühlte sich heiß an.

Plötzlich ein Peitschenknall – ein junger Bursche lief herbei, eine Ledergerte sauste bedrohlich über seinem Kopf.

Hans fiel in Duldungsstarre. »Dir werde ich Beine machen!«, rief der Bursche.

Meine Faust traf ihn mitten ins Gesicht.

Er hielt sich die aufgeplatzte Nase.

»Bist du wahnsinnig?«

»Halt's Maul«, erwiderte ich. »Hol deinen Vorgesetzten, sonst setzt es noch eine.«

Der Bursche gehorchte.

Wenig später dampfte Stalljunker Hannes vor mir.

»Ja?«, fragte er gedehnt.

»Dieses Pferd ist krank, trotzdem muss es schwer arbeiten und wird geschlagen.«

»Oh«, sagte Hannes. Er schnalzte mit der Zunge. Augenblicklich reckte ihm Hans einen Huf entgegen. Hannes kniete nieder und kraulte den entzündeten Vorderfuß.

»Sieht ja wirklich böse aus«, sagte er. Er hob sich und pustete Hans ins Ohr – Hans wieherte erregt. »Tja, das Beste wird sein, ich nehme ihn jetzt mit in den Stall. Da kann er sich ausruhen. Hier draußen holt er sich doch den Tod.«

Bereits im nächsten Augenblick war das Lastgeschirr abgebunden und der Junker führte Hans zu den Stallungen. Unruhig blickte ich beiden hinterher. Hannes lächelte und winkte. Als sie den Pferdestall erreichten, öffnete er die Pforte und streichelte Hans den Bauch. Taumelnd verschwand Hans im Dunkeln, die Tür fiel langsam zu. Das Letzte, was ich erkennen konnte, waren Hannes' gewichste Lederstiefel.

Marmor

Am Samstagvormittag liefen wir über den Vorplatz der Villa. Wir trugen lange Sportkleidung und schlugen Bälle über den gefrorenen Boden. Ein abgestecktes Spielfeld war von Schnee geräumt und mit Kreide markiert, jemand hatte zwei Tore in die Erde gerammt. Langsam füllten sich die Zuschauerränge, die Sonne schien hell aus einem wolkenlosen Himmel. Ich fühlte mich etwas müde, denn in der Nacht hatte Geschützdonner unsere Stubenbetten zittern lassen. Doch jetzt war alles ruhig.

Dimitrij passte mir einen Ball zu. »Horst, schieß doch mal!« Er zog sich Handschuhe an und wackelte ab ins Tor. Ich lief an und hämmerte gegen den Lederball.

Dimitrij hob ab.

Er streckte seinen Körper wie eine Ziehharmonika und bugsierte den Ball über die Querlatte. Einige Zuschauer klatschten anerkennend, ich spurtete zu Dimitrij, half ihm auf.

»Mensch, sauber!«

»Aua«, stöhnte Dimitrij. Er hielt sich den Brustkorb. »Der Boden ist echt hart.«

Im selben Augenblick rannten Erwin und Wilhelm vorbei. Sie machten sich durch Kurzsprints und Streckübungen warm. Das sah gekonnt aus. Trotzdem war nicht zu übersehen, dass ihre grauen Sportjacken an den Bäuchen spannten. »Kommt mit!«, riefen sie.

Mittlerweile war der Platz gesäumt von Zuschauern, die ein fröhliches Gemurmel und Gewusel veranstalteten: Landser, Köche, Stallburschen, Krankenschwestern, Telefonistinnen, Ärzte, Offiziere. Dann erblickte ich Eva: Hand in Hand mit von Falkenstein. Vor ihnen ein voluminöser Pokal mit Marmorfuß. Silberfarben und poliert. Neben ihnen saß Lucie. Mir wurde schwer ums Herz.

Musik ertönte. Die Kapelle unserer Truppe spielte einen zackigen, wuchtigen Marsch. Die Menge teilte sich, die Offiziersanwärter liefen ein. Kurt war der erste, der das Feld erreichte. Erstaunt zog er die Braue hoch, als er mich erblickte. Doch er lächelte und winkte. Dann erreichten die anderen den Platz.

Ich hätte es wissen müssen.

Und kotzen können.

Die drei Mitspieler von Kurt waren:

Stalljunker Hannes.

Giselher Gaschler.

Adolf Gaschler.

»Was?«, entfuhr es Erwin.

»Gegen diese Mistkerle?«

Zwischen uns, die wir graue Sportanzüge trugen, und die Mistkerle, deren Farbe Rot war, trat ein schwarzgekleideter Mann. Er war hochaufgeschossen, dünn und hatte eine Adlernase. Er warf ein Geldstück auf den Boden und verdeckte es mit dem Fuß. »Kopf oder Zahl?«, fragte er. »Zahl!«, rief Adolf Gaschler. »Gut!«, sagte unser Schiedsrichter und gab den Blick auf die Münze frei.

»Zahl!«

»Auf geht's, Männer!«, rief Erwin und klatschte in die Hände. Wir liefen in unsere Hälfte.

Pfiff

Unsere Raumaufteilung war einfach:

Dimitrij im Tor.

Erwin hinten.

In der Mitte ich.

Vorne Wilhelm.

Bei den Anwärtern streifte sich Adolf Gaschler die Torwarthandschuhe über, trotz seiner Körperfülle wurde er vollständig von Kurt verdeckt, der sowohl Abwehr als auch Mittelfeld besetzte. Im Mittelkreis warteten Hannes und Giselher, bereit zum Stürmen.

Der hagere Schiedsrichter pfiff, das Spiel begann. Giselher führte den Ball, darauf lauernd, Hannes in eine aussichtsreiche Stellung zu bringen. Sofort wurde er von Wilhelm angegangen, der breitbeinig auf ihn zulief – und einen Beinschuss kassierte. Giselher lief an Wilhelm vorbei und passte steil auf Hannes, der sich hinter meinem Rücken freigelaufen hatte. Noch bevor Erwin eingreifen konnte, schlenzte Hannes den Ball ins hohe Eck. Dimitrij flog, sprang aber ins Leere. Es stand 1:0 für die Anwärter. Hannes und Giselher klatschten sich ab und rieben ihre Brustkörbe aneinander.

»Das geht ja gut los«, maulte Erwin.

Beim Anstoß schob ich Wilhelm den Ball zu. Er dribbelte wild, wurde aber von Giselher und Hannes in die Zange genommen. Während Wilhelm über die ausgestreckten Beine fiel, schob Hannes den Ball zu Kurt. Hart krachte Wilhelm auf den gefrorenen Boden, die Pfeife des Schiedsrichters blieb stumm.

Kurt schien zunächst unsicher, was er mit dem Ball anfangen sollte. Doch dann rannte er einfach los. Mein Versuch, ihm den Ball abzuluchsen, blockte er mit seinem Körper ab. Erwin, der sich Kurt mutig in den Weg stellte, erging es nicht besser: Er wurde einfach übergewalzt und fiel hin. Nun steuerte Kurt auf Dimitrij zu und zog ab – das Leder wummerte gegen Dimitrijs Bauchdecke und schleuderte ihn ins Tor: 0:2.

Das Spiel drohte ein Debakel zu werden. Wilhelm humpelte, Erwin hielt sich die Schulter, Dimitrij hing käsebleich am Pfosten.

»Wir müssen sie ausspielen«, rief ich zu meiner Mannschaft.

»Das sehe ich genauso«, sagte Wilhelm und rotzte auf den Boden.

Der Schiedsrichter pfiff, Wilhelm passte den Ball zurück zu Erwin. Prompt stürzten ihm Hannes und Giselher entgegen. Erwin hüpfte schlaksig zur Seite, behielt aber die Nerven: Noch bevor ihn Hannes angreifen konnte, lupfte er den Ball über seine Gegenspieler – Wilhelm erreichte den Ball, ließ ihn an der Brust abtropfen und schickte ihn zu mir auf die Außenbahn. Die Gelegenheit war günstig: Hannes und Giselher außer Reichweite, Wilhelm und ich allein gegen

Kurt. Ich rannte los. Meine Stollenschuhe trommelten über den Boden.

Auf der Grundlinie stoppte ich und wartete auf Kurts Angriff, doch der zögerte, weil er wusste, dass er das Abwehrzentrum entblößen würde, wo Wilhelm einschussbereit lauerte. Erst als ich Anstalten machte, die Grundlinie entlang aufs Tor von Adolf Gaschler zuzusteuern, lief er auf mich zu – in diesem Moment schob ich den Ball zu Wilhelm, der jetzt frei vor Adolf lief.

Völlig überhastet trat Wilhelm gegen den Ball, sein Schuss landete in den Armen von Adolf Gaschler. Adolf grinste und schlug den Ball zurück in unsere Hälfte. Hannes bedankte sich, ließ Erwin aussteigen und passte zu Giselher, der den Ball an Dimitrij vorbei ins Netz drückte: 0:3.

Während Hannes und Giselher den Zuschauern ihre Achseln zeigten, hatte der hagere Schiedsrichter das Spiel wieder angepfiffen. Ich wollte zu Wilhelm passen, doch plötzlich war Erwin zwischen uns. Er schnappte sich den Ball und wetzte los. Entsetzt schauten ihm Giselher und Hannes hinterher. Auch Kurt konnte nicht mehr eingreifen. Ungehindert steuerte Erwin auf das gegnerische Tor zu. Adolf Gaschler wurde bleich, ging in die Hocke und schlug die Knie aneinander. Weil ihn keiner mehr einholen konnte, drosselte Erwin das Tempo. Es schien, als wollte er sich in aller Ruhe eine Torecke aussuchen. Fünf Meter vor dem Tor holte er kräftig aus.

Ein Pfiff ließ ihn erstarren.

»So, Jungs. Halbzeit!«, krähte der Schiedsrichter.

Adolf Gaschler warf sich auf den Ball und begrub ihn unter sich. Anschließend rollte er spektakulär über den Boden. Einige Zuschauer buhten. »Das gibt's doch nicht!«, rief ich. Der Schiedsrichter schnappte sich den Ball und verließ mit gesenktem Kopf das Spielfeld. Er hatte hektische Flecken im Gesicht.

Mehlwurm

In der Halbzeitpause bliesen wir in unsere Teetassen. Heißer Dampf wirbelte in die trockene Winterluft.

»Das wird wohl nichts«, raunte Dimitrij.

»Verdammt, echt nicht«, fluchte Erwin.

»Hab ich's nicht vorher gesagt?«, fragte Wilhelm.

Stumm blickte ich in die geröteten Gesichter meiner Mannschaftskollegen, ihre Mutlosigkeit reizte mich: »Männer, reißt euch zusammen!«

Gleich zu Beginn der zweiten Halbzeit schlug Erwin die Pille in hohem Bogen zu Wilhelm. Wilhelm keuchte und spurtete bis zur Eckfahne. Mit letzter Kraft flankte er in den Strafraum der Offiziersanwärter. Der Ball segelte an Kurt vorbei. Genau in meinen Lauf: Ich täuschte einen Linksschuss an, nahm den Ball aber mit dem rechten Fuß und drosch ihn an Adolf Gaschler vorbei ins Netz: 1:3.

Unter dem Applaus der Zuschauer umarmte ich Wilhelm, mit frischer Hoffnung liefen wir in unsere Hälfte. Ich wagte einen Blick zu Eva: Sie saß auf der Bank und flüsterte von Falkenstein ins Ohr – neben ihr sprang Lucie auf, sie schlug die Handflächen aneinander. Als sich unsere Blicke trafen, ballte sie ihre Fäuste und drückte die Daumen.

»Na, also!«, rief Erwin.

»Geht doch!«, brüllte Dimitrij.

Vom Anstoßpunkt aus schob Hannes den Ball zu Giselher, der einfach stehen blieb. Als ich ihn erreichte, trat er mir mit voller Wucht gegen das Schienbein, ließ sich aber selber fallen. „Aua! Foulspiel!", brüllte er, dann winselte und stöhnte er. Der Schiedsrichter trabte auf mich zu und zeigte mir die Gelbe Karte. Wie ein fetter Mehlwurm lag Giselher gekrümmt auf dem Boden und hielt sich den Bauch. Inzwischen gackerte er. »Armer Drecksack«, murmelte ich und stiefelte davon.

Minuten später wurde es brenzlig.

Erneut war den Offiziersanwärtern ein unberechtigter Freistoß zugesprochen worden. Diesmal direkt vor unserem Tor. Erwin stellte sich zur Mauer auf, Wilhelm und ich verteidigten den Strafraum. Dimitrij spuckte in seine Handflächen. Hannes lief an. Eigentlich hatte ich damit gerechnet, dass Hannes den Ball zu einem Mitspieler passen würde, doch der angeschnittene Ball sauste in krummer Flugbahn über Erwins Kopf hinweg. Ich drehte mich um: Wie ein Stein fiel das Leder vom Himmel. Auf unser Tor.

In Dimitrijs Augen blitzte eine Mischung aus Entsetzen und Entschlossenheit. Erst blies er seine Wangentaschen auf, dann hob er ab. Mit weit ausgestreckten Armen rauschte Dimitrij durch die Luft – seine Fingerspitzen kratzten am Ball, bis er seine Flugrichtung änderte und ins Toraus flog.

Es kam noch besser: Den anschließenden Eckball fing Dimitrij in der Luft ab – er zögerte keine Sekunde und warf den Ball nach vorn. In meinen Lauf. Kein Offiziersanwärter wollte mir folgen. Einen Linksschuss später stand es 2:3.

Stollen

Die Stimmung kippte. Die Zuschauer, die bislang beide Mannschaften mit gleich viel Applaus bedacht hatten, waren plötzlich auf unserer Seite: Sie klatschten wie wild. Giselher und Hannes schauten grimmig. Adolf hing mit beiden Armen an der Latte. Erneut schaute ich zu Eva, sie wippte auf ihrem Platz und schlug die Hände aufeinander. Neben ihr buckelte der Schiedsrichter und presste sein rechtes Ohr an Ferdinands Mund. Von Falkenstein schien ihm etwas mitzuteilen, denn der Kopf des Schiedsrichters wackelte zitternd nach oben und unten.

Mit einem Mal sauste der Spielgerät an mir vorbei. Ich staunte, weil der Schiedsrichter das Spiel noch gar nicht angepfiffen hatte. Der Ball sauste gegen Erwins Hinterkopf, benommen fiel er zu Boden. Als er sich wieder aufrappelte, riefen Hannes und Giselher: »Verzeihung!« Sie rieben ihre Wangen aneinander: »Wir dachten, du würdest den Ball sehen!« Dann machten sie unfeine Bewegungen und tollten herum wie zwei junge Hunde. Das Gesicht des Schiedsrichters verdunkelte sich. Während er auf Hannes und Adolf zulief, wühlte er in seiner Brusttasche. Dennoch sprach er keine Verwarnung aus, sondern schaute zerknirscht auf den Boden – seine Wangenmuskulatur zuckte, als hätte er in eine Zitrone gebissen. Mit spitzen Lippen zischte er: »Anstoß Offiziersanwärter. Neuer Spielstand: 3:2!«

Jetzt wurde es ruppig. Giselher wuchtete seinen Ellenbogen

in Wilhelms Gesicht, Wilhelm trat ihm dafür in die Knie-
beuge und wäre fast vom Platz geflogen. Als Nächstes faus-
tete Dimitrij bei einer Abwehraktion neben den Ball – und
traf Hannes' Jochbein. Ich versuchte, mich aus den unsau-
beren Aktionen herauszuhalten, was gar nicht einfach war.
Mittlerweile beklatschten die Zuschauer ein grobes Foulspiel mehr als einen gelungenen Spielzug. Der Schiedsrichter passte sich der allgemeinen Stimmung an und pfiff
kaum noch.

Später lag ich im gegnerischen Strafraum. Völlig außer
Atem. Ich hatte mich in eine gut gezirkelte Flanke von Wilhelm hineingeworfen und sie knapp mit dem Kopf verfehlt.
Jetzt ärgerte ich mich, denn bald würde der Schiedsrichter
das Spiel abpfeifen. Ich hörte ein Rufen. Zart, aber durch-
dringend. Ich drehte meinen Kopf zum Zuschauerblock.
Mein Blick fiel auf Lucie. Mit beiden Armen machte sie
Schwünge, aber ich begriff zu spät: Adolf Gaschler stand bereits über mir, der Ball klemmte unter seiner linken Armbeuge – sein Stollenschuh bohrte sich in meinen Handtel-
ler, er prügelte den Ball nach vorn: »Hannes! Lauf!«

Wie ein tollwütiges Frettchen sauste Hannes los. Gefolgt
von Erwin, der sich kurzerhand an seine Fersen heftete.
Zu Beginn des Laufduells hatte Hannes drei Meter Vor-
sprung, aber Erwin konnte den Abstand rasch verkürzen:
Seine schlaksigen Beine wirbelten wild über den Boden. Im
Strafraum waren er und Hannes auf gleicher Höhe, trotz-

dem schien es, als würde Erwin seinen Gegenspieler nicht am Schuss hindern können.

Plötzlich tauchte Erwin ab.

Aus vollem Lauf streckte er sein rechtes Bein nach vorn und rutschte mit dem Rumpf über den Boden. Die Zuschauer starrten gebannt, Adolf Gaschler knackte mit dem Kiefer. Mit seiner Schuhsohle erreichte Erwin den Ball und spitzelte ihn Dimitrij in die Arme – im gleichen Moment stolperte Hannes über Erwins Bein und klatschte auf den gefrorenen Platz. Böses ahnend blickte ich zum Schiedsrichter.

Erwin hielt sich die Schulter.

Aus Hannes' Nase tropfte Blut.

»Ball gespielt, weiter!«, rief der Schiedsrichter.

Strafraum

Dimitrij drosch den Ball zu Wilhelm, der an der Mittellinie wartete. Hinter Wilhelm wurde es dunkel.

»Wilhelm, pass auf!«

Kurt stürmte auf Wilhelm zu.

Sein Gesicht war gerötet, seine Arme sausten hin und her wie die Kolben einer Maschine. Unter seinem Trikot rieben mächtige Brustmuskeln. Kurz bevor er Wilhelm erreichte, sprengte der zur Seite und passte mir den Ball zu.

Kurt rammte die Beine in den Boden und ruderte mit den Armen. Kaum dass er zum Stehen gekommen war, jagte er aufs Neue los. In meine Richtung. Der Boden zitterte unter Kurts schweren Tritten.

Ich machte einen Ausfallschritt und schlug den Ball zurück zu Wilhelm.

Erneut lief Kurt ins Leere.

Er strauchelte, fiel hin und blieb liegen.

Wilhelm hatte jetzt viel Platz. Erst an der Strafraumgrenze wurde er angegriffen. Ungestüm stellte sich ihm Giselher in den Weg, doch Wilhelm ließ sich nicht beirren: Ruhig schob er den Ball zu mir. Vergeblich streckte Giselher ein Bein aus.

»Wilhelm, Doppelpass!«

Ich brachte den Ball unter Kontrolle und spielte ihn steil in den Strafraum. Aber Wilhelm kam nicht an den Ball.

Adolf flog ihm entgegen.

Im Scherensprung.

Seine ausgestreckten Beine wirbelten in der Luft.

Er wollte nicht den Ball treffen.

Er wollte Wilhelm treffen.

Weil Wilhelms Augen auf den Ball geheftet waren, sah er den Angreifer viel zu spät.

Adolfs Stollenschuh bohrte sich in sein Brustbein.

Wilhelm sackte zusammen. Noch im Fallen wurde er von Adolfs wuchtigem Becken an der Schläfe getroffen. Aus der Pfeife des Schiedsrichters erklang ein gellender Pfiff.

Sogleich lief ich zu Wilhelm, kniete mich hin, tätschelte seine Wangen.

»Wilhelm, kannst du mich hören?«

Wilhelm schlug die Augen auf.

»Uiuiui. Ja, klar doch, zieh mich hoch!«

Ein Schleier lag über seinen Augen. Er grinste.

»Horst, lass mich den Elfer schießen.«

Inzwischen war der Schiedsrichter im Strafraum eingetroffen. Seine Gesichtsmuskulatur zuckte, seine Augenlider flatterten nervös. Er hastete zu Adolf Gaschler und zischte ihm etwas ins Ohr. Dann drehte er sich um und blickte zu Ferdinand, der ihm am Spielfeldrand zuwinkte. Ferdinand machte ein Zeichen, das ich nicht verstand.

Das Mienenspiel des hageren Schiedsrichters veränderte sich. Er trippelte durch den Strafraum und sah aus wie ein geprügelter Hund. Hektisch rieb er sich die Nase. »Stürmerfoul!«, nuschelte er. Dann lauter: »Freistoß für die Offiziersanwärter!«

Im selben Augenblick bolzte Giselher den Ball in unsere Hälfte. Hannes schnappte sich die Lederkugel, umlief Erwin und hämmerte sie in unser Netz: 2:4. Der Schiedsrichter pfiff das Spiel nicht mehr an.

4:2

Den Nachmittag hatten wir auf der Stube verbracht und unsere Wunden geleckt. Bei trüber Stimmung. Als ich Erwin und Wilhelm fragte, ob wir die Einladung zum Siegerball annehmen sollten, waren sie strikt dagegen gewesen. »Das fehlte uns noch«, hatten sie düster gemurmelt. »Wir haben uns genug zum Affen gemacht.«

Doch mit zunehmendem Biergenuss waren sie fröhlicher und weicher geworden, bis sie irgendwann dem Siegerball nicht mehr abgeneigt waren. »Na gut, dort sehen lassen könnten wir uns ja mal.«

Nun lehnten wir an einer Flügeltür und glotzen in den Ballsaal der Holzvilla: Ein riesiger, elektrisch betriebener Kronleuchter hing von der Decke; Landser saßen vor gestärkten Tischdecken und schäkerten mit Krankenschwestern; Ärzte im Smoking boten Offizieren Zigarren an; Stallburschen lehnten an der Theke und kippten sich Weinbrand hinter die Binde. Neben der Theke befand sich eine Bühne, von der aus unsere Kapelle flotte Melodien über die Tanzfläche schickte. Schwankend trat Erwin durch die Saaltür und griff sich an die Schulter. Ein feuchter, roter Fleck leuchtete auf seiner Ausgehuniform, doch das schien Erwin nicht zu stören. Pfeifend führte er uns an einen freien Tisch: »Guckt mal, da haben wir alle Platz.«

Wir setzten uns und ließen vom Kellner Bier bringen.

»Zum Wohl, die Herren!«

Aufgeregtes Kichern drang in den Saal. Die Tür ging auf und eine Traube junger Mädchen kam hereinstolziert. Die Mädchen blieben im Eingangsbereich stehen und musterten das Publikum. Sie trugen Hochsteckfrisuren, hatten tiefrot geschminkte Münder und eng anliegende Knieröcke. Ihre Zähne blitzten. Es dauerte nicht lange, da liefen Kellner auf sie zu und servierten eilfertig Sekt. Ohne abzusetzen, leerten die Mädchen ihre Gläser und knallten sie aufs Tablett. Anschließend verteilten sie sich im Raum: Landser sprangen auf, schoben Stühle bereit oder machten einladende Handbewegungen. Die Mädchen ließen sich nicht lange bitten. Argwöhnisch wurden sie von den Krankenschwestern beäugt, die aufgeregt tuschelten. Auch an unserem Tisch wollte ein Fräulein Platz nehmen. Doch als es sich zum Stuhl beugte, biss Wilhelm mürrisch in sein Bier: »Verschwinde, der Platz bleibt frei!«

Die Flügeltür des Ballsaals öffnete sich – und mein Herz hörte auf zu schlagen: Eva und Lucie traten in den Raum. Im selben Augenblick sprangen die Gäste auf, denn die Gaschlers stürzten in den Saal. Sie trugen schwer an einem Silberpokal, den sie mit Schwung auf die Bühne wuchteten. Anschließend reckten sie die Fäuste, zeigten ihre Achseln und ließen sich Schnapsgläser reichen. Sie grinsten zufrieden. Wilhelm stöhnte.

Mit einem Mal stakste von Falkenstein über die Bühne, die Brust gebläht wie ein Pfau. Sein Arm schnellte nach unten, jäh hörte die Kapelle auf zu spielen und Ferdinand griff zum Mikrofon.

»Liebe Gäste, ich bin kein großer Redner.« Offene Münder gafften ihn an, Ferdinand ließ eine Pause. »Ich bin bloß ein einfacher Soldat!« Im Saal wurde es mucksmäuschenstill. Nur Wilhelm murmelte vor sich hin: »Was redet der da für'n Unsinn?«

»Pst!«, zischte ich, denn ich wollte hören, was von Falkenstein zu sagen hatte.

»Umso mehr bin ich stolz, heute Abend den Siegerball zu eröffnen – und da müssen ein paar unbeholfene Worte erlaubt sein!« Die Gäste klatschten zustimmend und Ferdinand wartete geduldig, bis es ruhig wurde. Er blickte durchs Fenster in die Ferne, wo Gefechtsfeuer aufleuchtete. »Wir sind heute Abend hier«, sagte er, »um Sieger zu feiern. Also los, Adolf, Giselher, Hannes und Kurt: Kommt herauf!«

Unter wohlwollendem Applaus erklommen die Angesprochenen die Bühne. Hannes musste von Kurt geschubst werden, denn der Stalljunker schien angetrunken zu sein. Schwerfällig rollte er über die Bühnenkante, rappelte sich auf und schwankte neben den Gaschlers, die ihm feixend in die Rippen pufften. »Bravo«, sagte Ferdinand ins Mikrofon. »Bravo: Unsere Offiziersanwärter!«

Der Beifall schwoll an.

»4:2!«, jubelte Ferdinand. »4:2. So lautet der Endstand des heutigen Spiels.« Er taxierte sein Publikum.

»Doch war es bloß ein Spiel? Nein. Es war mehr: Es war ein Sinnbild für den Kampf da draußen!« Eine gewaltige Detonation ließ die Kronleuchter erzittern. In Denkerpose blickte Ferdinand an die Decke. Jetzt flüsterte er fast: »Schnell und hoch gingen unsre Jungs in Führung – 3:0 stand es zur Halbzeit.«

Ferdinand blickte in den Saal: »Kommt euch das bekannt vor?« Erregte Stille unter den Angesprochenen. Ferdinand wiederholte seine Frage. Diesmal lauter: »Kommt euch das bekannt vor?« Tuscheln im Publikum. Landser blickten fragend zur Bühne. »Liebe Gäste, mir kommt das bekannt vor: Genauso war es, als wir vor zweieinhalb Jahren in dieses Land einmarschierten.«

Ferdinand rieb sich den Hals.

»Anfangs haben wir den Gegner überrannt, haben Stärke und Überlegenheit gezeigt. Haben ihn wortwörtlich übers Feld getrieben. Doch was geschah dann?«

Erneut machte Ferdinand eine Pause. Er betrachtete seine Fingernägel. Die Anspannung im Saal war mit Händen zu greifen. Jeder wollte die Antwort wissen.

»Der Kampf wurde schmutzig. So wie auf dem Fußballfeld heute Morgen, als sich die unterlegene Mannschaft nur noch mit Foulspielen zu wehren wusste.« Ferdinand wies mit dem Arm zu unserem Tisch. Viele Augenpaare folgten ihm. Wilhelms Zähne schabten geräuschvoll über sein Bierglas: »Wir hätten nicht kommen sollen.«

Ferdinand massierte sich die Stirn, als quälte ihn ein Gedanke. Er senkte Kopf und Stimme. »Ja, es stimmt leider. Die Gegenseite hat mit ihrer faulen Taktik Erfolg gehabt. Der Gegner hat aufgeholt.« Eine weitere Explosion erschütterte den Saal. Granatsplitter kratzten auf dem Dach. »Man könnte sagen: Aus einem 3:0 ist ein 3:2 geworden.« Besorgt schauten die Gäste aus dem Fenster, wo Feuerblitze und Funkenschweife leuchteten. Ferdinand hob die Hand.

»Lasst euch von dem bisschen Donner da draußen nicht die Laune verderben: Der Gegner mag zwar aufgeholt haben, aber wir liegen immer noch in Führung!« In den lärmenden Applaus, der nun aufbrandete, rief Ferdinand mit sich überschlagender Stimme: »Dies ist ein Siegerball! Heute müsst ihr feiern, aber morgen geht ihr raus und zeigt unserem Gegner, wer Hammer ist und wer Amboss!«

Ferdinand zog Adolf und Giselher an sich heran, tätschelte ihnen die Wangen. »Männer und Frauen, schaut auf diese Jungs! Macht es wie sie! Macht es ihnen nach!«

Ferdinands Kopf war jetzt knallrot. Der Saal kochte. Wild mit den Armen rudernd krähte er ins Mikrofon:

»Geht raus und schießt das 4:2! Schießt endlich das 4:2!«

Kette

Tosender Beifall durchflutete die Tischreihen. Die Menge raste. Zum zweiten Mal an diesem Tag überreichte Ferdinand den Pokal, der nun randvoll mit Sekt gefüllt war. Adolf und Giselher klemmten ihn zwischen ihre Bäuche, senkten ihre Köpfe und schlappten wie zwei durstige Hunde den gegorenen Traubensaft mit ihren Zungen auf, bis ihnen der Schaum auf die Uniformen troff. Die meisten Landser hielt es nicht mehr auf ihren Sitzen. Sie wollten die Gaschlers saufen sehen. Sie wurden erst leiser, als der Pokal leer war und Adolf und Giselher benommen von der Bühne grinsten. Ferdinand hatte sich zu diesem Zeitpunkt längst durch den Hinterausgang verabschiedet. Schließlich nahmen die Musiker ihr Spiel wieder auf. Ich blickte mich um: Zwei der fremden Damen waren nah an unseren Tisch herangerückt. Die eine lümmelte auf einer Eckbank und lutschte eine Haarsträhne. Die andere ließ Dimitrij zuschauen, wie ihre Zunge ein Sektglas ausleckte. Ich stellte mein Bierglas ab und lief quer durch den Saal. Schon von weitem sah ich sie. Mein Herz schlug laut wie eine Buschtrommel.

Eva und Lucie trugen Abendkleider und Hochsteckfrisuren. Ihre Schultern wippten im Takt der Musik, ihre geschminkten Münder kicherten. Geschickt öffnete Eva eine Sektflasche und füllte zwei Gläser. Dann trafen sich unsere Blicke.

Ich hastete heran.

»Darf ich bitten?«

Lucie streckte mir den Arm entgegen.

Im selben Augenblick sagte Eva: »Ja, Horst, bitte gern.«

Sie nahm meine Hand.

Lucies Stirn kräuselte, sie strich sich übers Kleid – dann stürzte sie zum Ausgang und wischte Biergläser von saufenden Landsern achtlos um.

Begehrliche Blicke begleiteten uns, als wir über die Tanzfläche glitten. Schnell merkte ich, dass Eva einen Schwips hatte. Trotzdem wirkte sie ernst und gefasst.

»Horst, seitdem du wieder da bist, ist vieles durcheinander geraten.«

»Hm?«

»Ich dachte, du wärst tot. Und auf einmal stehst du quicklebendig in der Krankenstation.«

»Ach, Quatsch«, rief ich hastig, ohne zu wissen warum.

»Doch, Horst. Im Sommer hat man mir einen Feldpostbrief zugestellt. Darin stand, du wärst gefallen – ich war doch immer noch deine Verlobte.« Ich drückte Evas Kopf an meine Schulter – gerade noch rechtzeitig, um eine Karambolage mit dem Tanzpaar neben uns zu vermeiden. Eva schwang den Kopf zurück und blickte mich an: »Wochenlang habe ich mir die Augen ausgeweint. Ich habe um dich getrauert.«

Ich hob den Arm und ließ Eva vor mir kreisen. Drei Viertel-takte lang. »Horst, irgendwann habe ich einen schreckli-chen Entschluss gefasst: Ich wollte dich vergessen.«

Eva blickte mich an: »Verstehst du?«

Ich verstand nichts.

Trotzdem nickte ich. Eva stellte ihr Bein aus. Ich ließ sie ein weiteres Mal drehen. »O Horst«, sagte sie und presste ihren Kopf an meine Brust. Ihre Stimme klang gedämpft: »Bitte verzeih mir! Ich habe einer Zirkustruppe unser Amulett mitgegeben. Ich wusste doch nicht –«

»Das Amulett? Das glaube ich nicht!«

Eva senkte den Blick, im gleichen Augenblick machte ich einen Ausfallschritt, so dass sie fallen musste. Mit dem einen Arm hielt ich sie, mit dem anderen griff ich in meine Hosentasche.

»Aber schau«, sagte ich und ließ das Amulett über ihrem Gesicht pendeln. »Hier ist es doch!«

Eva errötete. Sie war wunderschön, der Leberfleck auf ihrer Wange bebte. Sie griff nach dem Amulett, öffnete ihre Lippen und zog mich herab.

Eine Granate erschütterte den Ballsaal. Für einen Moment erlosch das elektrische Licht im Raum. Durch die Fenster sah man gleißende Explosionskegel aufleuchten und ver-schwinden. Evas Haar duftete nach Lakritz oder Mandel. Ich küsste ihre geschlossenen Augen. Dann ging das Licht wieder an und die Kapelle setzte ihr Spiel fort.

»Eines Tages stand Ferdinand vor mir«, flüsterte Eva und richtete sich auf. Mit einem Taschentuch tupfte sie sich Mund und Stirn ab: »Ich bin wirklich durcheinander.«

Während ich noch überlegte, was ihr letzter Satz bedeutete, flüsterte Eva in mein Ohr:

»Horst, heute Nacht fliege ich nach Hause.«

»Was?«, fragte ich.

Eva legte die Stirn in Falten. »Horst, heute ist unser letzter Abend.«

Eine flirrende Bassklarinette durchzog den Raum, zu der zwei Flöten einen gebrochenen Dreiklang spielten.

»Dann bist du also in Sicherheit!«, rief ich erleichtert, während Evas Hüfte eine Rollbewegung machte.

»Horst, wenn ich zurück bin, wird Ferdinand nachkommen. Er will mich heiraten.«

Eine Sprengladung ging draußen hoch, gefolgt von aufgeregtem Stimmengewirr.

»Hast du mich verstanden, Horst?«

Evas Hände umklammerten meine Wangen.

»Du musst weg von hier«, sagte ich schnell.

Ich spürte Hände auf meiner Schulter – und wurde weggerissen. Es waren Adolf und Hannes. Sie legten mir ihre Arme um den Hals: »Auf zum Tresen!«, lallte Hannes.

Im selben Moment war Ferdinand an Eva herangetreten. Er forderte sie zum Tanz auf. Eva blickte mich an, ich nickte ihr zu. Dann machte sie einen Knicks und nahm Ferdinands

Hand. Während mich Adolf und Hannes abführten, schaute ich mich noch einmal um: Eva hatte ihre linke Hand auf Ferdinands Schulter gelegt – zur Faust geballt. Eine Stück-chen Kette lugte zur Seite heraus. Die Kette unseres Amu-letts.

Pürzel

»Fass die Sau!«

»Am Pürzel!«

Adolf und Hannes warfen die Köpfe in den Nacken, leerten zwei Schnapsgläser und wischten zufrieden ihre Münder. Mir war übel, denn ich stand eingeklemmt am Ausschank. Adolf stank nach Schweiß, Hannes nach Schwefel. Sie pressten ihre Körper noch enger an mich. Jetzt trat auch Giselher hinzu, neben ihm eine hübsche Frau mit makellosen Schultern und schwarzen Locken. Er war gut gelaunt und hatte Durst: »Zwei Schnaps!«

»Lasst ihn los!«

Erwin und Wilhelm hatten sich durch die Menge gewühlt und standen jetzt schnaufend vor uns. Sofort trat Adolf einen Schritt zurück und beäugte die Neuankömmlinge: Auf Erwins Schulterstück suppte ein tellergroßer Blutfleck. Wilhelm sah schrecklich aus: Sein wirrer Haarschopf klebte in fettigen Strähnen an der Kopfhaut, sein fahles Gesicht war von bläulichen Adern überzogen. Feixend röhrte Hannes zum Wirt:

»Zwei Bier für die Verlierer!«

Mir stockte der Atem.

Auf der Tanzfläche bewegten sich Eva und Ferdinand zu den Klängen einer langsamen Rumba. Trotzig warf Eva ihren Kopf zur Seite, während Ferdinand ein Bein hinter Evas Fersen ausstellte. Ihre Schenkel rieben aneinander, dazu machte Ferdinand schmückende Handbewegungen. Lange schaute Eva Ferdinand ins Gesicht, dann gab sie sich dem Spiel seiner Hüften hin und beide verschwanden im Getümmel der tanzenden Paare.

Plötzlich war mir alles egal.

Neben mir zitterte Wilhelm vor Erregung. Er nuschelte: »Nicht jeder, der heute Abend feiert, ist auch ein Gewinner.«

Dann rammte er Hannes seine Faust ins Gesicht.

Hannes taumelte und hielt sich den Mund. Ein zäher Blutfaden baumelte von seiner Unterlippe. Er spuckte aus. Ihm fehlte ein Schneidezahn. Zu mir gewandt röchelte er: »Ich mache ihn tot. Ich mache ihn jetzt tot!«

Er rotzte einen Klumpen Blut aufs Parkett und lief dem Ausgang entgegen. Im selben Augenblick schlug Giselher, der eben noch tänzelnd im Hintergrund gestanden hatte, Erwin auf die versehrte Schulter. Es schmatzte und Erwin ging in die Knie, sein Arm hing schlaff hinab. »Schwächling!«, rief Adolf und wollte sich auf mich stürzen. Da wurde er gebremst.

»Warum bloß?«, fragte Kurt. Seine helle Jungenstimme setzte sich gut ab gegen das dumpfe Gedröhne im Festsaal. Er wartete nicht auf eine Antwort, sondern zog die Gaschlers am Hemdkragen zu sich heran. Er fixierte sie unter seinen massigen Armen. Erneut fragte er: »Warum bloß?«

Kurts traurige Kuhaugen blinzelten mich an, während Adolf

und Giselher wie zwei Marionetten an seiner Brust strampelten. Ich starrte ihn entgeistert an.

Wilhelm senkte den Kopf, murmelte vor sich hin und verließ den Saal. Im selben Augenblick schossen mir die Worte von Hannes in den Kopf: Mir wurde klar, wen er totmachen wollte.

»Los!«, rief ich. »Wir müssen Hannes aufhalten.« Dimitrij half Erwin auf, wir hasteten zur Saaltür.

Schürhaken

Nachdem wir uns durch die Menschen gewühlt hatten, stolperten wir durch die Flure. Erneut verfingen wir uns in einem Labyrinth aus Kammern, Zwischenzimmern und Treppen. Es war Erwin, der nach langem Suchen und Poltern in einem dunklen Raum die Ausgangstür fand. Mit seiner verletzten Schulter stieß er sie auf und wir stürmten ins Freie. Für einen Moment ließen wir die Kälte auf uns herabrieseln und bestaunten das bunte Spektakel am Himmel: Unruhige Spritzmuster aus Granatregen und Funkenflug glitzerten am Firmament. Die Erde war unbeleuchtet. Der Vorplatz der Villa sowie das angrenzende Flugfeld lagen im Dunkeln. Nur in der Stallung flackerte ein Licht.

»Dorthin!«, brüllte ich hastig.

Alle Tore und Türen waren verriegelt, die wenigen Fenster mit dicken Metallstäbe geschützt. Hilflos bollerten wir mit Händen und Füßen gegen die Stallung. Mit einem Mal schien Licht aus dem Fenster neben dem Haupttor. Aufgeregt liefen wir heran und glotzten ins Innere: Hannes stand mit freiem Oberkörper vor einer Feuerstelle, trug einen Lederschurz und stocherte mit einem Schürhaken in der Glut. Dabei sog er an einer Schnapsflasche, bis ihm der Fusel links und rechts aus dem Mund sprudelte.

»Der spinnt ja total!« raunte Erwin.

»Was hat er vor?«, fragte Dimitrij mit zittriger Stimme.

Ich wagte nicht, ihm zu antworten. Hannes trat ans Fenster

und pochte an die Scheibe. Seine Nasenspitze war gerötet, seine Augen schimmerten milchig. Pfeifend schob er einen keilförmigen Bock neben die Feuerstelle. Er winkte und verschwand im Nebenraum. Dann brach für Dimitrij eine Welt zusammen.

Hans

Das Pferd, das von Hannes in den Raum geschleift wurde, konnte sich kaum auf den Beinen halten. Es war schrecklich abgemagert, hatte blutige Striemen und entzündete Wunden am ganzen Körper. Es wehrte sich nicht, als es auf den Bock gezogen und mit Stricken festgemacht wurde.

Es war Hans.

Hannes prüfte den festen Sitz der Schnüre und stellte lachend einen Arm auf die Hüfte. Dimitrij wurde leichenblass. Er rüttelte an den Metallstäben vor dem Fenster und warf sich mit voller Wucht gegen die verriegelte Eingangstür.

»Aufmachen!«, herrschte er.

»Du Schwein!«

Hannes ging zur Feuerstelle. Er zog den Schürhaken aus dem Kohlehaufen. Dann wartete er, bis wir vor Verzweiflung und banger Wissbegierde beinahe platzten. Langsam wischte er sich Schweißperlen von der Brust, die über der Glut verdampften. Mit einem Mal spannte er seinen Oberkörper und kam auf uns zugelaufen. Das glühende Werkzeug wirbelte er durch die Luft. Keinen Meter von uns entfernt schob er die Lippen auseinander, so dass wir die frische Zahnwunde sahen, die ihm Wilhelm zugefügt hatte. Dimitrij hielt der aufreizenden Geste nicht stand und prügelte mit beiden Fäusten die Fensterscheibe kaputt. Splitter zerschnitten seine Handrücken. Er zog die versehrten Hände zurück und brüllte in unendlicher Hilflosigkeit: »Wag es nicht! Wag es nicht!«

Aber Hannes wagte.

Zwar vergrub er den Schürhaken in der Glut und klatschte abwiegelnd mit den Händen. Doch einen Moment später zog er aus seinem Lederschurz ein kleines Messer hervor. Ungläubig schauten wir ihm zu, wie er an Hans herantrat und ihm die Mundwinkel einschnitt. Hans zuckte. Seine ledrige Zunge fiel schräg aus dem Maul, seine Augen blickten wirr in den Raum.

Danach regte er sich nicht mehr.

Nicht einmal, als Dimitrij durch die zerbrochene Scheibe rief: »Hans, ich hole dich da raus!«

Hannes griff zur Schnapsflasche und kippte sich das, was noch übrig war, über Gesicht und Oberkörper. Er zog den Schürhaken aus dem Feuer und preschte auf Hans zu. Er stellte sich hinter ihn und drückte dem armen Hengst das heißrote Metall zwischen die Lenden. Hans bäumte sich auf. Er wieherte um sein Leben: Dabei rissen seine eingeschnittenen Mundwinkel ein. Bis über beide Ohren. Eitriger Fleischsaft floss aus ihm heraus. Dimitrij ging in die Knie, seine blutigen Fäuste umklammerten die Gitterstäbe. Er schluchzte. Zum Glück konnte er nicht sehen, was nun geschah.

Hannes tanzte im Kreis. Dabei bohrte er Hans den heißen Stab ins Fell. Immer und immer wieder. Aus schwarzen

Wunden liefen weißgelbe Flüssigkeiten. Ein letztes Mal klafften seine Kiefer auf. Hans entließ einen Laut, der durch die gesplitterte Fensterscheibe wie ein malmendes Zirpen klang. Dann brach sein Blick.

Hans starb. ---#

Decke

Benommen liefen wir umher und suchten die Umgebung nach schweren Gegenständen ab. Endlich kamen Dimitri und Erwin mit einem Baumstamm angelaufen, den sie aus dem Holzlager geklaut hatten. Zu dritt wuchteten wir ihn gegen die Stalltür. Nach mehreren Versuchen splitterten die Scharniere aus der Zarge. Wir stürmten herein: Es roch nach verbranntem Fell und Fleisch; nach Eiter, Schnaps und Schweiß.

Behutsam befreiten wir Hans vom Bock und betteten seinen geschundenen Körper auf Stroh. Anschließend standen wir stumm an seiner Seite und rangen um Fassung. Sein Antlitz war kaum mehr zu erkennen, so sehr war es durch Wunden und Blut entstellt. Sein versengtes Fell war verklebt von Körperflüssigkeit. Hans musste schrecklich gelitten haben. Dimitrij sank auf die Knie, tätschelte seinem Freund die Mähne und begann hemmungslos zu schluchzen. Erst schauten Erwin und ich zu – dann taten wir es ihm gleich.

*

Neben der Feuerstelle fanden wir Tücher und einen Kübel mit Wasser. Wir wuschen Hans das Fell. Mit jeder Waschung wurden die grausamen Misshandlungen sichtbarer. Es folgte ein Mitleiden, ein Sorgen und ein Pflegen, von

Wunde zu Wunde. Wir liefen umher und suchten nach Decken, die wir behutsam über Hans' Körper legten. Dimitrij
summte ein Lied, das ich nicht kannte. Schließlich standen
wie vor Hans. In bitterer Umarmung weinten wir aufs
Neue.

»Ihr wisst, dass wir Hans in der gefrorenen Erde nicht be-
graben können?«, hörte ich mich fragen. Dimitrij warf mir
einen bösen Blick zu. Dann flüsterte er: »Du hast Recht.«

Aus der Ferne hörten wir ein schnorchelndes Geräusch. Jemand schnarchte. Wir nickten uns zu.

Hannes

Das Schnarchen kam aus einer Kammer, deren Tür von innen mit einem Vorhängeschloss verriegelt war. Wir traten es kaputt und stürmten herein. In der hinteren Ecke der Kammer, auf einer Holzpritsche, schlief Hannes. Er hatte sich die Lederschürze abgestreift und lag ausgestreckt wie ein ägyptischer Pharao. Sein Mund war halb geöffnet. Obwohl ihn Dimitrij und Erwin mit Schlägen und Fußtritten belegten, wachte er nicht auf. Ratlos standen wir da und betrachteten seinen nackten, drahtigen Körper – schließlich griff ich seine Beine und bugsierte ihn nach draußen.

Die Nacht war unheimlich klar. Ich blickte hinauf zum strahlenden Mond, der mir in jenem Moment wie eine Brücke über das gesamte Weltall erschien. Vor mir lag Hannes. Der Dunsthauch meines Atems vermischte sich mit seinem. Er sah friedlich aus.

»Was hast du vor?«, fragten Dimitrij und Erwin.

»Ich weiß es nicht«, antwortete ich.

Trotzdem packte ich die Füße des Stalljunkers und zog ihn weiter. Als ich stehenblieb, hörte ich die Stimmen meiner Freunde:

»Horst, bist du dir sicher?«

Und später:

»Ah, das ist ein guter Plan!«

Wir standen vor dem Zwinger von Gottfried und Rüdiger. Die beiden Rüden lagen Seite an Seite und ratzten. Dimitrij sprang dem Drahtverhau entgegen und schob den Bolzen der Zwingertür beiseite:

»Kommt, packt mit an!«

Plüsch

Im Ballsaal herrschte großes Getöse. Die Kapelle spielte Gassenhauer, zu denen auf Tischen und Stühlen mitgegrölt wurde. Staunend stand ich da und betrachtete das wilde Durcheinander in der Mitte des Saals, wo ausgelassene Tanzpaare in alle Himmelsrichtungen drehten. Mit einem Mal stand Ferdinand vor mir. Er roch nach Haarcreme und Rasierwasser. Seufzend senkte er den Kopf.

»Horst«, flüsterte er. »Ich muss dir etwas zeigen.«

Verdutzt schaute ich ihn an.

Er schob seinen Mund an mein Ohr:

»Bitte, Horst, es ist wichtig ...«

Ferdinand führte mich zu einer unscheinbaren Tür neben dem Ausschank. Er öffnete sie und bedeutete mir, dass ich eintreten sollte. Er lächelte.

Das Innere des Raums war ausgekleidet mit plüschigen Polstermöbeln, die sich um einen winzigen Tisch schmiegten. Gegen die Dunkelheit wehrte sich eine Stehlampe, deren fransiger Lampenschirm die Gegenstände in ein schmuddeliges Rot tauchte. Ferdinand schloss die Tür. Die laute Musik im Saal verwandelte sich in mattes Hintergrundgeräusch.

»Setz dich!«, sagte Ferdinand. Er selbst blieb stehen.

»Geht's dir gut?«

»Hm?«

»Entschuldigung«, sagte Ferdinand.

Ich spürte Wut in mir aufsteigen.

»Ferdinand, was willst du? Was musst du mir zeigen?«

»O natürlich«, erwiderte er wie jemand, der gerade einen Einfall gehabt hatte. Er faltete die Hände:

»Bitte warte hier – ich bin gleich zurück.«

Er sprang aus dem Raum und hämmerte die Tür ins Schloss.

Nun saß ich da – allein. Versunken in Polstergarnitur und Schummerlicht. Ich dachte an Hannes, den wir in der Kälte liegen gelassen hatten. Er würde erfrieren. Ich war mir nicht sicher, ob ich das wollte.

Die Tür sprang auf und zwei hübsche Mädchen mit roten Mündern stürmten herein. Die eine balancierte eine bauchige Sektflasche in ihrer Armbeuge, die andere stellte drei Gläser auf den Tisch. Sie kicherten und gesellten sich zu mir.

»Du bist ein schöner Mann«, sagte die eine, während sie mit ihren Fingern über den Schaft der Sektflasche strich. Sie sprach mit schwerem Akzent. Ihre Freundin schmiegte ihren Kopf an meine Schulter: Die Haut des Mädchens war weiß wie Marmor und verströmte den Duft von Orangenblüten. Schwer und narkotisierend, bitter. Ich wollte aufspringen, wurde aber von flinken Händen zurückgehalten. Haar kitzelte unter meinem Kinn, ein Korken poppte.

»Lasst mich, bitte«, murmelte ich benommen. Doch stattdessen hielt ich plötzlich ein Sektglas in der Hand. Immer enger drängten sich die beiden Frauen an mich. Ich spürte, wie Knöpfe meines Hemdes geöffnet wurden und spitze Zungen meinen gestreckten Hals entlangfuhren. Mühsam fasste ich den Entschluss, aufzuspringen. In diesem Moment ging die Tür auf.

Eva stand auf der Schwelle. Sie sagte nichts, kreuzte bloß die Arme. Ich machte mich los, lief taumelnd auf sie zu. Evas Oberlippe zitterte.

»Eva, bitte ...«, lallte ich los – und erschrak über den schweren Schlag meiner Zunge. Eva kräuselte die Stirn.

»Schweig«, rief sie streng. Ihr Blick fiel auf die Mädchen, die kichernd auf dem Sofa räkelten und sich gegenseitig Zöpfe flochten.

»Eva, bitte ...«, stammelte ich, doch Eva ließ mich nicht ausreden. Sie hüpfte einen Schritt zurück und drückte mir die Tür vor der Nase zu.

Ich rüttelte am Knauf, doch die Tür war verschlossen. Hilflos blickte ich mich um: Die Mädchen hatten die Wangen aneinandergedrückt und leckten ihre Finger. Dabei schauten sie mich mit großen Augen an. Ich wandte mich ab und bearbeitete das Türschloss, bis es aufschnappte. Ich seufzte und sprang heraus.

Brummen

Der Saal kochte. Übermütige Landser sprangen mit geöffneten Hemden übers Parkett, sudelten mit Bier oder hingen wie Kletten an ihren Tanzpartnerinnen. Die Musiker auf der Bühne spielten tapfer, auch wenn es ihnen nicht gelang, sich selbst oder ihre Instrumente vor dem fröhlichen Überschwang zu schützen. Kondenswasser troff von der Decke.

Im hinteren Winkel des Saals fand ich Dimitrij und Erwin, versteckt hinter einer Batterie aus Schnaps- und Biergläsern. Erwins linker Arm hing leblos in einer Pfütze aus Bierschaum, Dimitrijs Handballen waren nur notdürftig verbunden. Als Erwin mich erblickte, blitzten seine Pupillen. Aufgeregt plapperte er: »Mensch, Horst, da bist du ja. Wir haben auf dich gewartet.« In diesem Moment schob Dimitrij zwei Humpen Bier beiseite. Mit vertränten Augen sah er mich an, sagte aber nichts. Sein kugelrunder Wanst zuckte. »Horst«, flüsterte Erwin. »Wir denken, wir sollten Hannes aus dem Zwinger holen. Also, wenn du nichts dagegen hast ...«

»Nein, habe ich nicht«, unterbrach ich ihn.

»Wo ist eigentlich Wilhelm?« fragte ich, als wir uns den Weg aus dem Saal bahnten.

»Er war vorhin an unserem Tisch«, rief Erwin. »Nur kurz. Sah schrecklich aus. Faselte wirres Zeugs. Hab fast nichts verstanden.«

Dimitrij schob die Saaltür auf. Im Korridor setzte Erwin seinen Bericht fort: »Dann hat sich Wilhelm eine Flasche Schnaps geschnappt und ist abgehauen. Vorher hat er noch gemurmelt, wir sollten uns keine Sorgen machen. Er sei an einer großen Sache dran. Wenn du mich fragst: Alles großer Mist. Besoffen war er.«

Wir kamen am Vorzimmer von Falkensteins vorbei. Durch den Türspalt drangen Licht und mattes Stimmengewirr. Unwillkürlich dachte ich an Lucie – sie hatte reizend ausgesehen in ihrem Abendkleid.

»Los jetzt!«, rief Erwin. Er hastete der Ausgangstür entgegen. Draußen angekommen, atmeten wir klare Morgenluft: Das Schwarz der Nacht war einem trüben Blau gewichen. Auch ohne künstliche Beleuchtung konnte man mühelos die Umrisse der Gegenstände erkennen. Im Laufschritt erreichten wir den Zwinger. Rüdiger und Gottfried waren wach. Einträchtig lagen die Rottweiler nebeneinander und nagten Knochen. Ihre Ohren hingen schlapp hinab, selbst als wir aufgeregt am Zwinger rüttelten. »Wo ist Hannes?«, rief Dimitrij.

Hannes war nicht mehr da. Wir inspizierten jeden Winkel im Zwinger, doch vom Stalljunker fehlte jede Spur. Die Hunde bemerkten unsere Aufregung: Sie hielten inne und schauten uns mit blutverschmierten Schnauzen an. Schließlich verloren sie das Interesse und knabberten weiter die Knochen kaputt.

»Aber wie zum Teufel ist er entkommen?«, fragte Erwin. Er überprüfte den Riegel der Zwingertür, der nur von der Außenseite verschoben werden konnte. »Hier ist alles in bester Ordnung«, sagte er mehr zu sich als zu uns. »Und über den Zaun kann er auch nicht entkommen sein.«

Ich blickte nach oben: Der Zwinger war mit Stacheldraht umrollt. Schwer vorstellbar, dass Hannes diesen Fluchtweg gewählt hatte. Erwin bewertete die Lage sachlich:

»Wenigstens ist er nicht erfroren.«

Plötzlich war die Luft von Brummen erfüllt. Ein Flieger ging auf die Rollpiste hinab. Ohne besonderen Grund schlenderten wir der Landebahn entgegen und schauten dem Piloten eine Weile lang zu, wie er die Maschine auf dem gefrorenen Boden hin und her manövrierte, so als wollte er das Flugzeug in Abflugposition bringen. Mich wunderte, dass niemand heranlief, um den Bauch der Maschine zu entleeren. Dann sah ich sie: Eva wartete am Rand der Rollpiste, zwei kleine und ein großer Lederkoffer neben ihr. »Horst«, hörte ich Erwin sagen. »Dimitrij und ich werden jetzt auf unsere Stube gehen.« Dann drückte er mich so fest, als wollte er sich für immer von mir verabschieden: »Und du tust, was du tun musst.« Erwin schnappte sich Dimitrij und führte ihn in Richtung Holzvilla. Auf halbem Weg drehten sich beide noch einmal um.

»Nun los! Geh schon!«

»Viel Glück, Horst!«

Himmel

»Eva ...!«

»Horst ...”

Eva strich mit dem Zeigefinger über die Bögen ihrer Brauen. Sie blinzelte. Ihre Stimme klang matt. »Ich hatte dich nicht mehr erwartet.« Eva senkte den Blick, schlurfte mit den Füßen über den gefrorenen Boden.

»Das vorhin mit den Mädchen ...«

»Ist gut, Horst«, sagte Eva. »Ist nicht so wichtig.«

Mittlerweile hatte der Pilot die richtige Position für seine Maschine gefunden. Er stoppte die Propeller und wischte mit einem Ledertuch die beschlagenen Scheiben seiner Kanzel. Dann verschwand er.

»Was meinst du damit?«, wollte ich wissen.

Eva rieb sich die Augen.

»Du kannst doch tun und lassen, was du möchtest.«

»Aber ...«

Eva gähnte.

Ich trat einen Schritt zurück. Atmete ruhig ein uns aus. Der Mond, der trotz der Morgendämmerung immer noch hell über dem Flugplatz stand, leuchtete Eva ins Gesicht. Sie sah fremd aus.

»Was wirst du tun?«

»Das weist du doch«, flüsterte Eva.

Am Flugzeug ging eine Luke auf: Der Pilot sprang heraus und lief uns entgegen. »Guten Morgen die Herrschaften«, sagte er schnodderig. Er griff Evas Koffer und verstaute sie in der Maschine.

»Ihr wollt also heiraten?«, fragte ich.

Viel hing von ihrer Antwort ab.

»Was?«, fragte Eva zurück, so als hätte sie mich gar nicht gehört.

»Wirst du Ferdinand heiraten?«

Eva drehte sich zum Flugzeug. Der Pilot machte ein Zeichen.

»Ich muss jetzt los.«

»Halt!«, rief ich und griff Evas Hände. Meine Stimme klang brüchig.

»Du weißt, weshalb ich dich nicht geheiratet habe?«

Eva nickte.

»Warum hast du mir damals nicht gesagt, was auf Ferdinands Zettel stand?«

Eva schaute zu Boden. Die Steine unter ihren Sohlen knirschten.

»Ich konnte nicht.«

»Eva, um alles in der Welt: Was stand auf dem Zettel?«

»Horst ...«

Anstatt weiterzusprechen, löste Eva ihre Hände aus meiner Umklammerung. Sie gab mir einen Kuss und lief dem Flugzeug entgegen. Die Propeller begannen zu rotieren. Auf halber Strecke hielt Eva an. Drehte sich um. Rief durch den Lärm:

»Willst du mitkommen?«

Ich schüttelte den Kopf.

»Nein, Eva. Nicht so.«

Eva setzte ihren Weg fort, ließ sich vom Piloten hochziehen und verschwand in der Luke. Die Propeller drehten auf und veranstalteten einen höllischen Lärm. Der Pilot gab Schub. Die Räder des Flugzeugs rumpelten über die gefrorene Bahn. Je mehr die Maschine an Geschwindigkeit gewann, desto schneller wackelten ihre Tragflächen. Auf der Hälfte der Rollstrecke schien es, als würde sich das Flugzeug von der Erde verabschieden, doch nach kurzem Sprung setzte das Fahrwerk erneut auf. Erst am Ende der Rollpiste war es soweit: Die Kraft, die das Flugzeug in die Luft hob, war größer als die, die es am Boden hielt. Mit der Dämmerung im Rücken stieg die Maschine dem Himmel entgegen.

Marionette

Ich blickte dem Flugzeug nach, bis es als Punkt hinter dem Horizont verschwand – just in diesem Augenblick rumste und bumste es gewaltig. Geschosse durchkämmten die Luft wie Fäden einen engmaschigen Teppich, setzten Häuser in Brand und erschütterten die Erde. Die enorme Lautstärke der Abschussgeräusche ließ darauf schließen, dass die feindlichen Truppen näher standen als noch am Tag zuvor. Auf der Rollbahn erblickte ich den großen Lederkoffer, neben dem Eva gewartet hatte. Hatte sie ihn vergessen?

»Der gehört mir«, sagte Ferdinand von Falkenstein. Aus dem Nichts kommend trat er an mich heran: »Es geht zu Ende, Horst, und du hast verloren.« Er schaute in die Luft. Der Beschuss hörte auf. Eine tiefrote Sonne schob sich träge über eine brennende Häuserzeile. Es roch nach Holzkohle und Geschützfett.

»Horst, die Lage ist aussichtslos, wir sind eingekesselt. Aus allen Himmelsrichtungen rücken die Russen vor. Keiner kommt hier mehr raus.« Er betrachtete seine Fingerkuppen. »Bis auf mich – ich werde gleich ausgeflogen. Vom letzten Flugzeug, das hier noch landet.«

Er legte seinen Arm um meine Schulter.

»Lass das«, sagte ich und schüttelte ihn ab.

»Tss, tss«, zischelte Ferdinand. Ihn schien meine Geste zu erheitern.

»Horst«, sagte er gönnerhaft, »ich möchte dir etwas erzählen – weil du so nahe am Abgrund stehst.«

»Willst du nicht lieber den Mund halten?«

»Nicht doch«, empörte sich Ferdinand, seine Miene verhärtete sich. Die Worte, die er in ruhigem Tonfall sprach, trafen mich bis ins Mark: »Eva und du – weißt du überhaupt, dass ihr nie eine Chance hattet?« Er fuhr sich mit der Hand übers Kinn. Meine Knie wurden weich. »Horst, ich war von Anfang an dein Gegner. Und du hast es nicht einmal bemerkt.«

»Erinnerst du dich noch, wie du mit eingezogenem Schwanz durch die Stadt gelaufen bist, nachdem ich dir die Gaschlers auf den Hals gehetzt hatte?«

»Und wie du später im Laden der Dornmüllers deine Heiratspläne so tapfer und stolz verteidigt hast! Da fühlte ich echtes Mitleid. Schließlich wusste ich, was aus ihnen würde.«

»Oder letzte Nacht! Die zwei bezahlten Mädchen, die ich auf dich angesetzt hatte – du sitzt auf dem Sofa und plötzlich steht Eva mit gekreuzten Armen in der Tür: eine köstliche Szene! Du musst zugeben: Das war wirklich komisch!«

Abermals legte er seinen Arm um meine Schulter. Diesmal ließ ich ihn gewähren. »Ja, Horst, ich habe dir geschadet. Allerdings nie übermäßig. Und immer nur so viel, wie gerade nötig war.«

Er zog ein Taschentuch hervor und tupfte sich den Mund.

»Horst«, sagte er. »Aus Schmerz zu lernen, ist deine Sache nicht – jede Ratte hätte schneller gelernt als du, dass man besser lässt, was einem schadet. Doch du hast weitergemacht. Wie ein liebestoller Käfer.«

»Warum erzählst du mir das?«, fragte ich tonlos. Mein Hals kratzte.

»Weil es aus ist«, sagte Ferdinand.

Seine Blicke suchten den Himmel ab. Er dehnte sich und schaute auf seine Armbanduhr. »Horst, du hättest aufgeben können. Dann wäre dir einiges erspart geblieben. Aber du konntest oder wolltest nicht.«

Ein einsames Artilleriegeschoss flog in krummem Bogen über die Kleinstadt. »Sieh es einmal so: Ich habe dich schützen wollen. Vor dir selbst.«

Krachend und heulend ging das Geschoss zu Boden, in der Ferne zerbarst eine Stallung. Menschen und Tiere schrien. Ferdinands Sätze flogen mir um die Ohren. »Eva und du – wie leicht habe ich euch beeinflussen können. Zu jeder Zeit.« Ein Flugzeug tauchte auf. Kam näher. Setzte zur Landung an. »Manchmal habe ich mich gefühlt wie ein Marionettenspieler. Ich musste nur euren Schwerpunkt ein wenig manipulieren – schon habt ihr nach meiner Pfeife getanzt.«

Ferdinands Blick haftete an der Maschine, die nun die Rollbahn ansteuerte.

Die Funkerbude flog auf. Heraus krabbelte Wilhelm. Auf allen Vieren. Er streckte seinen Kopf ins Freie und göbelte.

Dann winkte er, spreizte beide Daumen in die Luft. Ferdinand bekam davon nichts mit, er beobachtete das sinkende Flugzeug. Während mir Wilhelm im Hintergrund ein Zeichen gab, geschah das Unglaubliche: Kurz bevor die Räder die Rollpiste berührten, beschleunigte der Flieger wieder. Er setzte nicht auf, sondern rauschte in gedehntem Bogen über die Rollbahn hinweg, als hätte ihn ein Riese an einer langen Schnur hinweg gezogen. Ferdinand fluchte. Er wedelte hektisch, so als wollte er den Piloten mit bloßen Armschwüngen zur Landung zwingen.

Doch vergeblich.

Der Flieger befand sich wieder im Steilflug. Hoch im Himmel drehte er und verschwand – mit leeren Augen starrte mich Ferdinand an. Er tat mir leid. »Na, Ferdinand«, sagte ich. »Vielleicht kommt es doch anders?«

»Halt's Maul.«

Er ließ mich und den Koffer stehen und hastete der Holzvilla entgegen. Eine Weile lang schaute ich das russische Feuer an.

Ich spürte keine Angst. Ich spürte Kraft und Zuversicht.

Ich schlenderte zurück.

Zu meine Freunden.

Schwachköpfe

Unsere Stubentür hing aus den Angeln. Drinnen herrschte wildes Durcheinander. Die Klappe, die zu Wilhelms geheimen Vorräten führte, war aufgeworfen – Dimitrijs runder Kopf ragte heraus. Er war beschäftigt, Bierflaschen nach oben zu befördern. Erwin saß am Rand und rief nutzlose Anweisungen in die Tiefe. Sein kaputter Arm hing schlaff nach unten. Wilhelm lief kreuz und quer durch den Raum, kappte Kronkorken und verteilte Gerstensaft. Gurgelnd und schnaufend blickten sie mich an, als ich mit meinen Stiefeln auf die Dielen drosch.

»Schluss jetzt!«, brüllte ich wie ein strenger Lehrer, der drei Lausbuben auf dem Pausenhof zur Rede stellte. »Unsere Lage ist übel, sehr übel. Wir müssen uns was überlegen.«

Erwin strich sich die Uniformjacke glatt und knetete seine Handballen. Er musterte mich mit verstohlenem Augenaufschlag.

»Horst, du siehst verändert aus.«

»Ja.«

»Eva ...?«

»Ist weg.«

»Oh.«

»Schon gut, Erwin – Eva ist in Sicherheit. Sie ...«

»Horst!«, entfuhr es Wilhelm. Ein Ruck ging durch seinen Körper. Er strahlte mich an.

»Wie du weißt, bin ich Funker.«

»Ja, und?«, fragte ich. Mich ärgerte, dass Wilhelm so unvermittelt das Wort ergriff.

»Ich empfange Nachrichten – und ich sende sie.«

Dimitrij schlug sich an die Stirn: »Ist der jetzt total durchgeknallt?«

»Sag ich doch«, lachte Erwin und prostete ihm zu.

»Seid ruhig«, sagte ich.

Wilhelm sprach sehr leise.

»Horst, das Flugzeug, auf das von Falkenstein gewartet hat – das fast gelandet wäre, aber plötzlich wieder durchstartete ...«

Ich begann zu verstehen.

»Da steckst du dahinter?«

Wilhelm grinste.

»Der Pilot war froh zu hören, dass er nicht runter musste. Hat keine Fragen gestellt. Was hätte er auch machen sollen? Befehl ist Befehl ...«

»Verdammt, wovon redet ihr?«, brüllten Erwin und Dimitrij. Ich beachtete sie nicht. »Mensch, Wilhelm!«

Wilhelm kratzte sich den Kopf. Hautschuppen landeten auf den Schulterstücken seiner Uniform. »Nun ja«, sagte er, »das ist nicht alles. Seit Tagen erhalte ich merkwürdige Funksprüche. Zuerst dachte ich, es wäre Feindfunk. Wegen des komischen Zungenschlags.«

»Komischen Zungenschlags?«

»Ja, ich habe ihn zur Rede gestellt – der Mann, der mir

funkt, ist Engländer. Und jetzt kommt das Verrückte: Er kennt euch.«

»Was?«

»Ziemlich gut sogar.« Wilhelm wischte sich über die Lippen. Er hustete.

»Erzähl!«, rief ich aufgeregt, Dimitrij und Erwin schauten ihn mit großen Augen an.

Wilhelm genoss unsere Anspannung.

Sorgfältig betrachtete er seine abgekauten Fingerkuppen. Jede einzeln. Dann begann er, sich umständlich den Staub von der Uniform zu klopfen. Ewigkeiten später hob er den Kopf und blickte uns in die Augen: »Also, zuerst hat er über eine Teekiste geredet. Ich dachte, die Knalltüte wollte mich zum Narren halten – fast hätte ich abgeschaltet. Doch dann ...« Wilhelm machte eine dramatische Pause.

»Doch dann?«, brüllten wir.

»Ach ja!«, rief Wilhelm wie jemand, dem gerade eingefallen war, dass er etwas Wichtiges erzählen wollte. »Doch dann wurde ich hellhörig. Er hat mir von euch erzählt. Von eurer Fahrt übers Land.« Er fuhr sich über die porige Gesichtshaut: »Einiges hatte ich ja gehört, aber ...« Wilhelm blickte Dimitrij und Erwin an, die mit einem Mal angestrengt auf den Boden starrten. Erwin pfiff sogar.

»Ach, ist ja auch nicht so wichtig.«

Wilhelm holte Luft.

»Jedenfalls wurde mir schnell klar: Er muss euch die ganze

Zeit über begleitet haben, ohne dass ihr es bemerkt hattet.«

»Lord Pickleberry.«

»Stimmt«, sagte Wilhelm. »So heißt er.«

Er blickte auf seine Armbanduhr. »Und das soll ich euch ausrichten: In wenigen Minuten wird hier eine Propeller-maschine runtergehen, um euch rauszuholen.«

Ich war baff.

»Um uns zu hier rauszuholen«, verbesserte ich, weil mir im Moment nichts anderes einfiel.

»Ja, ja«, erwiderte Wilhelm, während sich Dimitrij und Er-win abklatschten und zuprosteten.

»Grandios, Wilhelm!«, rief Erwin.

»Wilhelm, du bist echt 'ne Marke«, krakeelte Dimitrij.

Dann ein Blitz und ein Knall. Die Wände wackelten und das Licht fiel aus. Staub rieselte von der Decke. Als das Licht wieder anging, stand Wilhelm in der Tür. Er war sichtlich gerührt und wischte sich die Augen:

»Na los, ihr Schwachköpfe, raus hier!«

Lucie

Im Flur merkte ich, dass ich in der vergangenen Nacht nicht geschlafen hatte. Meine Augen juckten, meine Lider wogen schwer. Trotzdem kitzelte mein Bauch und ich war in erregter Hochstimmung. Vor mir stakste Wilhelm. Er murmelte vor sich hin: »Die Gegenwart ist die Summe der falschen Entscheidungen der Vergangenheit.«

»Bitte was?«

»Ach, nichts.«

Im Vorraum zum Kommandozimmer brannte Licht. Die Tür war nur angelehnt. Wir vernahmen das Klackern von Frauenschuhen. Mir wurde warm ums Herz. Ich krümmte meinen Zeigefinger, um vorsichtig zu klopfen, da ging die Tür auf und Lucie stand vor mir. Sie kniff die Lippen. Ihre Augen blitzten. Mit offenem Mund glotzte ich sie an.

Lucie gab mir eine Ohrfeige.

»Das wollte ich schon lange einmal tun, Horst.«

Ich war verdutzt. Ihre Hand in meinem Gesicht hatte sich eher fürsorglich als strafend angefühlt. Plötzlich war ich hellwach.

»Hört ihr das?«, fragte Lucie und rollte mit den Augen. Durch die Buchentür zu von Falkensteins Dienstzimmer tönte Gebrüll. »Das geht seit einiger Zeit so. Von Falkenstein ist außer sich. Brüllt wie blöd in den Fernsprecher.«

Im Hintergrund polterte etwas. Als hätte jemand ein Möbelstück umgeworfen. Lucie wurde ernst: »Wie es aussieht, kommen wir nicht mehr raus. Von Falkenstein hat Befehle bekommen, K. soll gehalten werden. Bis zum letzten Mann. Na ja, bis auf Oberst von Falkenstein. Er wird ausgeflogen.«

Sie zog eine Uhr hervor. »Merkwürdig«, sagte sie. »Das Flugzeug scheint Verspätung zu haben.«

»Da wird kein Flugzeug kommen – jedenfalls nicht für ihn.«

Verwirrt schaute Lucie zu Wilhelm, der die letzten Worte mehr verschluckt als gesprochen hatte. Sein Kopf lief knallrot an.

»Was hast du gesagt?«, wollte Lucie wissen.

»Äh«, stammelte Wilhelm. Er ließ die Schultern hängen, im Nebenzimmer ging etwas zu Bruch. Wir hörten von Falkenstein fluchen. Zeit verrann. Mir reichte es. Ich griff nach Lucies Arm.

»Komm mit, Wilhelm hat alles geregelt. Es sind wir, die gleich ausgeflogen werden.«

Lucie betrachtete Wilhelm, der mit gesenktem Kopf vor ihr stand.

»Stimmt das?«

»Ja.«

Lucie küsste Wilhelm auf die Wange.

»Danke!«

Dann ließ sie sich in meine Arme fallen.

»Auf geht's, Männer!«

Hackenschuh

Wir hasteten dem Ausgang entgegen. Lucie, die sich bei mir eingehakt hatte, roch betörend. Nach Zitrone und Zedernholz. Wir hatten fast die Ausgangstür erreicht, da zwängten sich zwei massige Gestalten in den Korridor und versperrten den Weg.

»Guten Morgen, ihr Flachpfeifen«, schnarrte Adolf Gaschler.

»Hihi«, sagte Giselher Gaschler.

Beide stemmten die Arme und musterten uns breitbeinig. Erwin, der lange Zeit nichts gesagt hatte, schob sich nach vorn. Mit dem Zeigefinger drückte er auf Giselhers Brust: »Was soll der Quatsch? Lasst uns durch!«

Giselher schaute Erwin verständnislos an.

Er zückte einen Schlagstock und drosch Erwin auf die kaputte Schulter. Erwin wurde bleich und wäre zu Boden gesunken, hätte ihn nicht Dimitrij aufgefangen. Erwins Atmung ging schnappend.

Ungerührt rieb sich Adolf das Kinn, dann zog er eine Pistole hervor und spannte sie mit dem Daumen. Auf seinem Gesicht ein fettes Grinsen. Er richtete die Waffe.

»Zeit zu beweisen, wie gern ihr uns habt.«

Giselher gackerte.

Adolf schnarrte: »Wer hier durch will, muss meinen Bruder küssen. Die Jungs die Stiefel und du, Fräulein Dornmüller, darfst ihm einen dicken Schmatz ins Gesicht geben.«

Ich war sprachlos.

Giselher stülpte die Lippen. Seine Lederstiefel waren von Schlammspritzern überzogen. Mit unschuldiger Stimme fragte er: »Oder mögt ihr mich nicht?«

Das schlechte Schauspiel ärgerte mich.

»Lasst uns durch.«

Adolf schaute mich an.

»Nein.«

Er knackte mit dem Kiefer.

»Wer meinen Bruder nicht mag, wird erschossen.«

Adolf streichelte die Pistole. »Na los, zeigt mir, wie lieb ihr ihn habt!«

Giselher lächelte und reckte Lucie den Kopf entgegen. Er schloss die Augen. Neben ihm überschlug sich die Stimme seines Bruders:

»Ach, ihr mögt ihn nicht?«

Ich vermute, dass Adolf weitersprechen wollte. Aber das, was nun geschah, verschlug ihm die Sprache.

Lucie ging auf die Gaschlers zu. Sie wirbelte auf dem Absatz und holte aus. Dann rammte sie ihren Ellenbogen ins Gesicht von Giselher Gaschler.

»So lieb hab ich dich«, sagte sie.

Adolf Gaschler stand da wie ein Ölgötze. Mit offenem Mund schaute er zu, wie die Nase seines Bruders aufplatzte und Giselher zu Boden sank.

Wäre ich der Angreifer gewesen, Adolf hätte mich abgeknallt wie einen Straßenköter. Doch er musste überlegen, wie er mit Lucie verfahren wollte.

Erstaunlich schnell fand er eine Antwort.

Er senkte die Waffe, verlagerte das Gewicht und trat Lucie in den Bauch – mit dem Rücken zuerst wurde sie gegen die Wand geschleudert.

Eine maßlose Wut stieg in mir auf. Adolf wollte nachsetzen und Lucie, die gekrümmt auf dem Boden hockte, einen weiteren Tritt verpassen. Er holte aus – da zog ich ihm das Standbein weg: Fluchend krachte er auf den Boden, wobei sich ein Schuss aus seiner Pistole löste. Wenige Zentimeter neben Lucies Kopf durchbohrte die Kugel die Holzwand. Ich stapfte Adolf mit dem rechten Fuß auf die Ellenbeuge und schlug ihm mit dem linken die Waffe aus der Hand. Sie schlitterte über die Dielen und blieb vor der Ausgangstür liegen. Auf Knien hechtete ich ihr hinterher. Ich wollte nach ihr greifen – in diesem Moment blieb mir die Luft weg.

Adolf musste sich blitzschnell aufgerappelt haben, denn sein Stiefel drückte meinen Brustkorb zu Boden. Meine Finger schnappten nach der Pistole, doch erreichten sie nicht. Wenige Zentimeter fehlten. Ich keuchte und nahm aus dem Augenwinkel wahr, dass Adolf triumphierend auf mich hinab sah. Seine Beine waren gespreizt. Ich hörte ein dumpfes Geräusch und wunderte mich, weshalb die anderen mir nicht zur Hilfe kamen. Im selben Moment ließ der Druck auf meinen Oberkörper nach. Ich drehte mich um.

Lucies Hackenschuh steckte zwischen Adolfs Beinen. Adolf, leichenblass, verschränkte beide Hände über seinem Schritt. Ein tonloses Pfeifen kam aus seinem Mund. Lucie zog ihren Fuß zurück.

»Ich hoffe, es tut dir weh.«

Schnell griff ich die Pistole und sprang auf. »Hau ab, Adolf! Hau ab!« Ich keuchte: »Bevor ich mich vergesse!«

»Und nimm deinen Bruder mit!«, ergänzte Lucie.

Mit schmerzverzerrter Miene wandte sich Adolf zu Giselher, der auf dem Boden kauerte und seine blutende Nase hielt. Rüde zog ihn Adolf hoch. Die Brüder schauten in den Lauf der Pistole.

»Los«, sagte Adolf leise. Mit gesenktem Kopf trollten sie den Korridor entlang. Als sie ausreichend Abstand gewonnen hatten, drehten sie sich um. Adolfs Stimme klang hasserfüllt: »Dafür werdet ihr bezahlen!«

Dann rissen sie die Tür zu Ferdinands Dienstzimmer auf und sprangen hinein.

»Nichts wie weg hier!«, rief Wilhelm. »Oh, die nehme besser ich«, sagte er im Laufschritt und zog mir die Pistole aus der Hand.

Licht

Wilhelm stieß die Tür auf, klirrende Kälte und fahles Sonnenlicht empfingen uns. Hoch am Himmel stand immer noch der Mond, unter ihm beschrieben russische Artilleriegeschosse elliptische Bahnen. Abwehrfeuer unserer Truppe konnte ich nicht entdecken. Überhaupt wirkte das Lager wie ausgestorben. Als wir über den Vorplatz der Villa hasteten, trafen wir keinen einzigen Landser. Menschenleer lag er da, gesprenkelt mit umgekippten Materialkisten und verwaisten Fahrzeugen. Lucie drückte meine Hand: In der Ferne wartete ein Flugzeug auf uns.

»Haltet an«, rief Dimitrij, als wir endlich das Rollfeld erreichten. »Erwin hat Schmerzen.«

Er beugte sich nach vorn, so dass Erwin eine Weile auf seinem Rücken rasten konnte. Erwin sah schlecht aus. Seine Augen waren nur halb geöffnet, die Arme hingen schlaff hinab.

»Wir müssen weiter«, sagte Wilhelm, der die Spitze unseres Zuges bildete. Ungeduldig trat er in eine Schneewehe. Seine Hast war berechtigt: Über den Vorplatz der Villa rannten Ferdinand und die Gaschlers, sie hielten Kurs aufs Rollfeld.

»Sie kommen schneller, als ich gedacht hätte«, murmelte Wilhelm. »Dann ist es soweit ...«

»Was ist soweit, Wilhelm?«, wollte ich wissen.

Wilhelm antwortete nicht, sondern eilte zu Dimitrij und Erwin. Er begutachtete Erwins Schulter und sprach auf die beiden ein. Was er sagte, konnte ich nicht verstehen. Schließlich umarmte Wilhelm die beiden und spurtete zurück. Er sah ernst und entschlossen aus.

»Sie werden jetzt kommen – ihr werdet es schaffen.«

Während er Lucie und mich anschaute, quälten sich Erwin und Dimitrij langsam heran.

»Ihr?«, fragte ich unruhig.

»Ja«, sagte Wilhelm. »So soll es sein.« Er ließ eine Pause, kratzte sich. Dann drückte er sein Kreuz durch:

»Horst, sieh mich an!«

Er reckte mir sein schwammiges Gesicht entgegen.

»Ich bin nicht mehr der Wilhelm, den du damals in der Sportgruppe kennengelernt hast. Eigentlich bin ich schon lange tot.«

Lucie schluchzte. Sie verstand schneller als ich, worauf Wilhelm hinauswollte. »Na ja«, flüsterte er, »jedenfalls habe ich lange nicht mehr gelebt. Zu lange. Bis ihr kamt. Doch da war es zu spät.«

Uns erreichten Dimitrij und Erwin, über Dimitrijs Wange lief eine Träne. Erwin nickte traurig.

»Aber Wilhelm«, stammelte ich.

»Schon gut Horst«, sagte er. »Versprecht mir, dass ihr gut auf euch aufpasst, dann hat alles einen Sinn.«

Plötzlich schoben sich dichte Wolken vor die aufsteigende Sonne. Der Krach der russischen Artilleriegeschosse wurde ohrenbetäubend. Einzelne Einschläge waren nicht mehr auszumachen. Es dröhnte enorm. In der Ferne beobachtete ich, wie die Holzvilla getroffen wurde – wenig später brannte sie lichterloh. Wilhelm hob die Hand. Seine Stimme klar und rein. Mühelos setzte sie sich gegen den Gefechtslärm durch:

»Da vorn ist euer Flugzeug.«

Wilhelm drückte mich.

»Horst, ich werde jetzt gehen – vergiss mich nicht.«

Er gab mir einen Kuss auf den Mund.

Dann ließ er mich los und lächelte. Schließlich dehnte er seinen Körper und wetzte unseren Feinden entgegen. Er sah glücklich aus.

*

Während wir Erwin über die Rollpiste schleppten, öffnete sich die Bauchklappe des Fliegers. Erwin war verdammt schwer. Wir keuchten und mussten mehr Pausen einlegen, als uns lieb waren. Ich drehte mich um und sah Wilhelm, wie er mit erhobener Waffe Ferdinand, Adolf und Giselher in Schach hielt. Dann geschah das Unglaubliche: Wilhelm warf seine Waffe in den Schnee und ließ sich von den Gaschlers vermöbeln.

-#-

Wolkendecke

Aus der Einstiegsluke baumelte eine Strickleiter herab. Sie nutzte uns wenig, da Erwin die Beine wegknickten und er sich unmöglich allein an den Sprossen halten konnte. Also griffen wir seine Beine: »Hau ruck!«, rief Dimitrij.

Gemeinsam wuchteten wir Erwin ins Innere des Flugzeugs. Dimitrij kletterte hinterher und beförderte Erwin auf einen Sitz. Schief saß er da, nur der Anschnallriemen hielt ihn in aufrechter Position.

»Jetzt bist du dran«, sagte ich zu Lucie, die sich mühelos an der Strickleiter emporzog. Auf Höhe der Plattform zögerte sie und sagte mit durchgedrückten Armen: »Horst, du kannst meinen Po jetzt loslassen.«

Heiß schoss mir Blut ins Gesicht – ich antwortete nicht, sondern drehte mein Gesicht in die Kälte: Die Gaschlers prügelten immer noch auf Wilhelm ein. Sie wirkten wie im Rausch. Wilhelms Körper lag leblos auf dem Boden. Er musste barbarische Schläge und Tritte einstecken.

»Horst!«, rief Lucie von oben. Sie wartete, bis ich sie anschaute. »Komm jetzt.«

In diesem Moment kroch mir der Geruch von Leder und Rasierwasser in die Nase. Etwas Kaltes drückte an meiner Schläfe. Ferdinand von Falkenstein stand neben mir und hielt mir eine Pistole an den Kopf. »Bitte einsteigen«, sagte er freundlich.

Als ich meinen Kopf über die Plattform reckte, waren Lucie

und Dimitrij bereits angeschnallt. Der Sitz neben Lucie war noch frei. Sie scherzte: »Na, das hat gedauert – aber schön, dass du es geschafft hast.«

Ihr Gesicht erstarrte, während Ferdinand hinter mir ins Flugzeug kletterte. »Setz dich, Horst«, befahl er. »Und schnall dich an!« Wenig später saß ich neben Lucie. Sie legte ihre Hand auf meinen Oberschenkel und flüsterte: »Alles wird gut.«

Da kein Sitz mehr frei war, nahm Ferdinand auf einer angegurteten Holzkiste Platz. Mit seiner Waffe klopfte er gegen die Trennwand zwischen Fahrgastraum und Pilotenkanzel. Eine Tür flog auf. Lord Pickleberry schob uns sein Gesicht entgegen. »Ach du meine Güte!«, rief Ferdinand. »Was ist das denn für ein Vogel?«

Pickleberry trug einen braunen Lederanzug, auf dem Kopf hatte er eine Fliegerhaube. Ein offener Kinnriemen wirbelte wie ein Zopf hin und her. Der Lord strahlte.

»Willkommen an Bord!«

»Halt den Mund und flieg los!«, herrschte ihn Ferdinand an.

»Aber, aber«, wendete Pickleberry ein und zeigte auf die geöffnete Bauchklappe des Flugzeugs. Ferdinand zog eine Grimasse und grunzte. Er drückte Pickleberry die Pistole zwischen die Rippen. Pickleberry lächelte: »Herr von Falkenstein ist so, wie mir berichtet wurde.«

Verwirrt schaute ihn Ferdinand an.

»Ach, halt die Klappe!«, sagt er schließlich.

Eine Granate schlug neben uns ein. Der Flugzeugrumpf wackelte, Splitter kratzten scharf an seiner Außenhaut.

»Langsam wird es ungemütlich«, flötete Pickleberry. Im selben Augenblick streckten Adolf und Giselher Gaschler ihre geröteten Gesichter ins Flugzeug. Atemwolken krochen über den Boden. »Du hast Recht«, sagte Ferdinand. »Langsam wird es ungemütlich.«

Er ging zur Klappe und blickte auf die Gaschlers hinab. Giselher hatte seinen Mund geöffnet, um etwas zu sagen, da trat ihm Ferdinand mit dem Stiefel auf den Kopf: »Für euch ist kein Platz – schiebt ab!«

Giselher guckte wie ein Kind, dem man das Spielzeug weggenommen hat. Er konnte sich nicht mehr halten. Purzelnd riss er seinen Bruder mit nach unten. Ich machte einen langen Hals, um besser sehen zu können: Ineinander verdreht lagen die Gaschlers auf dem gefrorenen Boden und verstanden die Welt nicht mehr. »Flieg jetzt los!«, herrschte Ferdinand.

»Nichts lieber als das!«, erwiderte der Lord und gab Schub.

Die Maschine rumpelte über die Bahn. Lord Pickleberry musste Schlangenlinie fahren, da die Rollbahn von Schlaglöchern und Granatenkratern übersät war. Ferdinand wirkte nervös. Als er bemerkte, dass ihn Dimitrij anstarrte, wurde er pampig. Er blaffte: »Was guckst du so blöd aus der Wäsche? Du Bauer!«

Dimitrij fuhr zusammen, doch dann blähte er seinen Brustkorb:

»Ich bin kein Bauer. Ich bin Koch!«

Mit einer stolzen Antwort hatte Ferdinand nicht gerechnet.

»Ach, Blödsinn!«, nuschelte er. »Ein Mist bis du.«

Ferdinand musste sich abstützen, denn Lord Pickleberry wendete das Flugzeug. Weil er aus dem Fenster schaute, bemerkte Ferdinand nicht, dass Dimitrij seinen Gurt löste.

»Dimitrij«, schallte es aus der Kanzel. »Sie sind viel mehr, als Herr von Falkenstein glaubt. Beweisen Sie es und befördern den ungebetenen Gast aus dem Flugzeug!«

Irritiert blickte sich Ferdinand um, da wurde er von Dimitrijs mächtigem Wanst an die Trennwand gedrückt. Hilflos zappelte Ferdinand mit den Armen umher, bis Dimitrij ausholte und ihm mit der Faust das Gesicht wichste. Ferdinand jaulte und ließ die Waffe fallen. Dimitrij erhöhte den Druck, was Ferdinand röcheln ließ. Nach einer Weile ging Dimitrij einen Schritt zurück und gab seinem Widersacher einen Schubs. Ferdinand torkelte in Richtung der geöffneten Bauchklappe. Dann verlor er das Gleichgewicht. Er fiel nach draußen, griff aber nach der Strickleiter.

Während Lord Pickleberry das Flugzeug beschleunigte, hing Ferdinand schräg im Fahrtwind und klammerte an der obersten Sprosse. Dimitrij wollte ihm auf die Hände treten, da rief ich: »Halt!«

Ich schnallte mich los und drängte Dimitrij in seinen Sitz.

Dann hechtete ich zur Türöffnung. Kniend hielt ich meinen Kopf aus dem Flugzeug und brüllte:

»Ferdinand, Was stand auf dem Zettel?«

»Welcher Zettel?«, brüllte er zurück. Die Kälte stach wie kleine Nadeln in mein Gesicht.

»Was?«, fragte ich, denn ich hatte ihn kaum verstanden.

»Welcher Zettel?«, wiederholte er und klammerte sich noch fester an die Strickleiter.

»Der Zettel, den du Eva zugesteckt hast – bei unserer Hochzeit.«

Ferdinand sah mich mit traurigen Augen an – mir war, als hätte ich ihn zum ersten Mal gesehen. Der Fahrtwind biss ihm in die Augen, seine Finger wurden blau. Trotzdem lächelte er.

»Dass ich sie liebe«, schrie er aus Leibeskräften.

»Was?«, rief ich in den Wind.

»Eva, Eva ...«, waren seine letzten Worte.

Ferdinands Hände verloren den Halt. Er rutschte ab, flog, schlitterte, rollte. In dem Moment, als Ferdinand zum Stillstand kam, hob die Maschine ab. Das Rumpeln wich und wir bewegten uns dem Himmel entgegen. Ich nahm all meine Kraft zusammen und schloss die Tür. Mit einem Mal wurde es leise. Ich lehnte atemlos am Fenster und schaute hinaus: Die Gaschlers hatten sich aufgerappelt und liefen im Granatenhagel Ferdinand entgegen. Mein letzter Blick galt Wilhelm. Ein Wunder: Sein geschundener Körper richtete sich auf. Mit erhobenen Händen watschelte er übers Rollfeld. Er leuchtete. Ich seufzte und setzte mich neben Lucie. Sie griff mein Kinn. Wir küssten uns. Dann durchstach unser Flugzeug die Wolkendecke.

Ende

14821579R00230

Printed in Poland
by Amazon Fulfillment
Poland Sp. z o.o., Wrocław